이순신의 7년

1

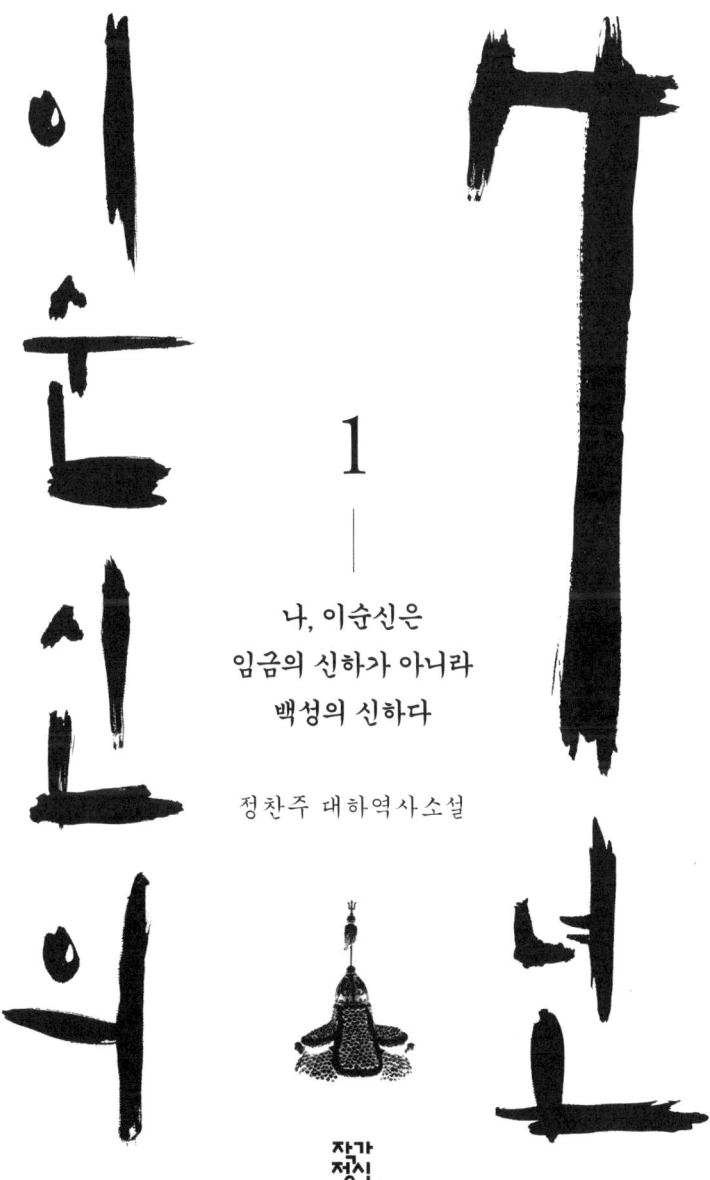

이순신의 여자

1

나, 이순신은
임금의 신하가 아니라
백성의 신하다

정찬주 대하역사소설

작가
정신

작가의 말

 내가 임진왜란에 대해 다시 관심을 갖기 시작한 것은 16년 전 서울에서 남도 땅으로 낙향하고 난 뒤부터였다. 나는 지금 '눈앞이 길이다'라는 말을 실감하고 있다. 산방山房을 나서면 임진왜란 때 분연히 일어섰던 백성들의 충절과 애환을 처처處處에서 마주칠 수 있는 것이다. 귀향은 소설가인 내게 축복과 행운을 가져다준 셈이 됐다.
 내가 사는 화순만 해도 나라가 누란의 위기에 처하자 '호남도 우리나라 땅이요, 영남도 우리나라 땅이다[湖南我國之地 嶺右我國之地也]'라며 진주성으로 달려가 순절한 최경회 의병장의 혼백이 있고, 재 하나만 넘어가면 이순신 장군이 열선루 누각에 올라 '신에게는 아직 열두 척의 배가 있사옵니다'라고 임전무퇴의 장계를 쓴 보성이 있다. 뿐만 아니다. 구례에서 곡성, 순천, 낙안, 보성, 장흥, 강진, 완도, 진도, 해남으로 이어지는 남도의 육로와

해로는 건곤일척의 명량대첩을 앞둔 조선 수군에게 재기의 생명선이었다. 궤멸 직전의 조선 수군을 기사회생케 한 데에는 이순신 장군과 남도 백성들의 힘이 절대적이었다. 이순신은 지인에게 '호남이 없다면 국가가 없소이다[若無湖南 是無國家]'라고 단언했다. 이순신의 이 한마디는 임진왜란 역사를 관통하는 화살처럼 가장 적확하고 명쾌한 평가일 터이다.

그럼에도 불구하고 아쉽고 안타까운 사실이 하나 있다. 남도 백성들의 역할이 정당하게 대접받고 있지 않다는 현실이다. 의병장들은 물론이고, 관군과 의병장들에게 목숨을 맡겼던 민초들의 절절한 사연도 역사 뒤편에 묻히어진 느낌이다. 목탁 대신 칼을 들었던 화엄사, 흥국사 승려들로 구성된 의승 수군義僧水軍의 호국 의식이나, 대부분이 남도 출신인 이순신 휘하 장수들의 피끓는 충정에 대한 이야기도 인색할 뿐이다.

성웅 이순신이라는 눈부신 광휘光輝로 말미암아 그들의 진면이 퇴색해버린 것은 아닐까. 그러나 나는 신격화된 이순신이 아니라 백성들과 희로애락을 함께했던, 충청도 아산 사투리로 말하는 인간 이순신을 그려낼 것이다. 임금과 대신들은 부끄럽게도 의주로 도망쳤지만 자신의 목숨을 기꺼이 내놓았던 당시 백성들의 분투를 복원해 오늘을 사는 우리 모두에게 헌정하는 소설이 되게 하고 싶다. 단재 신채호 선생은 '역사를 잊은 민족은 재생할 수 없다'라고 했다. 역사 정신을 깨우치는 벼락같은 말씀이 아닐 수 없다.

끝으로 『이순신의 7년』을 집필하는 데 고마워해야 할 분이 몇

분 있다. 가장 먼저 떠오른 분은 전남도청 홈페이지에 연재하는 동안 의기투합했던 이낙연 지사님이다. 그리고 취재를 적극 도와준 자치단체 관계자와 지역의 향토사학자분들, 기초 사료를 정리해준 호연, 어려운 출판 환경 속에서도 선뜻 발간해준 작가정신 박진숙 대표님과 편집부 여러분에게도 이 지면을 빌려 감사를 드린다.

_정찬주

차례

1권
나, 이순신은
임금의 신하가 아니라
백성의 신하다

작가의 말	5
가을 태풍	11
점고	26
손죽도 1	42
손죽도 2	59
화살	74
임진년 첫날	90
철쇄와 활쏘기 대회	105
승설차	120
심야정담	135
청매	152
흥양 순시	167
향수병	185
의승 수군	200
샛바람	216
꿈	231
한양 길	246
금의환향	263
숨바꼭질	278
거북선 함포 사격	293
왜군 침략	310

가을 태풍

선조 24년(1591) 9월 초하루.

거친 바닷바람이 북봉 산자락에 자리한 전라 좌수영 영내를 사납게 할퀴었다. 두산도(돌산도) 너머에서 어제 아침부터 거침없이 내달려 온 강풍이었다. 바닷바람은 간밤에 비를 몰고 와 한동안 쏟아부었다. 비바람은 도륙과 분탕질을 일삼는 왜구의 습성과 흡사했다. 남해의 섬과 바닷가에는 왜구들이 굶주린 승냥이 떼처럼 불시에 나타나 도둑질과 방화를 저질렀다. 찬 빗방울이 간간이 모래알을 흩뿌리듯 떨어졌다. 한가위 전후에 한두 번씩 영호남을 급습하는 가을 태풍이었다. 객사 뜰에는 간밤에 부러진 동백나무 가지들이 퍼렇게 질린 채 나뒹굴었다. 꽃망울을 터뜨려보지도 못하고 허망하게 꺾어진 잔가지들이었다. 찬비에 젖은 동백나무 잔가지들은 힘없는 백성처럼 이리저리 비명을 지르며 굴러다녔다.

이순신은 조방장助防將 정걸, 군관 송희립 등과 함께 객사에 들어 궐闕 자가 쓰인 패를 향해 엎드렸다. 장수로서 임금의 만수무강을 빌고 충성을 맹세했다. 궐은 두말할 것도 없이 나라의 지존을 상징했다. 축축한 공기 탓에 무쇠 향로 안의 향불은 이순신 휘하의 장수들이 사배를 다 올리기도 전에 맥없이 꺼졌다. 원래는 객사 큰문을 열어놓고 뜰에서 초하루와 보름날마다 행하는 망궐례였지만 바닷바람이 거칠게 불고 빗방울이 후드득 날리는 탓에 객사 안에 들어 의식을 치르는 중이었다. 헐렁한 객사 큰문이 또다시 삐걱대는 소리를 냈다. 바닷바람이 자객처럼 젖은 문풍지를 찢고 들어왔다.

　　수염이 숯덩이처럼 검은 송희립과 달리 늙은 정걸은 절을 할 때마다 궁둥이와 허리를 조심스럽게 움직였다. 팔순이 가까운 나이여서 절 동작이 민첩하지 못했다. 그럼에도 비변사 대신들과 병조 판서는 백발이 성성한 정걸을 추천했다. 이순신의 전술 자문으로 백전노장인 그를 부수사 격인 조방장에 임명하여 내려보냈던 것이다. 무엇보다 정걸은 수군의 주력 전함인 판옥선 건조의 대가였다. 일찍이 남도포(진도) 만호 때 수군의 전선인 맹선을 타고 왜구를 추격하여 격퇴한 공이 컸고, 부안 현감으로 재직하는 동안에는 관내 포구에서 맹선의 단점을 보완하여 판옥선을 직접 지휘하여 만든 경험이 있었다.

　　이순신은 객사를 나와 진해루로 걸어 내려갔다. 바닷바람이 진해루 낡은 기왓장들을 금방이라도 날려버릴 듯 세차게 불었다. 정걸과 송희립은 이순신을 뒤따라 진해루 나무계단을 밟았다. 고기 잡는 어부들은 진해루를 남문이라고 불렀지만 좌수영 소속의 지휘관들은 군사 시설로 여겼다. 이순신은 곧잘 관내의 수장들을 진해루로 불러 모아 군사 회의를 하거나 군령을 내린 뒤 성 밖으로 나가 함께 몇 순巡씩 활을 쏘곤 했다.

전라 좌수사 이순신은 오관五官 오포五浦의 수장들을 거느렸다. 오관이라 함은 순천부, 낙안군, 보성군, 흥양(고흥)현, 광양현을 일컬었고, 오포라 함은 두산도의 방답 첨사진과 흥양의 여도 만호진, 사도 첨사진, 발포 만호진, 녹도 만호진을 말했다. 전라 좌수영의 독특한 점은 수군들이 주둔하는 오포 가운데 사포가 흥양에 몰려 있다는 것이었다. 좌수영에 흥양 출신의 장수들이 끊이지 않는 이유도 무과 급제자들이 많은 흥양 땅의 전통과 무관치 않았다. 실제로 자나 깨나 이순신을 보좌하는 정걸과 송희립만 해도 흥양이 고향이었다.

진해루 난간에 서자, 두산도와 장군도를 에워싼 바다가 한눈에 들이왔다. 바다는 대풍에 맞서기리도 허듯 넘실넘실 용트림을 했다. 굴강의 수장水墻에 부딪쳐 솟구치는 파도는 작두를 타는 무당처럼 널뛰었다. 그러나 전선들이 정박하는 수장 안쪽의 굴강 바다는 느긋하게 출렁였다. 전선들 깃대에 매달려 찢어질 듯 펄럭거리는 붉고 노란 깃발의 기세와는 사뭇 딴판이었다. 돌담 같은 수장이 난폭해진 파도를 사전에 막아주고 있기 때문이었다. 굴강에는 본영 소속의 판옥선들이 닻을 내리고 있었다. 협선과 포작선들은 선창 말뚝에 묶인 채 너울대는 파도에 흔들거렸다.

좌수영 본영 함대는 대형 전선인 판옥선 네 척과 소형 전선인 십여 척의 협선, 고기잡이배가 되기도 하는 포작선이 전부였다. 사흘 전 실전을 방불케 하는 해상 훈련을 마친 뒤였으므로 본영 전선들은 휴식을 취하고 있는 셈이었다. 태풍이 오기 전날 화포 사격을 끝냈지만 아직도 매캐한 화약 냄새가 났다. 좌수영 관내 모든 선소船所에서 달려온 판옥선의 화포들이 일제히 불을 뿜어 댔던 것이다.

송희립이 짙은 눈썹을 꿈틀거리며 물었다.

"수사 나리. 시방 태풍이 워디로 빠지고 있당가요?"

"부산포 같은디 태풍은 인자 곧 사그라질 거구먼."

이순신이 충청도 사투리로 대답했다. 한양에서 태어났다고는 하지만 어머니 고향인 아산에서 성장하고 장가를 들었으니 충청도 사투리가 입에 배어 있었다. 스물한 살이 되기 전에는 문과 급제를 위해 공부했으므로 포구의 거칠고 우직한 장수들과는 다르게 문식文識이 섞인 말을 구사하다가도 입에 붙은 충청도 사투리로 말했다. 정걸이 은근하게 전라도 사투리를 뱉었다.

"멧되아지같이 달라드는 태풍이라도 끄트머리가 있는 벱이지라우."

"인자 별거 아녀. 오늘 이경만 지나믄 바닷길도 엥간히 항해할 수 있을 겨."

젊은 송희립이 물었다.

"나리. 또 워디를 댕겨오실라고라우?"

"흥양은 지난달 정기 점고를 빼묵었잖혀."

"메칠 전에 오관 오포 배들이 다 모여서 함포 사격을 했는디 또 무신 점고를 한당가요?"

점고는 본영이나 진에 주둔하는 수군과 병기, 전선들의 현재 상태를 명부와 대조하고 검열하는 일이었다. 이순신은 관내 수장들에게 보고받는 대신에 반드시 본인이 직접 확인하곤 했다. 그런데 지난달에는 오관 오포 수군들의 합동 훈련 준비 때문에 흥양 지역의 수군 진지를 시찰하지 않았던 것이다.

투구를 쓰지 않은 세 장수는 진해루 난간에서 바람에 날려온 빗방울을 맞았다. 이순신은 오른손에 쥔 지휘봉처럼 생긴 날창을 까닥거릴 뿐 상념에 잠겨 있었고, 정걸과 송희립은 빗방울이 누각 안으로 들이칠 때마다 움찔거렸다. 굴강을 때리는 파도 소리가 누각 처마 밑으로 파고들었다. 송희립은 직속상관인 이순신에게 고단한 합동 훈련을 무탈하게 마쳤으니 태풍이 지나갈 동안만이라도 휴식을 취하라고 진언했다.

"나리. 대풍이 사그리질 때끼정만이라도 쉬시지라우."

"송 군관. 유비무환을 몰러?"

"지당한 말씸입니다요. 왜구란 종자는 메르치 똥같이 맴이 시꺼먼 놈덜이랑께요."

정걸이 이순신의 말에 맞장구를 쳤다. 실제로 왜적에 대한 이순신의 주요한 전술 전략 가운데 하나는 강 입구부터 막아 사변을 대비한다는 강구대변江口待變이었다. 이순신이 군관들에게 늘 강조하는 유비무환을 뜻했다.

"놈덜은 한두 척이 아니라 때가 되믄 함대를 만들어 쳐들어올

텐께 점고를 자주 하능 겨."

사십칠 세의 이순신은 반백이었고, 칠십칠 세의 정걸은 머리카락과 수염은 물론이고 눈썹까지 억새꽃처럼 허옇게 센 백발이었다. 판옥선 전투 전술에 능통한 정걸은 나이와 힘으로만 치자면 이미 오래전에 은퇴하여 물러가 있어야 할 장수였다. 그러나 이순신은 선배 장수인 그가 자신의 막하에 있기를 원했다.

반면에 삼십구 세의 송희립은 늙은 정걸과 달리 역사力士처럼 단단했다. 키에 비해 머리와 손이 유난히 컸고 목과 팔은 씨름선수처럼 짧고 굵었다. 저돌적으로 행동하고 직언을 잘하는 그는 이순신이 좌수영에서 가장 신뢰하는 군관들 중 한 사람이었다. 송희립은 이순신이 어디로 시찰가든 반드시 옆에 있는 참좌군관參座軍官이었다.

"조방장님이 계시니께 든든하구먼유."

이순신은 대선배인 정걸에게는 언제나 스승을 대하듯 예를 갖추어 말했다. 좌수영의 전력을 강화하고자 임금의 명을 받아 수사 바로 밑의 직책인 조방장으로 내려왔지만 정걸은 10여 년 전에 이미 이순신과 같은 수사를 지낸 적이 있고, 무엇보다 50여 년 동안 야전을 전전한 노장이었다.

"나라에서 물짠 퇴물이라고 내치지 않은 것만도 다행이랑께요."

"허허. 조방장님께서 오시지 않았더라믄 좌수영 판옥선덜이 다 썩어 폐선이 됐을 거구먼유. 관내 선소에서 조방장님 지시를 받아 수리했으니께 새것같이 깔짬해진 거쥬."

송희립이 어금니가 보일 정도로 입을 크게 벌리고 말했다.

"수사 나리. 조방장님이 몇 달 동안 겁나게 욕봤습니다요. 판옥선 썩은 판자 뜯어낸 자리에 새 송판을 아무렇게나 갖다 붙여뻔지는 것이 아니드랑께요."

"그라믄?"

"본영 선소를 가봉께 금오도 소나무 판자때기와 돌산 참나무 판자때기를 섞어서 갈아뻔지드랑께요."

"송 군관, 시방 무신 얘기허는감?"

이순신은 송희립으로부터 처음 듣는 보고였으므로 뜨악했다. 결이 빽빽한 소나무가 질길 텐데 참나무를 섞어 짜 맞춘다니 이해할 수 없었다. 그러나 이순신은 정걸의 조곤조곤한 설명에 고개를 끄덕였다.

"송 군관이 옳게 봤지라우. 짜구질헌 소나무와 참나무를 엇물려 쓰는 까닭이 있습니다요. 나무 성실에 따라 바닷물에 뿔어나는 것이 다르지라우. 소나무와 참나무를 써뻔징게 서로가 더 꽉 물고 물려서 바닷물이 새지 않드랑께요. 왜놈덜 배는 삼나무만 쓰는디 가벼웅게 속도 내기는 좋아도 강도가 물러서 암초에 부닥치면 으슥슥 뿌서져불지라."

"허허. 나만 몰랐구먼."

"인자 관내 선소의 판옥선덜은 모다 쓸 만합니다요. 지 나름대로 까탈스럽게 점검했고 요번 합동 함포 훈련 적에도 눈여겨 보았지라우."

"판옥선 성능을 더 개선할 데는 읎슈?"

정걸은 기다렸다는 듯이 판옥선 전문가답게 말했다.

"우리 맹선에 1층을 올려 판옥선을 맹근 까닭이 있지라우. 한 층 높이를 올링께 왜구덜이 쉽게 우리덜 배에 달라붙지 못할 뿐만 아니라 2층 갑판에서 화포를 쏴뻔징께 참말루 탄환이 멀리 날아가드랑께요. 그란디⋯⋯."

"그란디 또 뭐유?"

"아순 구석이 있그만요. 저그 수장 안의 판옥선을 보면 안당께요. 오늘맹키로 비바람이 몰아칠 적에는 화약에 불이 잘 붙어뻔지지 않응께 화포를 쏴대기가 심들지라우. 그라고 비를 맞그나 눈보라 속에서는 아무래도 수군들이 맴대로 활동하지 못하지라우. 판옥선의 약점이라믄 바로 그거지라우."

이순신은 이를 가만히 물면서 주먹을 쥐었다. 수장 안의 판옥선을 내려다보고 있는데 문득 영감 하나가 번갯불처럼 스쳐 지나갔다.

'맹선에다 한 층을 올려 판옥선을 만들었으니 또 한 층을 올린다면 수군들이 비바람을 맞지 않고도 전투할 수 있는 전선이 되지 않겠는가!'

이순신은 정걸에게 말을 시키려다가 입을 다물었다. 팔순이 가까워진 노장의 얼굴은 잔주름이 자글자글했고 어금니가 빠진 탓에 볼은 홀쭉했다. 갑옷을 입지 않고 있다면 촌구석에서 곰방대나 물고 있을 흔한 늙은이에 불과했다. 이순신은 냉기가 가득 찬 누각에서 늙은 정걸을 세워두고 군사 자문을 한다는 것이 슬그머니 미안했다.

송희립이 이순신의 마음을 헤아렸는지 큰 소리로 말했다.

"수사 나리. 조방장님을 동헌으로 모실께라우?"

"아녀. 쉬셔야 혀. 훈련이 읎는 오후 한나절은 영내 수군들도 자유시간이여."

전령을 받고 물러서려는 송희립을 이순신이 다시 불렀다.

"송 군관."

"예. 나리."

"점심 후 소포(종포) 선소에 있는 나대용 군관을 동헌으로 올려보내고 내일 아적에는 흥양 갈 판옥선과 노 젓는 곁꾼[格軍]들을 대기시켜야 혀."

"태풍 뒤끝이라 내일 아적까정도 바다가 꿀렁꿀렁헐 건디요."

"요새가 예고 읎이 점고하기 좋은 날이여. 날씨 택일해서 전투하는감?"

"나리, 알겠습니나요."

오후가 되어서야 제풀에 꺾인 비바람이 몰라보게 순해졌다. 하늘도 옅어진 비구름 사이로 퍼런 방죽처럼 뚫리기 시작했다. 태풍은 이미 부산포를 빠져나가 왜국을 지나가고 있을 터였다. 빗방울이 간간이 듣기는 했지만 우장을 걸칠 정도는 아니었다.

이순신이 부른 나대용은 송희립보다 나이는 세 살 아래였지만 선조 16년에 훈련원 별시에서 송희립과 무과 급제를 같이 한 동기였다. 이목구비가 우락부락하여 상대에게 위압감을 주는 무인으로 고향은 나주였다. 무과 급제 뒤 훈련원 봉사로서 시답잖은 직무에 실망하여 낙향했다가 사촌 동생 나치용을 데리고 스스로 이순신을 찾아온 군관이었다. 본영 선소에서 조방장 정걸의 지시를 받아 판옥선 건조와 수리를 감독하는 전선감조군관戰船監造軍官이 그의 직책이었다. 흙탕물이 콸콸 흐르는 동문 밖의 해자를 건너온 나대용은 바로 동헌으로 갔다.

"수사 나리."

영내는 텅 비어 있었다. 동헌에서 잡무를 보는 색리와 문지기 수군도 보이지 않았다. 젊은 사내 종 두어 명이 종종걸음으로 나타났다가는 사라졌을 뿐이었다. 망루와 초소의 경계병을 제외한 모든 수군들에게 낮 동안 휴식을 명했기 때문이었다. 나대용은 좀 더 큰 소리로 이순신을 불렀다.

"사또 나리."

그제야 이순신이 동헌방에서 나와 나대용을 맞아들였다.

"송 군관 연락받고 왔습니다요잉."

"들어와."

방에는 먹물을 묻힌 한지가 어지러이 널려 있었다. 널브러진 한지에는 세필로 배들이 그려져 있었다. 나대용은 각기 모양이 다른 배 그림들을 보고는 놀랐다.

"판옥선보다 한 층을 더 올렸는디 무신 배당가요?"

"아척에 구상한 전선이여."

"몸뗑이와 꼴랑지만 있고 머리빡은 읎그만이라우."

"인자 보니께 배 형태가 나도 이상허구먼."

맹선에다 한 층만 올린 판옥선은 두 개의 돛이 꽂혀 있어 안정감이 들지만 이순신이 새로 설계한 배는 높이가 대갓집 고래등처럼 높아 거친 삼각파도를 맞으면 바로 넘어질 것만 같았다. 더구나 꼭대기 층에는 두 개의 돛까지 달려 있어 파도가 치고 강풍이 불면 더욱 위태로울 듯했다.

"머리빡이 읎는 모냥도 이상허고요, 배 중심이 밑이 아니고 우에 있을 거 같은디 이치에 맞지 않습니다요."

"우리 판옥선은 밑바닥이 편편하고 깊으니께 중심은 아래로 내려갈 겨."

"그라믄 머리빡만 달아뻔지믄 되겄그만요."

"그렇지."

"머리빡은 무신 모냥이당가요?"

"고것이 참말루 풀리지 않는 난제여."

이 세상에 없는 전선을 창안한다는 것은 결코 쉬운 일이 아니었다. 전선감조군관을 맡아 배 만드는 기술을 익혀온 나대용이라고 해도 마찬가지였다. 그런데 그때였다. 한지에 그려진 배 그림들을 빤히 들여다보던 나대용이 마치 비밀을 털어놓듯 은근하게 작은 목소리로 말했다.

"사또 나리. 일찍이 소장은 섬진강 석주관을 들렀다가 부근 산자락에 있는 연곡사에서 삼혜라는 중을 만났습니다요. 삼혜가 고승의 사리탑이라는 돌거북 부도로 소장을 데려가서 말하기를 전선을 맹글라믄 돌거북 모냥을 참고허라고 했습니다요."

"삼혜는 워디 승려인감?"

"순천 태생인디 무리들이 모다 존경허는 우두머리 같았고 어린 중덜이 '자운대사님' 허고 부르는 소리를 들었습니다요."

삼혜는 법명이고 자운은 법호인데 구례 화엄사 주지였다. 어린 날에 송광사로 가서 의능과 함께 수도했는데 옥형 의능은 지금 흥양 능가사 주지로 있었다.

"돌거북 형태가 궁금하구먼."

"머리빡은 용이었습니다요. 몸뗑이는 납작한 거북이었고."

"삼혜의 부탁에는 필경 깊은 이유가 있을 것이구먼."

"용과 거북은 파도와 바람을 다스리는 용궁의 신이라서 고로코롬 배를 맹글면 반다시 바다의 엥간헌 재앙은 모다 막아뻔질 거라 했습니다요."

이순신은 망설이지 않고 허락했다.

"그라믄 나 군관이 절에 있는 돌거북 형태로 배를 건조혀."

"예. 수사 나리."

이순신은 초서나 행서를 잘 쓰는 달필이었지만 그림도 그것에 못지않았다. 용머리를 한 거북 모양의 전선을 단숨에 그렸다. 나대용은 몹시 감탄한 나머지 몸을 부르르 떨었다. 전율이 등골을 타고 흘렀다.

"배를 온통 나무 판때기로 둘러뻔졌응께 비바람 눈보라 쳐도 화포를 맘대로 쏴댈 수 있었습니다요. 요런 거북선은 적은 물론이고 귀신들도 알아불지 못헐 것이랑께요."

이순신은 나대용의 자화자찬에 맞장구를 치지 않았다. 뜻밖에 새로 만들 전선의 허점이 발견되었기 때문이었다. 적이 불화살로 공격한다면 거북 모양의 전선은 쉽게 밖으로 나와 불을 끌 수 없는 구조였다. 이순신의 얼굴은 다시 어두워졌다.

"불화살 화공에는 배가 불타기 쉬울 것인디 고것도 난제여."

"젖은 이불때기나 바닷물에 담근 갈대 단으로 덮어뻔지믄 화공을 막을 수 있을 것입니다요잉."

"고런 방어책은 판옥선 갑판에서나 가능한 일인 겨. 배를 판자로 다 둘러쌌는디 워처케 밖으로 나와서 불을 끄겄는감."

이순신이 지시한 거북 형상의 전선 건조는 창안 단계에서 다시 원점으로 돌아갔다. 그러나 이순신의 고민은 오래가지 않았다. 잠시 후 이순신이 큰 소리로 말했다.

"철판을 배 바깥에다가 빈틈없이 두르는 방법은 워쩔까?"

"배 등에는 왜놈덜이 달라붙지 못허게 쇠못을 박아뻔지믄 워쩌겄습니까요?"

"기어, 기어!"

이윽고 이순신이 나대용에게 정걸을 불러오라고 명했다. 새 전선 건조에는 정걸의 지혜가 필요했다. 정걸은 남문 밖 민가에서 장기를 두고 있다가 곧 동헌으로 올라왔다. 정걸이 우명하게 농담 반 진담 반으로 말했다.

"수사님. 마른 불알에 땀나드끼 달려왔어라우."

"하하하. 정 장군님, 새로 건조할 거북 형태의 병선이구면유."

"용 대그빡에서 화포를 쏴대면 왜놈덜이 혼비백산하겄습니다요."

"그란디 문제가 있지유."

"수사님. 머라고라우?"

"철판을 둘러야 할 건디 철판 무게로 배가 가라앉지 않을랑가 모르겄슈."

"아모 문제 읎을 것 같은디요. 쇳덩어리는 바닷물에 갈앉아불지만 철판은 판자때기멩키로 떠뻔집니다요."

"조방장님, 조선술의 대가가 따로 없구먼유."

"아따, 지는 쪼글쪼글하게 마른 불알이나 달고 댕기는 물짠 장수랑께요."

이순신은 정걸과 나대용에게 비밀에 부칠 것을 당부했다. 거북 형상의 귀선이 만들어진다면 그것은 좌수영만의 비밀 병선이 될 것이 확실했다. 적의 화공을 두려워하지 않고 쳐들어가는 돌격선이 될 것이며, 용머리에서 화포를 쏘아 불을 뿜어대면 적들이 혼비백산할 것이 분명했다.

이순신은 정걸과 나대용을 내보냈다. 영내는 태풍이 훑고 간 생채기가 역력했다. 뜰에는 부러진 나뭇가지와 이파리들이 어지러웠고, 동문 밖 해자는 떠밀려 온 토사와 흙탕물로 붉었다. 동문과 남문 사이에 지반이 약한 석성 일부가 또다시 허물어져 있었다. 돌들이 민가까지 굴러가 뒹굴었다. 태풍에 진저리를 쳤던 바다는 이제 너울너울 숨고르기를 했다.

영내를 한 바퀴 돈 이순신은 다시 동헌방으로 돌아와 전라 감사 이광에게 보고서를 썼다. 좌수영 관내 선소에서 거북선을 비밀리에 건조하겠다는 내용의 보고서였다. 변방 방어에 조예가 깊은 이광은 이순신과 같은 덕수德水 이씨 문중 사람으로서 2년 전에 이순신을 자신의 휘하 조방장으로 발탁했던 인물이었다. 서로가 비밀을 지킬 수 있는 사이였다.

점고

    까마귀 한 마리가 까아악 까아악 울면서 하늘을 느리게 선회했다. 그러자 팽나무 윗가지에서 정탐하듯 앉아 있던 까마귀가 날갯짓하며 까악까악 울었다. 음산한 여운이 귓전에 묻을 만큼 길게 울지는 않았다. 까마귀 울음소리는 곧 안개에 묻혀버렸다. 이윽고 두 마리의 까마귀는 송골매처럼 하늘 높이 솟구쳤다가 북봉 너머로 사라졌다. 좌수영에는 까마귀 점을 치는 군관도 있었다. 까마귀가 팽나무 윗가지에서 울면 노인이 죽고, 중간 가지에서 울면 중년이 죽고, 아래 가지에서 울면 아이가 죽는다고 점을 쳤다.
    영내는 옅은 안개가 끼었을 뿐 어제와 달리 쾌적한 기운이 감돌았다. 안개가 객사 언저리까지 밀려와 깔렸다는 것은 한낮이 따뜻해질 징조였다. 바다의 파도도 얌전해져 판옥선이 항해하는 데 지장은 없을 것이었다. 안개는 좌수영 건물들을 부드럽게 감싸고 있었다.

이순신은 아침밥 때 전에 송희립을 동헌으로 불렀다. 동헌방 앉은뱅이 집무 책상에는 흥양(고흥)으로 점고하러 갈 군관들의 명단이 놓여 있었다. 보좌하는 군관들이 무슨 직무를 점고할 것인지를 밝혀놓은 명단이었다. 곁눈으로 명단을 본 송희립은 미간을 찡그리며 읽어 내려갔다. 정걸 조방장은 물론이고 흥양 출신은 다 빠져 있었다. 글씨는 공문서처럼 행서로 반듯하지 않고 초서를 연습하듯 흘려 쓰여 있었다. 지휘봉처럼 들고 다니는 날창 끝이 동창으로 투과하는 빛을 받아 날카롭게 빛났다. 날창은 방석에 앉아서도 손을 뻗으면 닿을 수 있는 벼루와 붓통 앞에 있었다.

기패군旗牌軍 정대수, 기수旗手 정린, 방포장放砲匠 서춘무, 타공舵工 이대립, 사부射夫 정춘, 격군格軍 김두일, 봉수군烽燧軍 이봉수, 요수繞手 황상중, 무상無上 김두일, 군기고軍器庫 박대복, 군창軍倉 정철, 진휼창賑恤倉 박진현, 전선戰船 나대용, 참좌군관 송희립

기패군은 기와 방패를 드는 수군, 기수는 바다에서 말 대신 깃발로 군령을 전하는 수군, 방포장은 화포를 다루는 수군, 타공은 배의 키를 잡는 수군이며, 사부는 활을 쏘는 수군, 격군은 노를 젓는 수군, 봉수군은 봉수대를 맡은 수군, 요수는 풍향에 따라 돛을 조정하는 수군, 무상은 선수에서 닻을 올리고 내리는 수군

이었다. 군기고는 병기를 보관하고 있는 창고이고, 군창은 전시에 사용할 군량미를 쌓아둔 창고이며, 진휼창은 흉년에 백성을 구제하기 위한 창고였다.

명단에 보이는 이름은 대부분 여수 출신의 군관이나 진무鎭撫들이었다. 점고에 나갈 군관들은 보통 2, 3일 전에 정해졌다. 그렇다고 명단이 고정적인 것은 아니었다. 언제라도 최고 지휘관인 수사가 마음대로 바꿀 수 있었다. 바로 동원이 가능한 군관들일 뿐이지 특별한 의미가 있는 것은 아니었다.

특이한 것은 정철, 정춘, 정린, 정대수 등은 모두 고음천 바닷가 송현 마을에 모여 사는 창원 정씨로, 한 집안이라는 점이었다. 사람들은 그들을 '곰챙이(고음천) 장수들'이라고 불렀다. 전라 좌수영 수사가 된 후부터 이순신은 정씨 형제들을 핵심 참모로 기용하려는 뜻을 가지고 있었다. 정철은 문서나 장계 초안을 만드는 종사관, 정춘은 적진에 파고들어 휘젓고 다니는 돌격장, 정린은 함대 선두에 서는 전구장前驅將, 정대수는 적진 깊숙이 들어가 정탐하는 순초장巡哨將으로 내심 낙점하고 있었던 것이다. 송희립은 명단 끝에 있는 자신의 이름을 발견하고는 안도했다. 이순신이 물었다.

"멀 보능가?"

"판옥선 곁꾼은 힘센 놈덜로 추려놓았어라우."

"시방 군관 명단을 보고 있구먼그려."

"예."

송희립이 솔직하게 대답했다. 그러고는 이순신의 눈을 잠시

피했다. 속마음을 들킨 것 같아 큰 몸집에 어울리지 않게 새삼스레 방 안을 건성으로 둘러보았다. 동헌방은 정3품의 수사가 일 보는 집무실답게 꾸며져 있었다. 단순하지만 품격이 있었다. 검은 옻칠을 한 이층장과 서류를 넣어두는 반닫이가 한쪽 벽에 나란히 놓였고, 맞은편 벽에는 까치와 호랑이가 익살스럽게 마주 보는 그림이 걸려 있었다. 까치는 민民, 호랑이는 관官을 상징했다. 그런가 하면 반닫이 위에 단정하게 놓인 청동 투구에서는 장군의 위엄이 느껴졌고, 검대에 놓인 장검 두 자루는 칼집을 빠져나와 홀연히 번쩍일 듯했다. 이순신이 송희립을 다독거리는 말투로 말했다.

"희립아, 홍양 출신 군관덜이 간다면 지대루 점고가 되겄냐?"

"거시기헌께 모다 봐주겄지라우."

"두말허면 잔소리여."

"수군덜 모다 삼춘, 조카, 아재, 이종 사춘 고종 사춘, 니나 내나 꾸정물이라도 튀어뻰진 흔 마실 사람덜이지라우."

"기여."

"조상님 대대로 괴기 잡고 농사짓넌 친지덜이랑께요."

"명단은 아래 작성헌 건디 인자 찢어버릴 텨."

"수사 나리. 홍양 갈 군관덜 명단 아닝가요?"

"인자 갈 필요 읎어. 지들끼리 잘 돌아가는디 간섭허면 못써."

송희립은 또 한 번 더 놀랐다.

"그래라우."

"어젯밤에 홍양서 이 군관이 왔는디 태풍으로 발이 묶여 오도

가도 못 하다가 귀대헌 겨. 사도진만 못 가고 여도, 발포, 녹도를 다 댕겼댜."

이봉수 군관이 흥양현과 각 진에 화약 원료인 염초를 나눠주려고 급히 갔던 바, 송희립도 그 사실은 알고 있었다. 함포 사격 합동 훈련 때 각 진의 화약을 비축량만 남겨두고 거의 사용했기 때문이었다.

"그랴도 이봉수 군관이 간 거는 점고가 아니지라우."

"허허. 가보면 거기 군기가 워쩐지는 눈치챌 수 있는 거 아닌감."

달리는 말 위에서 활쏘기를 잘하는 이봉수는 선조 13년에 별시 무과에 급제한 여수 출신 무관이었다. 그런데 좌수영 군관들의 특징은 자발적으로 이순신을 찾아온 경우가 많았다는 것이다. 이봉수도 사촌 동생 이방직과 함께 이순신 휘하로 들어와 화약 제조를 담당하는 군관이 되었다. 흑색 화약은 염초와 유황에다가 버드나무 숯을 섞어야 하는데 그 비율은 산학에 밝은 이봉수가 발견해낸 비밀이었다. 이봉수는 흙과 다북쑥 재나 나뭇재를 섞어 염초를 가공하는 데 능수능란했다. 석 달에 천 근의 염초를 만들어낼 때도 있었다.

"수사 나리, 오늘 배는 띄워뻔지지 않으실랑가요?"

"아녀. 예정대로 출항혀."

"흥양이 아니라믄 워디로 가실라고라우?"

"방답진(두산도). 그라고 이왕 나섰으니께 손죽도까정 둘러볼 겨."

"방답진 분위기는 첨사가 읎응께 니도 나도 책임져뻔지지 않을 거 같은디요잉."

"그러니께 점고 가는 겨. 가장 황득중이 고생헌다지만 첨사가 있고 읎고는 하늘과 땅 차이가 난다, 이 말이여."

조정이나 상급 기관에서 지휘관을 임명하여 보내지 않을 때는 수사가 임시 지휘관인 가장假將을 지정할 수 있었다. 그러나 그것은 임시방편일 뿐이었다. 고참 수군인 진무나 능구렁이 같은 늙은 군사들은 가장의 지휘를 비웃기 일쑤였다.

"손죽도는 워째서 간당가요?"

"아래 밤 꿈에 이대원 장군을 봤으니께 그려."

"정해년에 왜놈덜허고 지대로 붙어뻔졌다가 전사허신 이대원 장군님이 나타났다고라우."

"이대원 장군 원혼이 날 부른 겨."

손죽도는 흥양의 녹도진 남쪽 먼바다에 있는, 왜구들의 출몰이 잦은 섬이었다. 방답진에서는 서남쪽이었다. 파도가 서칠어진다 해도 이순신은 이대원을 가매장했던 초분 자리를 참예하고자 했다. 좌수영 수사로 부임한 뒤 미루기만 하다가 지금까지도 가보지 못했던 것이다.

판옥선에 승선할 군관들과 격군들이 선창가에 모두 집합했을 때는 본영 선소가 있는 소포 쪽 하늘에 아침 해가 떠 있었다. 안개가 말끔하게 물러간 것은 아니었다. 미처 사라지지 못한 안개 한 자락이 두산도 허리를 감고 있었다. 갑자기 굴강에 갈매기 떼가 몰려들어 어지럽게 날았다. 태풍이 지나간 뒤 수온이 사뭇 낮아지자 청어 떼가 동해에서 한류를 타고 온 듯했다. 여수 앞바다까지도 청어들이 산란하는 정월에는 물 반, 고기 반이 되었던 것이다.

판옥선 갑판에는 누각 같은 장대將臺 옆에 유자 빛깔의 노란 천에 용과 화염이 그려진 대장기가 펄럭였다. 대장기는 이순신이 타는 배에만 달았다. 이순신은 군관들과 격군들이 다 승선한 것을 확인한 후 판옥선에 올랐다. 그제야 닻을 올리는 무상들이 바삐 움직였다. 돛을 다는 요수도 보조를 맞추었다. 굴강에는 바닷물이 두텁게 차올라 있어서 판옥선은 수장 어귀를 쉽게 빠져나갔다.

이순신은 판옥선이 굴강에서 두산도 쪽으로 빠져나오자, 이번에 임시로 정한 격군 군관 정린과 타공 군관 이대립을 시켜 배를 멈추었다. 그런 뒤 격군들이 젓는 노와 요수가 조종하는 돛을 이용해 판옥선의 선수를 굴강 쪽으로 돌리도록 명했다. 선수와 선미의 위치, 즉 판옥선이 움직이는 방향을 반대로 바꾸는 훈련이었다. 판옥선은 배 밑이 편편한 평저선이기 때문에 선회하지 않고 그 자리에서 바로 회전이 가능했다. 이순신의 명을 받은 군관과 수군들이 복명복창을 했다.

"싸게 싸게 노를 저서뻔지드라고!"

"예!"

왜구의 배는 밑이 뾰쪽한 첨저선이므로 제자리에서 회전이 불가능했다. 그러나 판옥선은 좌현 우현의 방향 전환이 용이하므로 연속해서 화포 사격을 할 수 있었다. 화포를 두 번만 사용해도 포신이 뜨거워지므로 열을 식혀야 하는데, 바로 그때 판옥선의 선수를 바꾸어 다른 쪽의 화포로 사격하면 되었다. 판옥선만 가능한 화포 사격의 전술이었다.

이순신은 몇 번을 더 훈련시킨 뒤에야 장대에서 송희립에게 명했다.

"방답진으로 가라!"

그런 뒤, 장대에서 내려와 격군실로 내려갔다. 항해할 때 가장 고생하는 수군이 격군들이었다. 격군들은 대부분 노 젓는 일만 할 뿐 활이나 창은 다룰 줄 몰랐다. 수군의 정예 전투 요원이 아니었다. 위급한 전시에는 어촌이나 농촌에서 강제로 차출되기도 했다. 그래서 사부나 방포장들은 그들을 허드렛일은 물론 뒷바라지나 하는 '곁꾼'이라고 불렀다.

격군실은 사내들의 땀 냄새로 가득했다. 퀴퀴한 냄새가 코를 썰렀다. 격군들의 얼굴은 벌써 땀으로 번들거렸다. 이순신이 격군들을 지휘하는 격군장 김두일을 쳐다보며 큰 소리로 물었다.

"김 군관, 교대루 새참 멕이능가?"

"잘 멕이고 있습니다요!"

"시방 아픈 곁꾼은 읎능가?"

"예!"

격군들도 땀을 훔치며 복창했다. 김두일이 말했다.

"수사 나리. 대장선 곁꾼덜은 사십이 안 된 사내들입니다요. 순천부 팔씨름 대회에서 3등 헌 넘, 좌수영 각력(씨름) 대회에서 우승헌 넘, 심깨나 쓰넌 장사들입니다요."

"고생허는 곁꾼들 잘 멕여야 써."

"쬐끄만 협선 곁꾼덜허고는 엄청 다릅니다요."

"뭐시 다릉가?"

"배불리 멕입니다요. 한 끼에 몇 그럭씩 물 몰아서 국시 삼키드끼 홀홀 묵어뻔지는 넘들이랑게요. 때때로 청어말랭이나 토깽이, 쇠고기 육회도 멕입니다요."

대장선에 타는 격군들의 대접은 융숭하다는 말이었다. 늘 그러는 것은 아니지만 사실이었다. 그러니 격군들끼리는 서로 먼저 대장선을 타려고 늙은이나 아이나 할 것 없이 격군장에게 줄을 섰다.

"속도를 반천(절반)으로 줄여야겄다. 곁꾼들이 굴강 앞바다서 심을 많이 뺐으니께 말여."

"예, 알겄습니다요."

"정린 군관은 워디 있능가?"

"예. 불러오겄습니다요."

이순신의 종사관인 정철과 그 동생 정린은 쟁쟁한 사대부 집안의 무인이었다. 할아버지가 반골 선비로 유명한 기묘명현 중 한 사람인 정계생이었다. 기묘사화 때 조광조의 탄핵이 부당하다고 상소를 올렸으나 받아들여지지 않자 벼슬을 버리고 미련 없이 송현 마을로 내려와 은거해버렸던 것이다.

정씨 집안의 반골 기질은 대대로 이어져왔다. 선조 21년에 친형 정철, 종질 정대수와 함께 무과에 응시하여 장원으로 급제한 정린은 목소리가 우렁우렁 크고 용력이 대단했다. 훗날 이순신은 해전을 치를 때마다 그의 반골 기질과 담력을 인정하여 전선을 선도하는 전구장을 맡겼다.

격군실 밑으로는 바닷물에 잠기는 또 한 층의 선실이 있었다. 침실과 곡식 창고와 부식 창고 및 식당, 그리고 의원이 항상 대기하고 있는 진료실이 있었다. 다른 지방까지 수소문해서 데려온 의원은 쌀이나 말린 청어로 급료를 받았다. 이순신은 정철을 앞세우고 판옥선 창고를 둘러보았다.

판옥선 곡식 창고에는 쌀과 잡곡이 든 가마니가 차곡차곡 쌓여 있었다. 부식 창고에는 호박과 파, 무와 미역 등이 함지박과 옹기 등에 담겨 있었다. 선실 식당의 분청 사발은 모두 다 좌수영 성 밖 율촌 마을 가마에서 구워져 나온 것들이었다. 도공들이 가마를 유지하며 굶지 않고 사는 것은 좌수영과 오관 오포에서 사발이나 항아리 등을 쌀이나 콩, 청어 등과 바꾸어 가기 때문이었다.

대장선은 방답 선소를 들르지 않고 바로 방답진 선창으로 접근했다. 진의 수군 상황을 먼저 점고하고 선소의 전선들을 살펴보기 위해서였다. 방답 선창에는 이미 황득중 군관이 수군들과 함께 도열하고 있었다. 기수들이 들고 있는 방답진 기와 수군 기가 휘날렸다. 황득중은 장검을 찬 채 맨 앞에 서 있었다. 이순신은 판옥선 선수에서 황득중을 내려다보며 미소를 지었다. 맏아들 회薈의 얼굴과 태도를 판박이처럼 닮은 군관이었다. 아무리 궂은일을 시켜도 '예' 하고 복종하며 도무지 요령을 피울 줄 모르는 고지식한 성격마저 회와 똑같았다. 나이는 황득중이 회보다 열한 살 아래였지만 이순신은 천성이 곱고 영특한 황득중을 보면 맏아들이 생각나곤 했다. 황득중 역시도 무과 급제 이후 줄곧 이순신을 흠모하다가 훈련원 판관을 사직하고 좌수영으로 내려와 군관이 된 여수 사람이었다.

　방답진 가장 황득중은 불시에 점고를 받았지만 조금도 당황하지 않았다. 마치 아들이 아버지와 오랜만에 해후한 듯 반가워했다. 황득중이 이순신에게 다가가 선창에 넙죽 엎드리며 큰절을 하자, 도열해 있던 방답진 수군들도 일제히 따라 했다. 이순신은 손사래를 치고는 곧 방답진 수군의 상황을 물었다.

　"사고는 읎느냐?"

　"군사 멫이 병든 거 말고는 사기충천입니다요."

　"이 첨사도 잘 있능가?"

　"적거 처소에 잘 적응하고 있습니다요."

　적거謫居 처소는 귀양살이하는 집을 말했다. 전 첨사 이응화의 처소는 방답진과 선소 사이에 있었다. 처소가 방답진 성안에 있는 이유는 죄인의 수형 태도를 수사에게 정기적으로 보고하게 돼 있기 때문이었다.

　이응화가 탄핵을 받은 까닭은 맹수처럼 난폭한 그의 성격 때문이었다. 첨사로 여기저기 변방을 전전하는 동안 나태한 군사들을 태형으로 죽게까지 했던 것이다. 덕이 없는 용장의 자업자득이었다. 어디를 가든 병졸들을 심하게만 다루니 모함과 투서가 끊이지를 않았다.

이순신은 이응화와 특별한 인연은 없었지만 그를 용맹스러운 무인이라고는 인정했다. 더구나 그는 서인들이 역모로 몰아버린 정여립 모반 사건에 억울하게 연루돼 늘 정적에게 공격을 받고 있는 처지였다. 누명도 우군이 있어야 벗겨지는 법이다. 그는 옆에 사람이 없었다. 그는 자다가도 벌떡벌떡 일어나 고함을 쳤다. 귀양살이 중에 생긴 울화병이었다.

"이 첨사 처소에 가볼 테니께 술을 준비허는 것이 좋겄다."

"사또께서 죄인 처소를 가신단 말씸입니까요? 소문 나믄 워쩔라고 가십니까요."

"이 첨사는 무인 중에 무인이여. 나는 그를 위로헐 겨."

객사로 들어가서야 이순신은 따라온 군관들에게 각자 맡은 점고를 지시했다. 특히 이봉수에게는 봉화산으로 바로 올라가 봉수대와 봉수군을 점고하도록 명했다. 방답진 봉수대는 남해안에서 규모가 가장 컸다. 전황을 알리는 봉홧불 연기를 피워 올리면 남해안과 서해안의 봉수대들을 거쳐 충청, 경기 양천 개화산, 마지막으로 목멱산 봉수대에 이르러 병조에 보고됐다.

나대용에게는 방답 선소의 전선들을 점고하도록 명했다. 방답 선소는 판옥선 두 척, 병선 두 척, 협선 네 척을 보유하고 있었다.

"나 군관, 먼저 가서 선소 전선들을 점고혀."

"싸게 가서 지달리겄습니다요."

"내가 방답진에 온 까닭은 선소 야적장 상태를 볼라고 그려."

"무신 일이 있그만이라우?"

"앞으로 알게 될 겨."

이순신은 더 말하지 않고 입을 다물어버렸다. 나대용이 나간 뒤에야 황득중을 가까이 불러 말했다.

"득중아, 내가 여기 온 이유가 있는 겨."

"점고 오시지 않았습니까요?"

"나는 니를 자식같이 믿는디, 점고도 점고지만 니에게 긴히 지시할 일이 있어 온 겨."

"나리, 말씸만 허씨요. 기꺼이 따를랑께요."

"득중이 니는 내가 흑뎅이를 금뎅이라고 말혀도 믿을 사람이여."

"사또께서는 흑뎅이를 금뎅이라고 말씸허신 적이 한 번도 읎었는디라우."

"허허허."

"방답진은 남쪽 바다를 경계허는 진입니다요. 동쪽은 소포나 노량에서 경계허지만 여그는 먼바다로 돌아서 오는 왜놈덜을 막아뻔지는 곳이랑께요. 여그가 읎다면 좌수영은 겁나게 위험헐 거그만요."

"왜구들이 침입허는 해로를 정확허게 보고 있는디 군관이라믄 그려야 써."

"풀방구리에 쥐새끼 드나들드끼 허는 왜놈덜이니께 모다 훤허게 알아야지라우."

"미구에 큰 난리가 날 거 같으니께 잘 대비혀야 혀."

"사또 나리. 주역 점에 고로코롬 나와뻔지그만요?"

"주역 점괘가 그려. 내 짐작두 왜적이 반다시 크게 침략헐 거

같고."

 이순신은 주역에 능통했을 뿐만 아니라 서가에 꽂아둔 『정감록』도 깊이 읽었다. 『정감록』 무학비결無學秘訣에는 다음과 같은 내용의 참언이 나왔다.

 '방백과 수령은 위에서 도둑질하고 아전과 군교는 아래에서 약탈을 일삼으니 백성들은 불안하여 들에서 살지 못할 것이다.'

 관리들이 자기들 주머니만 채우려 들면, 백성들은 들에서 살지 못하고 이리저리 떠돌아다니게 된다는, 즉 난리가 일어난다는 뜻이었다. 관원들이 백성들을 돌보지 않고 동인(김효원 일파)과 서인(심의겸 일파)으로 나뉘어 당쟁과 암투를 벌이는 나라의 사정이 그러했다. 그 시작은 인사권을 쥔 이조 전랑 직을 둘러싼 권력의 자리다툼이었다.

 "사또, 지가 시방 헐 일은 뭣이당가요?"

 "소나무, 참나무 베서 네 치 두께루 판자들을 다듬어 선소 야적장에 쌓아놓기만 혀."

 "판옥선을 맹글라고라우?"

 "그려. 거북 모냥인디 비밀 전선을 건조헐 겨. 절대루 발설하지 말고."

 "명심허겄습니다만……, 금오도 소나무를 베서 실어 올라믄 백성들을 동원혀야 헌디 제 심으로는 에렵습니다요. 그라니께 사또께서 이참에 가수를 임명하여 보내시믄 워쩌겄습니까요?"

 "알았어. 델꾸 있는 이몽구 우후를 방답진 가수로 임명허믄 될 겨."

첨사가 없어 문제가 된다면 임시 첨사인 가수假守를 보내겠다는 대답이었다. 이몽구는 부수사 격인 좌수영의 우후였다.

이순신은 황득중과 송희립만 데리고 방답진과 선소 사이에 있는 이응화의 처소를 찾아갔다. 초가삼간인 처소는 폐가처럼 곧 무너질 듯했다. 지붕은 비가 새는지 가마니가 군데군데 덮였고, 방문은 구멍이 숭숭 나 있었다.

이응화가 인기척을 듣고는 컴컴한 부엌에서 거적때기를 들추고 나왔다. 코에 검댕을 묻힌 이응화는 군고구마를 들고 있었다. 이순신은 안부를 생략한 채 마루에 앉아 황득중이 들고 온 술부터 사발에 가득 따라 그에게 건넸다.

"자, 이 첨사 잔 받으슈."

"아이고, 놀랐습니다. 금부도사가 사약 들고 온 줄 알았소이다."

이응화는 술 석 잔에 얼굴이 붉어져버렸다. 식은 군고구마를 안주 삼아 먹는 둥 마는 둥 했다. 할 말을 참고 살아온 듯 이순신에게 큰 소리로 하소연했다.

"사또, 자다가도 억울함이 치밀면 찬물을 벌컥벌컥 들이킵니다. 이제는 누명을 풀 길이 없어진 것 같소이다."

"이 첨사, 백의종군이라도 허시겠소?"

"시켜만 주십시오. 이런 꼴로 사는 죄인이 무얼 망설이겠습니까? 명예를 회복하는 일이라면 무슨 일인들 마다하겠습니까?"

"득중아, 첨사께 오늘 안으로 새 의복을 갖다드려라."

"예. 갖다드릴께라우."

이순신은 이응화를 백의종군이라도 시켜야겠다고 작심했다.

명예를 회복하고 관직에 복귀할 수 있는 길은 공을 세우는 방법 밖에는 달리 없었다. 이순신이 처소를 나가자마자 이응화는 어두운 방으로 들어가 짐승처럼 웅크린 채 꺼이꺼이 울었다.

손죽도 1

 봉수대 점고를 나간 군관 이봉수가 날이 저물어서야 절룩거리며 돌아왔다. 산을 오르는 동안 왼쪽 발목을 삐어 간신히 봉수대까지 갔다가 게걸음으로 기다시피 내려왔다고 했다. 봉수대는 허물어진 데가 없고 다섯 명의 봉군들은 경계를 잘 서고 있는데 이봉수만 사고를 친 셈이었다. 할 수 없이 이순신은 대장선을 방답진 선창에 정박하도록 명했다. 손죽도로 갈 계획을 하룻밤 연기시켰다.
 객사에 든 이순신은 점고 나간 군관들을 불러들여 낱낱이 보고를 받았다. 보고를 받는 동안에는 황득중을 방 밖으로 물러가 있게 했다. 군관들이 좌수영에서 함께 동고동락해온 황득중 앞에서는 부담을 느낄 것 같아서였다. 방답진의 군기는 양호한 편이었다. 장전長箭과 편전片箭(애기살), 그리고 창들은 부실해서 교체할 것이 많았지만 숫자는 명부와 맞았고, 이순신이 군관들에게 늘 강조하고 확인하는 진휼창에도 둔전에서 추수해놓은 보리쌀과 콩이 가득했다. 평시든 전시든 가장 큰 적은 백성들의 배고픔이었다.

다만 수졸水卒의 숫자가 명부와 달랐으므로 그것이 가장 큰 지적 사항이었다. 마을로 돌아간 수졸들까지 다 불러들여 점고했지만 칠백 명에는 턱없이 모자랐다. 수군 명부와 숫자가 틀린 것은 다른 진도 대부분 마찬가지였다. 육군과 수군으로 이중 등재된 사람도 있었고, 이미 고인이 됐지만 명부에 올라 숫자만 채운 경우도 있었다.

이봉수가 마지막으로 객사에 들어 보고했다. 바짓가랑이를 걷어올리자 퉁퉁 부은 발목이 드러났다.

"괴안찮혀?"

"사또 나리. 해찰허다가 굴러뿌렀습니다요."

"조심혀."

"화약 맹그는 거 생각허다가 고만."

"다행이여, 손죽도는 봉수대가 없으니께. 이 군관은 내일 아적에 바로 좌수영으로 돌아가."

"예."

"발목이 부었으니께 생각보다 오래갈 겨."

군관들의 점고 보고는 이봉수를 끝으로 초저녁에야 끝났다. 객사 밖은 밤바람이 한층 차갑게 불고 있었다. 신우대 이파리들이 사각사각 언 눈 밟히듯 서걱거리는 소리를 냈다. 산자락 너머의 어두운 하늘은 초승달을 막 잉태하고 있었다. 초승달은 단검의 칼날처럼 푸르스름했다. 하루가 더 지나야 노란 오이같이 선명하게 휘어질 터였다. 창호에 떨어진 신우대 그림자가 이리저리 흔들렸다. 이순신은 옆에 서 있는 송희립에게 황득중을 불러오게 했다.

"황 군관을 불러올 텨? 송 군관은 인자 위사 처소로 가서 쉬고."

위사衛士 처소는 영내 군관들이 묵는 방이었다. 송희립의 두 눈은 벌써 붉게 충혈돼 있었다. 이른 새벽부터 군관들에게 이순신의 명을 전하고 격군들을 불러 모으느라고 동분서주했던 것이다. 송희립이 이순신 막하에 들어온 지도 어느새 다섯 달이 지나고 있었다. 흥양 현감 배흥립이 지도진 만호를 지냈던 송희립의 능력을 눈여겨본 뒤 이순신에게 천거한 것이 지난 늦봄의 일이었다. 이순신은 황득중이 객사에 들자 조용히 물었다.

"득중아, 이 첨사에게 새 옷을 갖다주었냐?"

"아까침에 무명 옷 한 벌을 직접 전허고 왔습니다요."

"잘혔다. 근디 또 댕겨올 수 읎겄냐?"

"시방 핑 댕겨오겠습니다요."

"아무래도 내일 이 첨사를 델꾸 가야 허겄다."

"괴안찮허겄습니까요?"

"내가 백의종군을 명혔는디 누가 뭐시라고 허겄냐."

"그란디 시방도 손죽도에 왜놈덜이 왔다 갔다 헌당가요?"

"고건 알 수 읎는 일이여."

"이 첨사만 봐준다고 쓰잘데기읎는 말이 안 날께라우?"

"이대원 장군 초분 자리에 우리 모다 엎드릴 때 이 첨사도 같이 허든 좋지 않았냐? 워처케 싸우다 죽는 것이 군인인지 스스로덜 맹세허게 헐 겨."

이순신은 방답진에 오기 전부터 이응화에게 백의종군할 기회를 주려고 생각했다. 이응화뿐만 아니었다. 좌수영 관내에서 귀양살이하는 죄인들에게 관심이 많았다. 이순신은 그들 중에 역량이 뛰어난 사람들 역시 좌수영의 전력이라고 판단했다. 자신도 함경도에서 한때 백의종군을 한 적이 있었던 것이다. 이순신은 이상하게도 이응화에게 동병상련의 정을 느꼈다. 이순신은 황득중을 이응화에게 보낸 뒤 파리똥으로 얼룩진 벽을 응시하면서 쓸쓸하게 웃었다.

선조 15년 1월.

삼십팔 세의 이순신은 군기 보수가 형편없다는 서익 경차관(조사관)의 악의적인 보고로 발포진 만호를 파직당했다. 네 달 만에 훈련원 봉사(종8품)로 복직되었지만 초반의 관직은 부인다운 순수한 의욕에도 불구하고 불안정했다. 삼십이 세 늦은 나이로 무과에 급제한 탓인지 함경도의 험준한 동구비보 권관(종9품)에서 서울의 훈련원 봉사, 그리고 충청도 병사 군관으로 2, 3년을 못 채우고 전전했던 것이다.

그 무렵 도적질을 일삼던 여진족이 함경도 북단 끄트머리에 있는 경원진 아산보를 또다시 침범해 왔다. 병조에서는 급히 오운과 박선을 지휘관 삼아 선발대 군사 팔십 명을 급파했다. 신립, 이억기, 김시민 등도 여진족 토벌 부대 지휘관으로 파견됐다.

함경도 남병사 이일은 이순신을 자신의 군관으로 보내달라고 조정에 요청했다. 이순신은 울어야 할지 웃어야 할지 애매했다. 이일과의 관계가 매끄럽지 못했기 때문이었다. 이일이 전라 좌수사 시절에 부하인 이순신이 고분고분하지 않자 근무 성적을 최하위로 주려다가 전라 도사 조헌의 따끔한 지적을 받았던 것이다.

그해 7월 이일의 군관이 된 이순신은 세 달 만에 함경도 경원부 관내에서 최전선인 건원보 권관으로 자리를 옮겼다. 전운이 감도는 최전선으로 밀려났지만 이순신으로서는 행운이 따랐다. 건원보 권관이 되자마자 매복 작전으로 여진족 적장 우을기내를 생포하였던 것이다. 전공을 세운 이순신은 한양으로 돌아와 훈련원 참군(정7품)에 올랐다.

그러나 아버지 이정이 칠십삼 세를 일기로 세상을 떠나자 이순신은 삼년상을 치르기 위해 관복을 벗었다. 이후 사복시 주부(종6품)로 복직되었으나 다시 무관 외직인 함경도 경흥부의 조산보 만호로 나갔다. 이때가 사십이 세 때인 선조 19년(1586) 1월이었다. 다음 해 9월 사십삼 세 때는 순찰사 정언신의 명으로 조산보에서 이십 리 떨어진 녹둔도의 둔전을 감독하는 녹둔도 둔전관을 겸했다. 한 달도 안 되어서 현지 상황을 파악한 이순신은 녹둔도 둔전의 수비를 강화하기 위해 병사 이일에게 증원병을 건의했다. 그러나 이순신의 증병 건의는 거절당하고 말았다. 이일이 이순신의 요청을 들어줄 리 만무했다.

이윽고 추수철이 되자 이순신의 예상대로 여진족이 습격해

왔다. 경흥 부사 이경록이 추수를 지원해줄 정도로 풍년이 들었지만 둔전은 쑥대밭이 되었다. 병사 열한 명이 전사했고, 가을걷이하던 병사와 촌민 백여섯 명이 잡혀갔다. 군마 열다섯 마리도 빼앗겼다. 피해는 컸지만 그렇다고 참패는 아니었다. 이순신은 오른쪽 다리에 화살을 맞았으나 적 세 명을 사살했고 포로로 잡혀가던 촌민 육십여 명을 구출했던 것이다.

이일은 이순신과 이경록을 옥에 가두고, 이순신이 전술을 그르쳐 패전했다는 패인과 아군의 피해 상황을 적시한 내용의 장계를 올렸다. 그러나 조정에서는 '이경록과 이순신은 전쟁에서 패배한 장수와는 차이가 있으니 이일 병사가 장형의 벌을 준 다음 백의종군으로 공을 세우게 하라'고 지시했다.

백의종군도 형벌의 일종이었다. 지은 죄를 바로 사면하는 조치가 아니었다. 그런데 이순신에게 기회는 세 달 만에 다시 찾아왔다. 이일이 이천칠백 명의 군사를 세 부대로 나누어 여진족의 본거시인 시선촌時錢村을 기습 공격하여 초토화시켰는데 이 전투에서 이순신은 화포 장수로 공을 인정받아 백의종군에서 사면되었고 사십사 세 되던 선조 21년 4월에 아산으로 내려갈 수 있었다.

이순신은 무인이 된 이래 처음으로 지친 심신을 달래며 여섯 달 동안을 편하게 보냈다. 그 뒤 차례를 밟지 않고 무인을 등용하는 시험에 응시하여 2등이 된 이순신은 다음 해 2월 전라 감사 이광의 군관이 되었다. 그리고 아홉 달 뒤 12월에 정읍 현감(종6품)으로 옮겼고, 정읍 현감을 두 달 지낸 뒤, 사십칠 세 때는 실제로 부임하지 않았는데도 연달아 진도 군수(종4품)와 가리포 첨사(종3품)에 제수되었다. 이는 이순신을 정3품의 전라 좌수사로 임명하기 위한 절차였다. 유성룡 등으로부터 이순신을 천거받은 선조가 파격적인 승진에 대한 대간들의 탄핵을 비껴가려는 궁여지책이었던 것이다.

어찌 보면 이순신으로서는 백의종군이 자신을 회생시킨 새옹지마가 된 셈이었다. 이순신은 이응화에게도 백의종군을 시켜 명예를 회복할 수 있는 기회를 주고자 했다. 이순신은 입가에 물었던 쓴웃음을 지웠다. 황득중이 이응화를 데리고 오는 발소리가 났다.

이응화는 새 무명 바지저고리를 입고 있었다. 몸에 맞지 않는 바지저고리 차림이었지만 낮에 본 것같이 고구마를 구워 먹던 꾀죄죄한 몰골이 아니었다. 밤이슬이 내리는 듯 이응화의 상투튼 머리가 호롱불 빛에 번들거렸다.

"이 첨사, 내일버텀 여기를 떠나 좌수영으로 가슈."
"고맙습니다."
"바루 가는 것은 아니지만유."
"내일 곧장 좌수영으로 가지 않는다는 말씀이오이까?"
이응화의 얼굴이 금세 어두워졌다. 두산도보다 더한 절해고도로 귀양 가는 것처럼 불안해했다.
"백의종군시키겠다고 약속혔으니께 믿으야지유."
"사또의 말씀을 어찌 믿지 않겠소만 좌수영으로 바로 가지 않는다고 하니 엉뚱한 생각이 듭니다."

"손죽도로 먼점 갈규."

"사또, 손죽도라 했소이까?"

이응화가 입술에 경련을 일으킬 정도로 소리쳐 말했다.

"손죽도가 이 첨사 잡어먹는 호랭이라도 되는 겨?"

"사또, 전 가지 않겠소이다."

"이유가 있슈?"

"백의종군 받지 않고 저는 움막으로 돌아가겠소이다."

이응화가 벌떡 일어서자 이순신이 헛웃음을 지었다.

"허허."

"죄송하오이다."

황득중이 이응화의 팔을 잡아끌며 강제로 앉혔다.

"무례허요. 호의를 베푸시는 나리께 사과허씨요."

황득중이 눈을 부라리며 이응화를 몰아세웠다. 그제야 이응화가 무릎을 꿇고 용서를 빌었다.

"할 말이 없소이다. 두산도보다 더한 절해고도라도 가겠소이다."

"숨키지 말구 가지 않겠다는 이유를 말혀봐유."

"사또, 손죽도로 가게 되면 필시 저는 죽고 말 것입니다. 서인들이 저를 죽이려고 모사를 꾸며 옭아맬 것입니다."

이응화가 이순신에게 매달리듯 하소연했다. 무언가 숨기고 있는 비밀이 있었다. 이순신은 목소리를 부드럽게 하여 이응화를 달랬다.

"도대체 무신 일이 있는 겨. 손죽도가 왜 이 첨사를 죽인다는 거유?"

이순신이 눈짓을 하자 황득중이 나갔다가 바로 술을 가지고 들어왔다. 좌수영 관원들이 즐겨 마시는 막걸리였다. 이응화는 이순신이 따라주는 막걸리를 벌컥벌컥 들이켰다. 막걸리를 마시고 나서야 두려움이 사라진 모습으로 돌아왔다. 비로소 이응화의 눈빛이 평소 그답게 강해졌다. 말하지 않고 듣기만 하던 황득중이 말했다.

"서인들이 정여립 역모 사건허고 물괴기 엮듯 허는 디 말려들어뻔진다, 이 말이지라우?"

"그렇소."

"정여립이 왜놈덜 쳐들어온 정해년에 내려와 밟은 땅잉께 그러그만요."

"사실이오. 여립이 대동계 무사들을 거느리고 왔소."

"쩌만치 지나븐 일인디 무신 문제가 될께라우?"

이응화는 이미 죽고 없는 정여립인데도 극도로 경계했다.

"코에 걸면 코걸이, 귀에 걸면 귀걸이가 아니겠소? 정여립을 흠모하여 손죽도에 갔다고 뒤집어씌우면 당할 수밖에 없소이다."

이순신도 정여립이 선조 20년에 대동계 무사들을 데리고 손죽도에 내려온 일을 어렴풋이 알고는 있었다. 함경도 조산보 만호로 있을 때였는데 이순신의 귀에까지 소문이 들렸던 것이다. 녹도 만호 이대원이 왜구와 싸우다 전사하자, 전주 부윤 남언경이 죽도에 은둔하고 있는 정여립에게 손죽도의 왜구를 소탕해달라고 부탁한 것은 사실이었다. 『선조수정실록』 선조 22년(1589) 10월 1일에 다음과 같은 기사가 나오고 있는 것이다.

'정해년 왜변 때 여러 고을이 군사를 징발하였는데, 전주 부윤 남언경은 어설프고 치밀하지 못하여 조처할 바를 알지 못하다가 여립을 청하여 군대를 조직케 하였다. 여립은 사양하지 않고 담담하게 호령하여 단 한 번에 군병을 모았다. 그리고 부서를 정하는 데 하루가 안 되어 마무리 지었다. 장령將令들은 모두 대동계에 들어 있는 친밀한 무사를 기용했다. 적이 물러가고 군사를 해산하면서 여립이 장령들에게 말하기를 "훗날 혹시 변고가 있으면 너희들은 각각 부하들을 거느리고 일시에 와서 기다리라"고 했다. 군부軍簿 1건은 여립이 가지고 갔다.'

선조 20년(1587) 1월 말.

왜선 두 척이 절이도(거금도) 너머 손죽도 앞바다에 나타났다. 이십 척의 왜구 선단 가운데 며칠 먼저 침입한 왜선이었다. 왜구의 길잡이가 된 진도 출신의 어부 사화동도 왜구 선단에 타고 있었다. 삭풍이 부는 한겨울에 왜선이 나타났다는 것은 아주 드문 일이었다. 한두 척의 왜선들이 동남풍을 타고 4월에 출현하곤 했는데 뜻밖이었다. 한겨울에 나타난 것을 보면 무언가 숨겨진 의도가 있음이 분명했다. 녹도진 만호 이대원은 절이도 산자락에서 경계를 서던 늙은 포작의 보고를 받고는 즉시 녹도진의 맹선 여러 척에 수군을 승선시켰다.

"왜적이 몇 명쯤 되더냐?"

"왜선이 두 척잉께 크게 잡어서 이백 멩은 되야불지 않을께라우?"

"결코 가벼이 볼 일이 아니다."

"왜선 밖으로 보이넌 왜놈덜 대가리가 물 묻은 바가치에 깨 붙드끼 보였습니다요."

포작은 전복을 캐고 미역을 따는 등 신역에 불려 다니거나 일정한 거처가 없이 어선을 타고 떠돌면서 연명하는 해상 유랑민을 말했다. 그들은 수군처럼 죽창이나 갈고리 같은 무기를 어선에 싣고 다녔다. 어느 때 왜적들이 나타나 자신들을 끌고 갈지 모르기 때문이었다. 거칠고 강인한 그들도 한겨울에는 배에서 내려 수군의 지시를 받아 산자락이나 망루에서 경계를 서거나 신역을 하며 살았다.

이대원은 포작들이 타는 포작선들도 맹선의 뒤를 따르도록 지시했다. 적이 눈앞에 있으므로 전라 좌수사 심암의 명을 받아 출전할 여유는 없었다. 즉시 출동하여 왜구를 소탕해야 했다. 녹도진의 수군들은 십팔 세에 무과 급제한 뒤 훈련원 선전관으로 있다가 녹도진 만호로 내려온 이십이 세의 젊은 장수 이대원을 따랐다. 비록 이대원이 경기도 양성(평택)에서 나고 자랐지만 그의 선대는 전라도 함평에서 대대로 터를 잡고 살았으므로 마음이 이심전심으로 통했다. 이대원은 녹도진의 걸쭉하고 매운 장어탕이나 시원한 바지락 국물을 좋아했기 때문에 흥양 앞바다를 침입하려는 왜구들에 대한 적개심이 더 컸다.

두 척의 왜선에 탄 왜구들은 녹도진 수군의 화력에 밀려 도망치려다가 몰살당했다. 조총으로 맞서는 왜구들의 기세를 이대원이 대맹선의 화포로 초전에 제압했던 것이다. 수군의 사부들은 왜선에 접근하여 일제히 장전을 쏘았다. 화포와 화살 공격을 받은 왜선이 화염에 휩싸이자 왜구들은 배를 버리고 바다로 뛰어내렸다. 조총으로 무장한 규슈 오도五島의 악명 높은 왜구들이지만 대맹선의 화포에는 무력했다.

이대원의 수졸들은 갈고리로 수십 명의 왜구들을 끌어올려 목을 벴다. 그때마다 솟구치는 피가 수졸들의 얼굴과 팔에 튀었다. 불붙은 왜선의 연기는 바다를 뒤덮었다. 그리고 두 척의 왜선은 바닷속으로 감쪽같이 사라졌다. 맹선 뒤에 있던 포작들은 헤엄쳐 도망가는 십여 명의 왜구들을 바다 멀리까지 쫓아가 죽창으로 찔러 죽였다. 인근 섬으로 도망친 왜구는 불과 몇 명 되지 않았지만 곧 얼어 죽었다. 바다는 도살장처럼 왜구들의 피로 물들었다.

"적장은 사로잡았느냐?"

"화살 맞고 고꾸라졌는디 물구신맹키로 사라져뻔졌습니다요."

"적의 귀를 잘라 썩지 않게 소금에 잘 절여야 한다. 조정에 전황을 보고할 것이니라."

이대원은 직속상관인 좌수사 심암에게 왜구의 머리를 바쳤다. 왜구의 머리를 받은 심암은 이대원에게 귓속말로 무언가를 부드럽게 말하더니 안색이 돌변했다. 이대원이 이미 조정에 전황을 보고한 뒤였던 것이다. 심암은 전공을 나누고 싶었지만 물거품이 되자 객사에 머물며 생트집을 잡기 시작했다. 좌수영에서 데리고 온 진무 김개동과 이언세를 시켜 강도 높은 점고를 했다. 전투를 치른 녹도진의 군관과 수졸들은 쉬지도 못하고 점고에 불려 다니느라 시달렸다.

그런데 2월 1일, 왜선들이 다시 손죽도 바다에 점점이 나타났다. 날이 저물기를 기다렸다가 기습하려는 매복 전술이었다. 십팔 척이나 되는 대규모 선단이 느리게 움직였다. 며칠 전에 당한 참패를 복수하려고 나타난 것이 틀림없었다. 이대원은 심암에게 즉시 보고했다.

"군사도 많지 않고 지금은 해가 저물었으니 출전하는 것은 무모할 따름입니다."

"지난번에는 나에게 보고도 하지 않고 바로 출전하지 않았느냐?"

"군사를 더 많이 모아 선단을 크게 지어 내일 아침 날이 밝은 후에 치고 나가는 것이 옳을 듯하옵니다."

"적이 눈앞에 와 있는데 무얼 망설인단 말이냐? 어서 출전하라."

"소장 생각으로는 지금은 공격할 때가 아닌 줄 아옵니다."

"전공을 좀 세우더니 이제는 네가 나를 가르치려 드느냐? 명을 어긴다면 군율에 따를 수밖에 없다."

심암이 칼을 빼어 들자 순천 부사 변기가 다급하게 말했다.

"사또를 따라온 좌수영 수군은 중위장인 내가 맡아 지휘하겠소. 그러니 이 만호는 사또의 지시대로 척후장으로서 명을 따르시오."

할 수 없이 이대원은 제대로 휴식을 취하지 못한 백여 명의 수졸들을 이끌고 출전했다. 석양이 금당도 산허리에 떨어지고 있였다. 어둠이 스멀스멀 바다 저편에서 몰려왔다. 좌수영 진무 김개동과 이언세는 중위장 변기를 보좌했다. 이대원은 출정하면서 심암에게 무릎을 꿇고 말했다.

"사또, 증원병으로 뒤를 받쳐주기 바랍니다."

"알았다."

심암은 이대원이 등을 보이자 비웃었다.

'이제 수사인 나에게 이래라저래라 지시하려 드는구나. 네 이놈 두고 보자.'

이대원은 대맹선에 오르기 전에 변기와 작전을 상의했다. 두 장수는 녹두진 수군의 전력이 왜구에 비해 크게 뒤지므로 증원병이 올 때까지 치고 빠지는 지연 작전을 펴기로 했다. 처음에는 작전이 맞아떨어졌다. 손죽도까지 나갔다가 절이도와 금당도 부근 바다로 유인해 뒤따라오는 왜선의 선두를 치고는 했다. 손죽도와 절이도, 금당도와 소록도의 지형을 이용해서 이리저리 숨어 있다가 공격하기두 했다. 돌격전이나 전면전은 군사가 터없이 부족하므로 무리였던 것이다. 왜구는 천오백여 명에 이르렀고, 이대원의 군사는 고작 백오십여 명에 불과했다. 유리한 점이라고는 대맹선에 화포가 서너 대 장착되어 있다는 것뿐이었다. 그러나 화포도 왜구의 군사 전력이 월등하므로 피해를 크게 주지는 못했다. 왜구는 타격을 입으면서도 전력의 우세를 믿고 달려들었다. 왜선은 맹선보다 속도가 빨랐던 것이다.

치고 빠지는 전술에 격군들이 가장 먼저 지쳤다. 격군들의 손바닥에는 물집이 생기고 피멍이 맺혔다. 3일 동안 증원병을 기다리며 버텼지만 소용없는 일이었다. 날씨마저 최악이었다. 일렁이는 바다 위를 사나운 눈보라가 횡횡했다. 사부들은 손이 곱고 시려서 활을 제대로 쏘지 못했다. 수군의 맹선들은 차츰 왜선에 추월당하기 시작했다. 왜구들은 조총과 불화살을 쏘아대며 공격해 왔다.

일찍부터 조총으로 무장한 오도 왜구들은 왜국의 정예군이나 다름없었다. 칼 한 자루로 먹고사는 해적들이었으므로 백병전에 특히 강했다. 맹선에 올라 칼을 휘두를 때마다 녹도진의 수졸들은 낙엽처럼 뒹굴었다. 젊은 군관이나 늙은 수졸들은 바다에 뛰어들어 절이도나 무인도 산자락으로 도망쳤다. 애초부터 증원병을 보낼 생각이 없었던 좌수사 심암은 겁에 질렸다.

마침내 이대원이 탄 대맹선 한 척만 남았다. 좌수영 수군도 거의 다 죽고 진무 김개동과 이언세는 왜구들에게 붙잡혔다. 중위장 순천 부사 변기는 중맹선을 버리고 포작선으로 옮겨 탄 뒤 퇴각하려다가 적의 화살을 맞았다. 잠시 후 왜선들은 이대원이 지휘하는 대맹선을 포위했다. 이대원을 생포하기 위해서였다.

이대원이 대맹선 격군들에게 외쳤다.

"배를 손죽도로 돌려라!"

왜구를 한 명이라도 더 죽이고 자결하겠다는 각오였다. 이대원의 작전대로 왜선들이 조총을 쏘아대며 대맹선을 쫓아왔다. 화약이 바닥난 대맹선의 화포는 무용지물이었다. 장전과 편전도 떨어져 사부들은 방어조차 하지 못하고 죽창을 휘두르며 고함만 쳐댔다. 이대원은 대맹선이 손죽도 해변까지 다가갔을 때 사부와 격군, 수졸들에게 퇴선을 명령했다. 이윽고 수졸들이 사라지자 큰 소리로 잿빛 하늘을 향해서 헛헛헛 웃었다. 그는 속저고리를 벗고 칼을 꺼내 손가락을 잘랐다. 뭉툭해진 손가락에서 피가 철철 흘렀다. 이대원은 그 속저고리에 혈서를 썼다. 그때까지 그의 곁에 남아 있던 집안 노비가 다가오자 말했다.

"이걸 가지고 고향 땅 양성으로 돌아가 장례를 치르라. 너도 어서 배에서 내려 손죽도로 올라가 숨거라."

이대원이 피로 쓴 것은 절명시絶命詩였다.

> 해 저무는 진중에 왜구들 바다를 건너서 쳐들어오나
> 병사는 적어 외롭고 힘이 다했으니 장수는 서글프네.
> 임금과 어버이께 은혜도 의리도 모두 갚지 못하나니
> 한스러운 사람의 시름에 구름도 흩어질 줄 모르는구나.
> 日暮轅門渡海來 兵孤勢乏此生哀
> 君親恩義俱無報 恨人愁雲結不開

순식간에 왜구 수십 명이 대맹선으로 올라왔다. 이대원은 자신을 무겁게 짓누르는 구름을 한스럽게 쳐다보았다. 바윗덩어리 같은 구름 사이로 고향의 늙은 어머니와 아내, 어린 아들이 떠올랐다. 이윽고 이대원은 한양을 향해 사배를 올렸다. 그제야 왜구들이 이대원을 돛대로 끌고 가 묶었다. 왜구들은 이대원이 고함칠 때마다 팔을 자르고, 다리를 부러뜨리고, 살갗을 발랐다. 그러나 그는 왜구들의 칼에 목이 떨어질 때까지 왜구 두목을 꾸짖었다. 바다에 가장 늦게 뛰어든 수졸 손대남이 이대원의 처참한 마지막을 훔쳐보았다. 이대원의 집안 노비는 대맹선의 부러진 노를 붙들고 어흑어흑 울면서 피가 나도록 입술을 깨물었다.

손죽도 2

 왜구의 대규모 침략에 놀란 조정은 변협을 좌방어사로, 신립을 우방어사로 임명하여 손죽도로 급파했다. 또한 우참찬 김명언을 전라 순찰사로 임명하여 내려보냈다. 그런데 정여립의 대동계 무사들과 관군이 손죽도에 갔을 때는 벌써 왜구 선단은 사라지고 없었다. 산속을 수색하다가 소금 같은 싸락눈을 맞으며 오들오들 떨고 있던 이대원의 집안 노비를 발견했을 뿐이었다. 젊은 노비는 이대원이 혈서를 쓴 속저고리를 산기슭 낙엽 더미 속에 묻고는 그 자리를 지키고 있었던 것이다. 관군은 노비를 데리고 가 젖은 옷을 갈아입혔다.
 관군은 엿새 만에 손죽도에서 철수했다. 그렇다고 왜구 선단이 남해안을 아주 빠져나간 것은 아니었다. 손죽도를 떠나 선산도로 들어가서 늙은 어부 두 명을 납치한 뒤 가리포(완도)로 가고 있는 중이었다. 남해안에 있는 각 진들을 들락거리며 조선 수군의 전력을 정탐하는 것이 그들의 목적 가운데 하나였다. 이번 왜구 선단의 우두머리는 도요토미 히데요시豊臣秀吉가 보낸 정탐선의 순초장이나 다름없었다.

왜구들에게 남해안 뱃길을 안내하는 길잡이는 진도 출신 어부 사화동이었다. 사화동은 왜구 선장과 맞먹는 대접을 받으며 향도 노릇을 하고 있었다. 왜선들이 강진의 마도진과 가리포진으로 가는데 암초를 피해서 노질하는 것은 사화동이 뱃길을 안내하기 때문이었다. 사화동은 남해안 뱃길을 훤히 꿰뚫고 있었다.

규슈 오도 출신의 왜구 선장은 사화동이 좋아하는 노르스름한 빛깔의 규슈 전통술을 주면서 뱃길을 물었다. 그럴 때마다 사화동은 뱃길을 줄줄 외우고 있는 자신의 능력을 과시하듯 주워댔다.

"조선 사람덜은 수군이 되믄 구신굴에 들어가넌 거멩키로 질색허지라우. 암초에 배가 뿌서져 디지기도 허고, 괴기 잡어와라, 전복 따와라, 땔낭구 갖고 와라, 온갖 일을 다 시킹께 구신굴이라 허지라. 그랑께 사기가 말이 아니지라우. 모냥만 활이나 창 들고 있제 허깨비나 마찬가지랑께. 우리덜이 가덕도, 한산도, 사랑도, 남해도, 두산도, 절이도를 듬시롱 남시롱 지나뻔졌지만 걸거친 거 벨로 읎었당께요. 손죽도서 한판 붙어뻔진 거 말고 말이여. 마도진은 식은 죽 묵기고 강진 병영까정은 구찮게 들어갈 거 읎고 가리포진에서 전선이나 뺏어가지고 돌아가믄 요번 장사는 성공이랑께요."

선장실에서 술병을 들고 나온 사화동은 비틀거리며 갑판 아래로 내려갔다. 어둑한 선실에는 선산도에서 잡아 온 늙은 어부 두 명과 좌수영 신무 김개동과 이언세가 밧줄에 묶여 있었다. 사화동이 선산도 어부들에게 말을 걸었다.

"짜잔헌 집이(당신)는 벨로 쓸 디가 읎을 거 같은디 어째야 쓰까?"

"늙은텡이를 어쩔라고 그랴요. 처자식이 있응께 놔주씨요."

"나 맴대로 허간디요. 우리덜 두목 생각에 달렸응께 쪼깐만 지달려보씨요잉?"

"우리덜은 밥만 축내는 물짠 늙은텡이랑께."

"나가 사넌 오도서 괴기 잡고 살어뻔질 수도 있고 암짝에도 쓸 디가 읎으믄 코쟁이한테 팔어뿔어라우."

"워메, 간 떨어지는 소리해뻔지네. 집이 땜시 맹대로 못 살겄소."

"쪼깐만 지달려뻔지란 말이요. 쇠앙치(소)맹키로 얌전허게 지달리다 보믄 존 일이 있을지 모릉께."

"지발 코쟁이헌테 판다는 야그만 허지 마씨요. 우리덜이 무신 종잣돈 같은 쇠앙치도 아닌디 말여."

"자자, 쓰잘데기읎는 소리 말고 요 술이나 마시씨요. 나 사화동이 뭔 심이 있겄소."

사화동이 술병을 어부들의 입에 대주었다. 술을 서너 모금 마시던 선산도 어부들이 갑자기 술병에서 입을 뗐다. 선실 입구에서 감시하고 있던 왜구가 낭창낭창한 대뿌리 회초리를 들고 다가왔기 때문이었다. 사화동이 김개동과 이언세를 흘겨보며 말했다.

"느그덜도 마시고 싶지야?"

"왜놈덜 술이믄 입에 대고 싶지도 않당께."

"앗따, 어차든지 한 배 탔응께 앵그라보지 말더라고."

"두목에게 전해부씨오. 죽어도 우리 바다 송장이 될 팅께 얼릉 죽여서 여그 바다에 던져뻔지라고!"

"어허, 산 목심 그라믄 못써. 가늘고 질게 살아뿌러도 괴안찮다니께."

"할딱바구(대머리 왜구) 앞잽이 헐라고 시상에 태어난 종자도 있능갑네잉. 에라, 추접시런 호레자식아!"

이언세가 갑자기 사화동을 향해 침을 퉤 뱉었다. 그러나 침은 가까이 있는 김개동 얼굴에 튀었다. 그래도 사화동은 화를 내지 않았다. 사화동이 김개동의 얼굴에 묻은 침을 닦아주면서 말했다.

"구신굴이 참말로 좋아서 그란다믄 헐 수 읎지만서도 느그덜이 내 가심을 답답허게 허는그만. 나가 어쩌께 사넌지 봄시롱도 말이여."

김개동이 사화동을 달래는 말투로 말했다.

"할딱바구헌티 엥겨 살믄서 뭐시 좋다고 그래싸요. 눈에 거실리는그만."

"뱃질 길잽이만 허믄 원허는 대로 다 들어준당께. 뽈때기가 얍실얍실헌 가이나허고 외입도 시켜주고 말이여."

"왜놈 가시내 맛에 빠져서 처자석 내땡겨뿔고 할딱바구헌티 엥겨뿌렀소?"

"앗따, 가이나 사타리에다 코 박고 사넌 자껏은 아니랑께. 처자석 델로 시방 가리포로 가고 있넌 거 보믄 모르겄소? 나헌티

욕허는 사람 많지만 앙끗도 모르는 사람덜이지라우. 나멩키로 당해뻔지지 않은 사람은 내 맴을 모른당께. 나가 돌림병 들어 디져갈 적에 두체 자석이 메칠을 굶더니 눈 흐가니 뜨고 디져뿔더라니께. 암도 나를 도와주지 않응께 왜선을 타뿔었지라우."

이언세가 흥분하여 다시 얼굴이 벌개졌다.

"그란다고 노략질허는 할딱바구 앞잽이가 되라우. 그러코롬 살 거 같으믄 차라리 모새밭에 쎄를 박고 디져뿔겄소."

"고참 수줄 진무가 뭔 베슬이라고 그래싸요. 실은 뼛골 빠지게 고상험시롱."

"진무가 달구 베슬보담 못헌 줄은 알아뿔지만 그러코롬 사넌 건 호레자식이여, 개호레자식아!"

"니가 아적 심이 남아도는가븐디 쪼끄만 지나믄 나 좀 살려주시쑈 허고 꼴랑지를 내리겄제. 그랑께 내가 참어분다잉!"

사화동이 선실 밖으로 나가버렸다. 선산도 어부가 이언세에게 말했다.

"똥이 무서와서 피헌당가요. 디러운께 피허제. 집이 성질이 불같은디 저근허믄 참어야 쓰요잉."

어느새 왜구 선단은 가리포진 바다에 닿았다. 당시의 가리포진은 강진 관내였는데 전선 네 척과 포작선 여러 척이 굴강에 있을 뿐 전선에 탄 수군은 단 한 사람도 없었다. 손죽도에서 녹도진 만호 이대원이 이끄는 전선들이 전력의 열세로 참패했다는 소식이 가리포진에까지 알려진 것이 분명했다. 다만 가리포진 성안에는 몇십 명의 가리포진 사람들이 왜구들을 맞아 꽹과리와 북을 치면서 성을 지키고 있었다. 수군의 사부와 격군들도 활과 죽창을 들고 고함치고 있었지만 왜구들에게 큰 위협은 되지 못했다. 대부분의 수군은 이미 성을 빠져나가 산봉우리 망루 부근의 봉수대에 진을 치고서 연기를 피우며 지구전을 펴고 있었다.

왜구들은 들고 온 사다리로 돌담 같은 낮은 성벽을 타고 넘었다. 성안의 가리포진 수군과 왜구들 사이의 백병전은 금세 끝났다. 방어전을 펴던 가리포진 첨사가 왼쪽 눈에 화살을 맞으면서 수군들이 우왕좌왕하다가 곧 성을 버리고 말았던 것이다.

사화동은 쾌재를 불렀다. 이제 남도포로 가면 처자식을 만날 수 있기 때문이었다. 그러나 갑자기 강풍이 불기 시작했고 굴강 너머 바다는 거친 풍랑이 일어 삼각파도가 솟구쳤다. 왜구 두목이 사화동의 청을 들어줄 리 만무했다. 왜구들은 처음부터 가리포진까지만 정탐했다가 돌아갈 생각이었다. 전라 우수영이 가까운 남도포까지 가는 것은 위험했다. 왜구 두목은 우수영의 각 진에 있는 군사들이 몰려오기 전에 물러서는 작전을 세워두고 있었으므로 맹선 네 척과 포작선 한 척을 전리품으로 챙겨 가리포진을 서둘러 빠져나갔다.

사화동은 왜선이 남도포까지 가지 못하자 갑판 위를 미쳐 날뛰었다. 그는 선실로 뛰어들어서 자신에게 침을 뱉었던 이언세에게 부러진 창을 휘둘렀다.

"이놈의 새끼 땜시 재수 옴 붙어뿌렀당께. 니 주둥아리를 가만 놔두지 않을 거여잉!"

왜구가 쫓아와 뜯어말렸지만 소용없었다. 부러진 창을 휘두르는 사화동은 제정신이 아니었다. 그러나 이언세도 지지 않았다.

"나라 팔아묵고 사넌 개호레새끼야! 니놈헌티 대접받을 생각 눈꼽만치도 읎어야. 왜놈덜 도둑질한 밥 묵는 것도 자존심 상헌께 빨리 죽여주그라. 개쌍놈의 호레새끼야!"

이언세는 피투성이가 되어 선실 밖으로 끌려나갔다. 김개동은 밧줄로 묶여 있으니 눈물을 흘리며 지켜볼 수밖에 없었다. 이언세는 갑판 난간에 세워졌다. 찢어진 정수리에서는 피가 철철 흘러 얼굴을 적셨다.

"오냐, 니를 얼렁 물구신 맹글어줘야 헐랑갑다. 디질라고 환장헌 놈아!"

사화동이 발길질을 했다. 그때였다. 왜구 두목이 사화동을 말렸다. 잠시 후에는 건장한 왜구 요수가 흥분한 사화동을 선미로 데려갔다. 그런 뒤 이언세에게 다가와 칭칭 감은 밧줄을 풀어주었다. 왜구 두목은 쥐고 있던 술병을 이언세에게 권했다. 이언세는 술을 머금었다가 두목의 얼굴을 향해 뿜어비렸다. 뿌려진 것은 술이 아니었다. 이언세의 입안에 고였던 피였다. 왜구 두목이 고개를 절레절레 내둘렀다.

"독한 조선 놈이다. 하지만 너는 곧 내 부하가 되고 말 것이다."

결국 이언세는 다시 김개동 옆으로 끌려와 밧줄에 묶였다. 김개동과 선산도 어부들은 이언세가 죽지 않고 돌아오자 모두들 안도했다. 그런데 뜻밖에도 감시하는 왜구의 눈빛이 부드럽게 바뀌어 있었다. 끼니때가 되자 사발에 보리밥까지 가득 담아 들어왔다. 김개동과 선산도 어부들은 보리밥을 물에 말아 훌훌 넘겼다. 하루 뒤에는 두목의 지시인지 밧줄도 풀어주었다. 그러고는 선실의 창고 한 칸에 가두고 드러눕는 것을 허락했다. 선산도 늙은 어부가 이언세의 정수리에다 된장을 발라주며 말했다.

"집이가 허는 말이 다 옳은디 앞으로는 몰랑몰랑허게 허씨요. 고 자석 허는 짓거리가 베락 맞어도 싸불지만 불쌍헌 구석지가 있당께. 돌림병에 식구덜이 모다 디지게 되았을 적에 누가 도와줘뿌렀다믄 으째서 왜선을 탔겄소? 처자석 있넌디 멜갑시 고향을 뜨겄냔 말이여. 나라가 나서서 목구녕에 풀칠혀주는디도 그랬겄냔 말이여. 그랑께 고 자석 아조 미와허지 마씨요."

"나가 시방 천불 난 거 봄시롱도 고런 말씀이 나와뿌요?"

이언세가 더는 아무 말도 하고 싶지 않은 듯 돌아누워 버렸다. 그러자 이언세의 정수리에 붙어 있던 된장이 개떡처럼 툭 떨어졌다. 늙은 어부가 감시하는 왜구에게 손짓 발짓 하면서 구한 된장이었다. 어부는 선실 바닥에 떨어진 된장을 더듬더듬 주워 다시 이언세의 정수리에 얹어주었다.

이대원이 전사한 지 두 달 뒤, 선조는 군율에 따라 패전의 책임을 물어 심암을 효수하기로 했다. 형구에 채워 한양으로 압송해다가 국문도 하지 않고 바로 참수하여 그 잘린 머리를 여러 진에 조리돌렸다. 전라 우수사는 전선 다섯 척이 입은 피해와 왜선을 쫓아가 잡지 않은 죄를 물어 국문을 했다. 좌수사와 우수사 휘하의 여러 장수들도 늦게 출전했거나 힘써 싸우지 않았기에 문책을 받았다. 특히 전라 감사 한준은 그 죄가 무거워 파직시켰다. 순천까지 왔다가 왜구의 전력이 위협적이라는 보고를 받고는 겁을 먹고 벌벌 떨며 황급히 말머리를 돌렸고, 촌로들이 길을 막고 붙들다시피 하소연했음에도 전장인 녹도진으로 가지 않은 죄였다.

흥양 사람들은 심암이 효수당하고 난 뒤에도 그를 비웃었다. 그러나 젊은 장수 이대원은 잊지 못했다. 그의 순절을 기리고 심암을 비웃는 노래를 지어 불렀다.

> 어허! 슬픈지고. 녹도 만호 이대원은
> 다만 나라 위해 충신이 되었도다.
> 배가 바다로 들어갈 제
> 왜적들은 달려가고 수사는 물러가니
> 백만 명 진중에서 빈주먹만 휘둘렀도다.

정철의 장남 정기명은 「녹도가」를 지어 애도했다. 보성 출신 안방준은 열다섯 살 때, 손죽도 전투에서 살아남은 수졸 손대남에게서 순절한 이대원의 이야기를 듣고 「이대원전」을 지었다. 보성과 흥양은 이웃한 지척이었으므로 안방준이 흥양을 가보고 쓴 「이대원전」은 이대원에 대한 가장 정확한 전기가 되었다. 또한 안방준이 의병에 가담한 것은 이대원의 영향이 컸다.

훗날 이대원의 신도비명을 쓴 문신 남구만은 다음과 같은 글을 남겼다.

'임진왜란에 호남 지방이 유독 완전하여 다시 나라를 일으키는 근본이 되었으니, 이는 공이 먼저 왜적에게 몸을 맡겨서 사람들의 마음을 장려하고 분발시킨 효험이 아니라고 하지는 못할 것이다.'

이대원의 장렬한 전사는 조선 수군들의 마음을 격동시키어 임진왜란을 극복케 하는 원동력이 되었다는 남구만의 평이었다. 이대원은 왜국의 침략을 받아 망해가는 나라를 다시 일으키는 충절의 장수가 되었던 것이다.

선조는 부랴부랴 병조에 지시했다. 『선조실록』 20년 3월 2일의 기사에 다음과 같은 내용이 나오는 것이다.

'적과 맞서 응전할 적에는 마땅히 병사를 운용하는 적의 형세를 잘 알아 대응해야 된다. 적은 이미 손죽도에서 승리하고, 또 선산도에 들어가 약탈하였다. 그 날카로운 기세를 타고 바로 변경의 성을 침략하기에 그 형세가 매우 용이하다. 그런데도 바깥 바다에 계속 머물고 여러 섬에 나누어 정박하면서 바로 쳐들어오지 않으므로 그 실정을 측량하기가 어렵다. 이를 참작하여 아뢸 것을 비변사에 이르라. 그리고 계속적으로 정예 군사를 보내주고 적을 방어할 모든 기구들이 이미 정리돼 있는지의 여부 확인은 병조에 이르라.'

그러자 병조에서 대책을 강구한 뒤 보고했다.

'지금의 왜변은 우연히 변경을 침범한 것이 아닙니다. 전선을 넉넉히 준비하여 대규모로 침입했습니다. 고풍손이 전한 대로 사을화동(사화동)의 소행입니다. 이미 빈말이 아닙니다. 한 번

교전하고서 선박을 불태우고 장수를 죽였으므로 곧바로 다른 곳을 침범하는 데 아무런 어려움이 없었습니다. 그런데 여러 날을 지체하면서 진격도 후퇴도 않기 때문에 그 실정을 가늠하지 못할 듯도 하지만 어찌 심원하여 알기 어려운 계책이야 있겠습니까. 전선을 나누어 정박시켜 의심스럽게 만들어서 우리 측이 한 곳에 병력을 집중토록 한 다음 가만히 다른 변경을 치려는 것이 하나요, 먼 섬으로 물러나 숨었다가 본처에서 원병을 계속 보내는 것을 기다려보고 일시에 큰일을 벌이거나, 멀리 떨어진 변경에 출몰하면서 진과 보의 형세를 살폈다가 허술한 틈이 생기면 갑자기 공격하려는 것이 그 하나입니다. 신들의 생각으로는 적과 대응하는 곳의 방어가 그다지 허술하지는 않은데 본도에서 우려할 만한 곳은 가리포, 진도, 제주 등 3읍과 법성창, 군산창입니다. 그러나 본도의 방책에 진작 정해진 규칙이 있으니, 반드시 이미 조치하였을 것입니다. 정예 군사는 현재 당상과 당하의 무신과 과거 응시 자격자 및 구실아치, 관청과 개인의 종으로 활쏘기에 능한 사람을 벌써 선발해서 대오를 나누고 짐을 꾸려 명을 기다리게 하였습니다. 활과 화살, 화포인 총통도 있습니다. 다만 부족한 것은 철갑과 철환이나, 현재 만들고 있습니다.'

비변사나 병조의 방어 대책은 주로 제주도와 전라도 해안의 진과 보에 집중하고 있었다. 이는 도요토미 히데요시가 다른 쪽을 공격하려고 왜구를 시켜 일부러 전라도 쪽을 침범하고 있는지도 모를 일이었다. 병조는 제주도와 전라도에 대한 방어 대책만 내놓고 있었다.

한편, 동인과 서인은 손죽도 왜변 이후부터 사사건건 암투를 벌였다. 유성룡의 중재 노력도 소용없었다. 대동계의 무사들이 정여립의 명을 받고 손죽도로 내려가 관군 같은 힘을 보이자 서인들은 동인들을 공격하기 위해 음모를 꾸미기 시작했다. 정여립은 원래 서인이었지만 그들을 등지고 동인이 된 사람이었던 것이다.

서인은 정여립이 대동계를 전국으로 확대시켜 역성혁명을 준비하고 있다고 음모를 꾸몄다. 백성들 사이에서는 '이가李家는 망하고 정가鄭家는 흥한다'는 『정감록』의 참언까지 떠돌았다. 정여립 역시 천하는 주인이 따로 있는 것이 아니라 백성들의 공물이라고 했고, 임금은 누구나 능력에 따라 될 수 있다고 말하여 서인을 자극했다.

마침내 선조 22년 10월 1일. 황해도 감사, 안악 군수, 재령 군수 등이 연명하여 '정여립 일당은 한강이 얼 때를 틈타 한양으로 진격하여 반란을 일으키려 한다'고 고변하기에 이르렀다. 주로 동인의 연루자들이 차례로 잡혀가자 정여립은 아들 옥남과 함께 죽도로 도망하였다가 관군에 포위되자 자결했고, 연루된 선비들 천여 명이 처형당했다. 훗날 사람들은 이와 같은 비극을 기축옥사己丑獄事라고 불렀다. 참혹한 피의 학살이 선조 22년, 즉 기축년에 일어났기 때문이었다.

다음 날.

이순신은 객사에서 보리쌀이 든 낙지죽을 가볍게 먹은 뒤 대장선을 타고 손죽도로 떠났다. 대장선이 뜬 뒤 이봉수와 나대용, 이응화는 격군 두 사람이 젓는 협선을 타고 좌수영 굴강으로 향했다. 이봉수의 발목은 부기가 여전했고, 나대용은 선소가 없는 손죽도까지 굳이 따라갈 이유가 없었던 것이다.

방답진 바다를 벗어나자 파도가 거칠어졌다. 왜선들이 자주 출몰하는 바다였다. 이순신은 장대에 올라 먼바다를 응시했다. 파도를 가르며 전진하는 대장선은 풍랑에 곤두박질했다가도 솟구치곤 했다. 배 옆구리를 타고 넘어온 파도가 갑판에서 하얗게 뒹굴었다. 뱃전을 치는 파도 소리가 매서웠다. 다행히 삭풍이 불어 바람을 받는 돛폭이 부풀어지자 배는 속도를 냈다. 격군들이 힘을 빼고 천천히 노를 저어도 되었다. 그때 멀리 배 한 척이 보였다. 경계병이 망대로 올라와 보고했지만 왜선인지 제주도를 오가는 해상 유랑민의 포작선인지는 분간하기 어려웠다. 아스라한 수평선에서 너울거리다가는 시야에서 사라지곤 했다. 정체가 분명해질 때까지 추격할 필요는 없었다.

대장선은 점심때쯤 손죽도 바다에 이르렀다. 이순신은 군관들을 갑판으로 불렀다. 멀미를 하는지 우거지상이 된 내륙 출신의 군관도 있었다. 손죽도 선창 마을이 보일 무렵에는 파도의 기세가 고분고분해졌다. 드디어 이순신은 녹도진 관내인 손죽도에 온 이유를 말했다.

"군관덜은 명심혀야 혀. 우리덜이 손죽도에 온 까닭은 첫째 이대원 장수의 의로운 혼백을 위로허는 것이고, 두 번째는 갸덜을 밤낮으루다가 경계허자는 것이고, 세 번째는 심암이 증원 군사를 즉시 출전시키지 않아 참패허고 말었는디 고런 작전 실패를 다시는 되풀이허지 말자는 겨. 알겄는가?"

"예! 수사 나리."

"마지막으로 갸덜이 워째서 전라도 해안을 대꾸 침범허는지 그 까닭을 알으야 혀. 갸덜이 참말루 침범허고 싶은 데는 전라도가 아니라 경상도인 겨. 우리덜을 시방 속이고 있는디 그걸 알으야 혀!"

송희립이 고개를 크게 끄덕였다.

"수사 나리. 왜놈덜이야말로 참말로 응큼헌 거짓깔재이그만요."

"치밀헌 놈덜이여. 병서에 성동격서라고 혔어. 동쪽에서 소리 질르고는 서쪽을 친다는 말이여. 먼첨 반대쪽을 건드려보고 난중에는 다른 쪽을 공격허는 겨."

"그란디도 병조서는 답답허게 제주도, 전라도만 신경 쓰고 있그만이라우."

"기여."

이순신과 군관들이 손죽도에 내려 바로 걸어 올라간 곳은 이대원의 속저고리가 처음 묻힌 산기슭이었다. 손죽도에 파견된 권관이 어린 수졸과 함께 달려와 길잡이를 했다. 손죽도 사람들은 그곳을 이대원의 초분 자리라고 했다. 초분 자리 옆에는 낙락장송 서너 그루가 우우우 하고 솔바람 소리를 냈다. 이순신의 꿈에 나타났던 이대원의 맑은 혼령이 달려온 것도 같았다. 이순신은 이대원이 1승 1패를 한 시퍼런 손죽도 바다를 응시했다. 그런 뒤 이대원의 초분 자리 앞에서 무릎을 꿇고 술을 올리고는 군관,

수군들과 함께 두 번 절했다. 군관과 수군들은 의기가 끓어오르는지 이를 악물었다.

선창에서는 산발한 늙은이의 머리카락처럼 허연 연기가 피어올랐다. 보를 지키는 수졸들이 서둘러 점심을 짓는 연기였다. 이순신은 보의 수졸들을 격려만 한 뒤 점심은 대장선에 올라 해결하고 떠날 생각을 했다.

화살

　눈발이 희끗희끗 내렸다. 눈앞에 보였다가는 하루살이같이 사라졌다. 손이 곱을 정도로 추운 날씨는 아니었다. 하늘은 시래기 국물 빛깔로 흐렸다. 동짓달 햇살이 잠깐 양지쪽에 이불보처럼 펼쳐졌다가 슬그머니 자취를 감추었다. 동백나무 잎들은 햇살을 받을 때까지는 오글오글 말려 있을 터였다. 때 이르게 핀 동백꽃은 새벽 찬 공기에 얼어버린 듯 피딱지처럼 검붉었다.

　사부들이 피우는 모닥불 연기가 영내에 푸르스름한 이내같이 퍼졌다. 잠시 후에는 모닥불이 활활 타기 시작했다. 선소에서 가져온 널빤지 쪼가리를 던지자 불길이 치솟았다. 화기가 연못까지 퍼져 얇은 살얼음이 시나브로 녹았다. 연못은 긴 가을 가뭄으로 물이 보태져 있었다.

　격군들은 선창에 쌓인 신우대 단을 영내로 마저 날랐다. 선창에는 오동도에서 싣고 온 신우대 낟가리가 듬성듬성 쌓여 있었다. 오동도 신우대는 화살을 만드는 데 그만이었다. 사부들은 신우대를 보닥불에 구운 뒤 잘 손질하여 장전과 편전을 만들었다. 사부들이 불에 구워진 신우대 매듭을 깎고 다듬어놓으면, 성 밖에서 데려온 시장矢匠이 마무리를 지었다. 군관들은 화살 만드는 장인을 시장이라고 불렀다. 시장은 보의 수군이 되지 않은 보인保人이었다. 보인은 집에서 짠 무명베를 바치거나 자기 재주를 팔아 군역을 면제받은 사람을 말했다.

시장을 데리고 온 군관은 정춘이었다. 정춘은 성주 판관으로 옮겨 가기 전이었으므로 좌수영에서 자신이 직접 화살대를 가늠해보는 마지막 기회라고 생각했다. 어디로 가더라도 조선군의 주요 병기인 화살은 무엇보다 중요했다. 정춘이 시장에게 물었다.

"장전 지러기는 을마당가?"

"이 척 칠 촌서 삼 척 팔 촌인디 아조 진 것은 사 척도 있어라우."

"시방 맹그는 것은 시누대 지러기로 봉께 장전이그만."

"원래는 무게가 육 냥이었는디 요세는 삼 냥짜리만 맹급니다요. 육 냥짜리는 팔뚝 심이 아조 쎄뿔지 않고는 지대로 쏘지 못허지라우. 늙은텡이 오줌발멩키로 꼬치 끄터리서 쪼까 나갔다가 떨어져뻔지지라우. 그랑께 요새는 모다 삼 냥짜리를 씁니다요."

"고건 나도 아는 야그그만. 나도 무과 시험 봄시롱 삼냥시를 쐈번졌거든."

"내일은 애기살을 맹글라고 헙니다요."

"편전도 겁나게 맹글어부러야 허네."

사부들은 편전을 장전에 비해 애기처럼 작다 하여 애기살이라고 불렀다.

"애기살은 지러기가 일 척 이 촌에서 팔 촌으로 짤롭지만 일손이 하나 더 보태진께 장전 맹그는 거보담 시간이 솔찬히 더 걸린당께요."

"통아까정 맹그니께 당연헌 거지 머."

"그런당께요. 덧살이 읎으믄 애기살은 아모 소용이 읎지라우."

통아筒兒는 짧은 편전의 길이를 활과 시위 사이에서 대신해주는 대통을 말했다. 보충해주는 살이라 하여 덧살이라고도 부르는데, 대통은 대나무 지름을 삼분의 일 정도 깎아내 편전이 목표를 향해 빠져나갈 때 마찰을 줄여주었다. 게다가 편전은 일반 활을 사용하면서도 화살의 길이가 짧으니 그만큼 멀리 날아갔다.

애기살이라고도 불리는 편전은 수군의 비밀 병기나 마찬가지였다. 명나라나 왜국에 없는 화살로 적이 가까운 곳에 있으면 연습을 금지시켰다. 편전은 통아가 없으면 쏘지 못하기 때문에 적진으로 날아가더라도 적이 주워서 되돌려 쏠 수 없었다. 뿐만 아니라 촉이 날카로워 치명적이었고 장전과 달리 화살이 보이지 않을 만큼 날아가는 속도가 빨라서 적이 미처 피하지 못했다.

"요번 작업에는 설 밑구녕까정 바짝 혀서 장전과 편전을 겁나게시리 맹글어불소."

"사부들이 훈련은 안 허고 화살만 맹글어도 될께라우?"

"수사 나리 지시랑께."

"영내 출입허믄 이녁 일헌 날수 처중께 지야 좋아불지요."

정춘은 이순신이 왜 장전과 편전을 많이 만들라고 하는지에 대해서는 말하지 않았다. 이순신은 장전과 편전을 영내 무기고에 비축도 하고, 임금에게 설날을 경하하는 진상물로도 올려 보낼 생각을 하고 있었다. 전라 좌수영에서 만든 장전과 편전은 왕실에서 애지중지하는 진상물 중의 하나였던 것이다.

시장이 바람을 따라 달려드는 모닥불 연기에 얼굴을 찡그렸다. 정춘은 자리에서 일어나 동헌으로 올라갈 채비를 했다. 궁둥이에 묻은 흙먼지를 털고 연못물에 검댕이 묻은 손을 씻었다. 이순신에게 아침 일찍 시작한 화살 작업의 상황을 보고하기 위해서였다.

또한 어젯밤 송현 마을의 장형 정철 집에 모여 저녁밥을 먹으면서 이순신을 위해 정씨 형제들끼리 합의한 얘기도 있었다. 며칠 후면 성주 판관으로 가는 정춘을 위로하기 위해 정철과 그의 외아들 정언신, 그리고 친동생 정린과 조카 정대수가 모였던 것이다.

정춘을 위해 마련한 푸짐한 저녁 자리였다. 정춘은 오관 오포 중 한 곳으로 부임할 줄 알았는데 갑자기 경상도 성주 판관으로 떠나게 되어 찜찜해하고 있었다. 이제는 아내와 떨어지게 되었으니 밥은 물론 빨래도 홀아비처럼 혼자 해결해야 할 판이었다. 미식가인 정춘에게는 끼니때가 가장 큰 고역일 터였다. 전라도 여수의 게미가 있는 음식에 비해 경상도 내륙인 성주의 음식은 왕소금처럼 짜기 때문이었다. 성주로 떠나는 정춘을 생각해서 상에는 여수의 해산물 음식이 거의 다 나왔다. 성주에서는 맛볼 수 없는 음식들이었다.

여수 사람들이 손님을 대접할 때 빠지지 않는 서대가 정춘 앞에 놓였다. 서대는 조기보다 값이 더 나가는 크고 납작한 고기였다. 정춘은 쫄깃쫄깃한 서대회를 즐겼지만 양념이 얹힌 찜이나 담백한 구이도 좋아했다. 여수 사람들이 서대를 쳐주는 이유는 노래미나 참장어회와 달리 꼬들꼬들 말랐어도 회를 만들어 먹을 수 있기 때문이었다. 상에는 여수 앞바다에서 잡히는 금풍쉥이와 청어도 올라 있었다. 청어는 여수 앞바다에서 겨울철에 많이 잡히지만 금풍쉥이는 사시사철 그물만 던지면 걸려드는 고기였다. 금풍쉥이는 주로 노릇노릇하게 구워 먹었는데 물리지 않았으므로 양식이 떨어졌을 때 배를 불리기에 알맞은 고기였다.

탕 종류도 두 가지가 나왔다. 노래미탕과 꽃게와 새우가 들어간 해물탕이 상 위에 올라 있었다. 밥은 명절 때처럼 고슬고슬한 쌀밥이 놋그릇에 담겨 나왔고 사발에는 문어죽, 피문어죽이 담겨 있었다. 반찬으로는 혀를 톡 쏘는 갓김치와 씹을수록 단맛이 나는 고들빼기가 입맛을 돋우었다. 육류는 어디서나 먹을 수 있는 돼지고기를 수육으로 올렸고 국은 꿩고기 무국이었다. 반주로 나온 막걸리가 몇 사발 돌고 난 뒤였다. 좌장인 정철이 말문을 열었다.

"동상, 성주 땅에 가믄 묵을 수 읎을 팅께 이것저것 가리지 말고 저범질 싸게 혀서 묵어뿔소."

"성님, 시방 배가 터져불게 묵고 있습니다요."

"판관으로 갔다가 오포 만호로 올 가능성도 있응께 너무 상심 허지 마소."

"아이고, 성님. 고로코롬 되았지라우."

"지수씨덜이 여수 음석으로만 상 채린 겡게 그리 알아뿔소."

그래도 분위기가 흥이 돋지 않고 무겁자 정린이 말했다.

"앗따, 잘 묵고 디진 구신은 때깔도 좋다고 헙디다요. 원래 성님은 우리 집안에서 여자보담 더 간을 잘 보는 사람인디 행수씨덜 칭찬 좀 허씨요."

"그려, 그려."

정춘이 막걸리를 쭉 마시더니 사발을 정철에게 내밀었다.

"예쏘, 큰성님. 오늘 나 겁나게 취해불 팅께 따라주씨요잉."

"동상 위헐라고 맹근 자링께 그래야제. 그래뿌러야 음석 채린 지수씨덜이 보람이 있당께."

이윽고 분위기가 조금 무르익었을 때였다. 정철이 정색을 하더니 말문을 열었다.

"오늘 성제덜이 다 모였응께 한마디 헐라고 허네."

"집안에 먼 문제기 있당가요?"

"우리 집안 문제가 아니라 사또 집안 문제여."

"말씸혀보씨요. 우리덜끼리 못 할 야그가 머 있당가요."

"사또 동상이나 아들 조카가 자꼬 내려와 영내에 머무는디 본인들도 솔찬히 부담스러울 것잉마. 고것도 하루 이틀이제 차침 안 존 말덜이 날 거 같은디 자네덜 생각은 으짠가?"

"당연히 벨으벨 소리가 다 나겄지라우. 그래싸믄 존 일이 있을랍디여?"

정대수가 먼저 대답했다.

화살 79

"큰삼춘, 우리 집안에서 처소를 마련혀 줘뻐리믄 으쩔까요?"

"누구 집이 좋을 거 같웅가? 다덜 집이 물짠디 따뜻헌 남향받이에다 방문 들어가불 때 머리빡은 부닥치지 않는 집이 좋지 않을까?"

"이왕 대접헐라믄 그래야제라우."

"그라믄 우리 집인 거 같은디요."

새집을 지어 분가한 지 얼마 되지 않은 정대수가 말했다.

"조카가 마음을 내불랑가?"

"방이야 지 집서 내주고 양석은 우리 창원 정가 집안에서 십시일반으로 날파를 허믄 될 것 같은디요잉."

"양석은 봄에는 보리, 가실에는 쌀을 날파혀야지."

"지가 내일버텀 화살 맹그는 작업을 감독허는 날인디 사또께 말씸디려 보겄습니다요."

"사또는 원청 자존심이 쎙께 잘 말씸디려 보드라고."

모닥불이 탁탁 소리를 지르며 탔다. 신우대 매듭이 불에 타며 터지는 소리였다. 화살이 되는 가운데 부분만 추려지고 그 나머지 신우대 무더기는 모닥불에 던져졌다. 불길은 불붙은 보름날 달집처럼 하늘 높이 치솟았다. 사부들 중에 누군가가 넓적한 돌판을 구해 와 콩을 볶기도 했다. 심심풀이로 굽는 주전부리이니 정춘은 모르는 체 눈감아주었다. 콩 익는 냄새가 구수했다. 정춘은 객사 뒤편에 있는 동헌으로 올라갔다.

정춘은 어젯밤에 오간 이야기들을 잠깐 복기해보았다. 저녁

자리에서 이순신의 친족들이 자주 여수로 내려오는데 영내에서 먹고 자는 것도 하루 이틀이지 이제는 본인들도 불편할 터이므로 아예 거주할 민가를 정해 방을 마련해주자는 얘기였다. 실제로 이순신의 동생 이우신과 조카 이봉, 그리고 아들 이회가 한꺼번에 여수에 내려오면 영내 위사가 부담스러워 성 밖 민가에 머문 적도 있었다.

이순신은 다른 날과 달리 동헌에 없었다. 정춘은 동헌 마당을 왔다 갔다 하며 경계를 서고 있는 나장 수줄에게 물었다.

"사또께서는 시방 워디 겨신당가?"

"지가 아적버텀 쭉 있었는디 아직까정 뵙지 못해뿌렀그만요."

"또 선소에 가셨는갑다."

이순신은 하루에도 몇 번씩 선소에 들러 거북선 건조가 어떻게 진행되는지 점검하곤 했던 것이다. 그런데 아침 집무를 시작하는 진시가 됐는데도 동헌을 비우고 없다는 것은 이상한 일이었다.

"참좌군관도 못 봤능가?"

"못 봤그만요. 삼베옷에 방구 빠져불드끼 사라지고 읎당께요."

"에기, 이 사람아. 웃사람헌티는 고로코롬 고상헌 말은 안 쓰는 거여."

이순신과 송희립은 항상 바늘과 실처럼 행동했다. 그렇다면 아침 일찍 함께 외출했을지도 몰랐다. 정춘은 조금 더 기다려보기로 하고 나장 수줄과 이야기를 더 나누었다.

"자네는 고향이 어디여?"

"보성 오봉산 비봉 마실입니다요. 거그 선소서 근무허다가 이 짝서 불러 와부렀십니다요."

"보성 선소는 을매나 큰가?"

나장 수군은 마치 자기 고향의 보성 선소를 자랑하듯이 줄줄 외어 말했다.

"보성 선소는 늘 바닷물이 방방허지라우, 바닷가 깔끄막이 급 헝께 밀물이나 썰물 영향이 벨로 읎당께요. 아모 때라도 배덜이 듬시롱 남시롱 허지라우. 사부 삼십 멩은 오봉산 활터에서 활 쏴 뻔지고 곁꾼 이백사십 멩은 삼교대로 병선을 타고 노질 훈련을 허지라우. 쬐간헌 척후선 두 척에다 병선이 한 척밖에 읎지만 보 성 선소에서 맹근 배가 좌수영 선소 것보다 빠지지는 않지라우. 배 만드는 보성 목수덜도 원체 알아줘뻔진당께요. 해풍 맞은 오 봉산, 주월산, 방장산, 존제산 소나무덜은 결이 고래 심줄멩키로 찔겨서 배 맹그는 디는 고만이지라우."

"선소 대장은 누구당가?"

"시방도 마 주부일 거 같은디요잉."

무인 마하수가 종6품의 주부主簿라는 것은 사실이었다. 마하 수는 명종 19년(1564)에 무과에 급제하여 선공감 주부가 되었 다가 낙향하여 선소 대장을 잠깐 맡고 있었던 것이다. 대장代將 은 선장과 선소의 수군, 그리고 선소에서 삼십여 리 떨어진 주월 산 밑 조양창의 세곡미와 비상미를 관리하는 관원이었다. 조양 창이 군사 시설인 선소에서 멀리 떨어져 있는 것은 불시에 침입 하는 왜구로부터 대비하고자 하는 이유도 있었다. 선소의 군사들이 먹는 양식 창고는 선소에서 가까운 비봉 마을 군창에 있었고 늘 백 석 정도의 쌀과 보리, 콩 등이 보관돼 있었다.

"저어그 사또 나리께서 오십니다요."

이순신이 동문 쪽에서 잰걸음으로 오고 있었다. 뒤따르고 있는 장수는 조방장 정걸이었다. 본영 선소에 내려갔다가 올라오고 있음이 틀림없었다. 말구종이 두 마리의 말을 멀찍이서 몰고 있었다. 정걸은 비록 조방장의 직위였지만 경장京將으로서 급이 달랐다. 이미 20여 년 전에 경상 우수사를 지냈고, 10여 년 전에는 전라 수사를 지냈던 것이다. 비변사에서 정걸을 추천하여 이순신에게 보낸 것은 좌수영 관내의 오포에 있는 전선들을 관리 감독시키기 위해서였다. 좌수영에서의 정걸의 정확한 직함은 전선 건조와 수리를 감독하는 최고 지휘관, 주사舟師 조방장이었다.

전쟁이나 반란 전후에 비변사나 병조에서 한양에 있는 장수를 파견하여 위계에 따라 변방의 장수를 지휘하거나 협력하게 했는데 이러한 장수를 경장이라고 불렀다. 이는 세종 때 힘경도 육진을 개척한 김종서가 수립하여 선조 때까지 이어져온 제승방략制勝方略에 따른 것이었다. 예전의 진관 체계가 진관에 소속된 자체 군사로만 적을 방어하는 전략이라면 제승방략이란 한양에서 파견한 경장과 변방의 수사와 첨사, 그리고 각 고을의 수령과 그 지역의 군사가 전장에 집결하여 적을 격퇴하는 전략이었다. 변방의 장수가 전투에 나가면 경장은 그 변방의 빈자리를 방어하기도 하고 함께 출전하기도 하였다. 제승방략의 장점은 전력을 한데 집중하므로 국지전에는 위력을 발휘하지만 단점은 전면

전에서 최전선이 무너지면 장수와 군사가 없는 후방은 속수무책이 된다는 것이었다.

정춘은 이순신과 정걸을 향해서 깍듯이 고개를 숙였다.

"보고헐 것이 있어 올라왔습니다요."

"방으로 들어가 말혀."

동헌방에 들자 이순신이 말했다.

"성주는 언제 떠나는 겨?"

"닷새 남었습니다요."

"낼버텀 집이서 쉬는 것이 어뗘? 여태까정 고상혔으니께 말여."

"아니랑께요. 떠나기 전날까정은 나오겄습니다요."

이순신이 정걸을 돌아보며 말했다.

"정 군관이나 정 장군님 모다 압해 정씨 아니유?"

"맞습니다요. 압해 정가 창원파랑께요."

정춘은 화살 만드는 일을 보고했다.

"선창에 쌓아둔 시누대는 모다 영내로 날랐습니다요. 그라고 화살쟁이를 불러 신역을 시키고 있지라우. 사부들은 두 패로 갈라 한 패는 장전을, 또 한 패는 편전을 맹글게 허고 있습니다요. 통아는 놀고 있는 곁꾼을 불러 다듬고 있는디 다들 엥그락지게 잘허고 있습니다요."

"알겄네. 세밑까정은 장전과 편전만 맹글고 설 이후는 효시나 마전, 무촉전을 맹글어야 혀."

효시嚆矢는 전투를 시작할 때 쏘아 올리는 날카로운 소리를 내는 화살이고, 마전馬箭은 말을 타고 달리며 쏘는 장전보다 짧은 화살이며, 무촉전無鏃箭은 화살 끝을 솜이나 헝겊으로 감아 적을 생포하기 위해 기절시키는 화살을 말했다.

이순신이 사용하는 시대에는 여러 종류의 화살들이 놓여 있었다. 얼마 전에 새로 만들어 들여놓은 시대가 분명했다. 가죽나무 결은 황토처럼 유난히 붉고 고왔다. 시대에는 활을 처음 배우는 사람들이 쓰는 끝이 뭉툭한 박두전樸頭箭부터 무과 시험을 치를 때 쏘는 유엽전柳葉箭까지 그 종류가 다양했다. 그중에서도 이순신이 가장 아끼는 것은 편전인 듯했다. 왕대나무 화살통에는 편전과 통아만 따로 꽂혀 있었다.

편전은 명나라 장수나 왜국의 장수도 두려워하는 위력적인 화살이었다. 실제로 사신으로 온 명나라 장수들은 자기들이 조선 사람을 따라잡지 못하는 네 가지가 있다고 말했다. 조선 부인의 절개와 천민도 초상을 치르는 것, 그리고 소경이 점을 잘 치는 것과 사부들의 편전 쏘는 재주라고 부러워들 했다.

"보고헐 섯이 또 있는 거?"

"있습니다요."

"말혀봐."

"어저께 밤에 성제덜끼리 합의를 봤는디요, 사또 나리 동상님과 아드님, 조카가 편히 머물 수 있도록 지덜이 방을 하나 마련허자고 혔습니다요."

그러나 이순신은 기다렸다는 듯이 고개를 저었다.

"이 사람아, 정씨 집안에 신세 지기 싫으니께 앞으로는 고런 말 허지 말게."

"그란다고 마냥 영내에 기숙헐 수는 읎지 않것습니까요? 지덜은 고것이 더 큰 문제라고 본당께요."

정걸도 대못을 지르듯 거들었다.

"송현 마실 정가 집안 우애는 알아줘뻔져야 한당께요. 성제들이 합의혔다고 허믄 갯바우뎅키로 절대로 물러서지 않을 것잉께 정 군관 집안의 성의를 받아들여뻔져야 헐 거 같은디요."

"사또 나리께서 허락허셔야만 지가 성주를 맴 편허게 갈 것입니다요."

"허허. 정씨 집안에 또 신세를 지는구먼."

"사또 나리. 지덜 가문에 원제 신세 진 적이 있다고 고런 말씸을 허신당가요?"

"아무도 모를 겨. 내가 워처케 그 일을 잊을 수 있겄능가."

이순신은 발포 만호 때의 일을 떠올렸다. 벌써 10여 년 전의 일이었다. 발포진 관아에 있는 오동나무가 말썽이었다. 당시 전라 좌수사는 성박이었다. 성박이 발포진 시찰 길에 오동나무를 눈여겨보았던지 어느 날 군관을 보내 오동나무를 베려고 하였다. 이순신은 어이가 없었다. 군관에게 이유를 물어본즉 오동나무를 베어 거문고를 만든다는 것이었다. 오동나무도 엄연히 관아의 재물이었다. 본영 선소에서 배를 건조하는 데 사용하려고 한다면 당연히 허락하겠지만 사적인 용도라니 막지 않을 수 없었다. 오동나무는 적이 불화살로 공격할 때 불에 잘 타지 않으므로 전선의 갑판용으로 좋았고, 또한 물에 쉬이 썩지 않으므로 닻을 만드는 데도 그만이었다. 이순신은 단호하게 거절했다. 때마침 이순신 자신도 발포 선소에서 전선의 닻을 만드는 데 이용할 계획이 있었던 것이다.

성박은 심부름 갔던 군관에게 보고를 받자마자 분기탱천했다. 항명으로 받아들여 이순신을 즉시 좌수영으로 불러들였다. 그러나 이순신은 '오동나무도 관아의 재물이니께 사사로이 쓸 수 읎습니다'라며 고집을 꺾지 않았다. 그런데 전라 수사가 좌수영에 시찰을 왔다가 흥분한 성박의 태도를 보고는 그를 달랬다. '성 수사, 그대가 배를 맹그는 디다가 쓰겄다고 혔으믄 이 만호가 거절혔겄는가. 이 만호의 말도 옳응게 고만 허시게나. 이 일은 항명이 아니라 오핸 것 같네'라고 중재함으로써 사태를 무마시켰다. 이순신으로서는 운이 좋았다고 볼 수밖에 없었다. 그때의 전라 수사가 바로 정걸이었다.

"그라고 보니께 내 은인은 모두 전라도 사람덜이네그려."

"조방장님 말고 또 있다는 말씸입니까요?"

"선거이 장수도 잊을 수가 읎지. 아마도 보성 출신일 건디 내가 참말루 외로울 때 술을 권혔던 장수여."

이순신은 식솔들이 거주할 방을 마련해주겠다는 제의를 받고는 사뭇 감동하여 지난 일들을 떠올렸다. 정걸 못지않게 또 한 사람이 있으니 그가 바로 선거이였다. 이순신은 선거이가 생각날 때마다 가장 어려운 시절이 떠올라 울컥했다. 선거이는 이순신보다 나이는 다섯 살 아래였지만 무과 급제는 6년이나 빠른 선배였다.

선거이와 인연이 깊어진 것은 이순신이 조산보 만호 겸 녹둔도 둔전관으로 있을 때였다. 그때 선거이는 함경도 북병사 이일의 군관이었다. 녹둔도 둔전에 여진족이 침입하여 병사와 백성을 잃은 책임을 지고 감옥에 가는 길이었다. 그가 이순신의 손을 잡고 '술을 가지고 왔응께 한잔해부쑈잉' 하고 위로했다. 그러나 이순신은 억울하여 술을 마실 기분이 아니었으므로 '죽고 사는 것은 천명인디 술을 마셔 무엇허겠소' 하고 거절했다. 괴로워서 며칠째 잠을 자지 못한 이순신의 입술은 바싹 말라 피가 맺혀 있었다. 그러자 선거이가 다시 '그라믄 술은 마시지 않드라도 물이나 한 사발 마시씨요' 하고 권했다. 역시 이순신은 물마저도 넘길 마음이 없어 '목이 마르지 않은디 물은 뭣 땜시 마시겠소' 하고 그대로 감옥으로 들어갔던 것이다. 그러나 그의 배려로 나장들이 함부로 대하지 않은 감옥살이였고 이순신은 그런 선거이에게 사내로서 깊은 정을 느꼈었다.

짧은 순간이었지만 이순신과 선거이는 서로 의형제가 된 듯한 전율을 느꼈다. 변방의 외로운 장수인 두 사람의 눈빛이 강렬하게 오갔던 것이다.

이순신이 일어나더니 화살 하나를 가져왔다. 화살 끝에 피리처럼 구멍이 뚫린 작은 기구가 붙은 효시였다. 전투를 시작할 때 대장선에서 쏘아 올리는 화살이었다.

"정 군관. 고마와서 주는 것이니께 내 마음이라 생각허고 받아주게."

"수사 나리. 아닙니다요."

"내가 참말루 아끼는 효시여. 날아가믄서 내는 소리가 귀곡성이여. 적덜이 구신 소리로 듣고 놀라는 화살이구먼."

정걸이 고개를 끄덕이며 말했다.

"요긴허게 쏠 때가 있을 거 같은디 받어뻔져. 정표로 주시는 것잉께."

"언젠가 나와 함께 있으야 헐 때가 올 것이니께 시방 묵은 맴 변치 말으야 써."

정춘은 이순신에게서 효시를 받았다. 정표라 하니 거절하지 못했다. 어느새 영내는 싱우대 타는 냄새가 가득했다. 싱우대도 향나무와 같이 제 몸을 태우면서 향을 퍼뜨렸다. 시장과 사부들이 만든 장전과 편전 중에 일부는 설날 임금에게 올리는 진상물이 될 것이었다. 그만큼 전라 좌수영의 화살은 명성이 있었고 빠르고 멀리 날았다.

임진년 첫날

선조 25년(1592) 1월 초하루.

좌수영의 모든 수군들이 다 모인 가운데 망궐례를 치렀다. 이순신과 측근 참모들만 객사 한가운데 방인 정당正堂에 들고 병사들은 계급 순서대로 뜰에 도열하여 충성을 다짐했다. 새해 첫날이었으므로 보초를 서는 열외의 병사만 빼고 전원 참석했다. 객사 뜰은 모처럼 수군들로 북적거렸다. 뜰 가에 서 있는 일곱 기의 석인石人들도 경계병인 듯 서 있었다. 달 밝은 밤중에 성 밖에서 보면 수졸들이 보초를 서는 것처럼 보였다. 이순신이 석인을 세워둔 것은 일종의 위장 전술이었다.

진시에 시작한 망궐례가 끝나자, 임진년의 첫 해가 엄중하게 떴다. 새해 첫날의 해는 위엄이 넘쳤다. 잦은 왜변으로 긴장하고 있던 좌수영 수군들은 임진년을 무겁게 맞이했다. 동녘 하늘에 까마귀 떼처럼 나타났던 구름장들이 홀연히 흩어졌다. 비로소 진해루 너머로 보이는 바다가 제 얼굴을 드러냈다. 굴강 너머의 바다가 사금파리처럼 반짝거렸다. 병사들은 해바라기를 하며 각자의 위치로 돌아갔다. 잠이 부족한지 하품을 하는 수졸도 있었다.

동짓달부터 아침에 출근하는 시각을 묘시(오전 5시-7시)에서 진시(오전 7시-9시)로 늦추었지만 수졸들은 늘 잠이 부족하고 배가 고팠다. 수졸뿐만 아니라 군관들도 출퇴근 시각에 민감했다. 해가 긴 여름철에는 묘시에 빨리 출근하고 유시(오후 5시-7시)가 될 때까지 기다렸다가 느긋하게 퇴근하지만, 겨울철에는 진시를 기다렸다가 늦게 출근하고 점심때가 조금 지난 뒤 신시(오후 3시-5시)가 되자마자 일찍 퇴근했다.

진해루에 군관들이 하나둘 모였다. 객사 정당 좌우에 익실翼室이 있고, 동헌의 집무실이 있는데도 이순신은 망궐례를 치른 날은 반드시 진해루에서 업무를 보았다. 전략 회의를 할 때는 진해루에 머무는 시간이 길어졌다. 송희립이 진해루 앞에서 이순신에게 은근하게 물었다.

"수사 나리. 날이 추운디 요런 날은 객사에 모이믄 안 될께라우?"

"객사는 고런 장소가 아닌 겨. 말허다 보믄 큰 소리도 나고 헐 것인디 고런 모냥새는 상감마마께 불충허는 일이여."

"망궐례 허는 정당에서 모이자는 것이 아니랑께라우. 익실도 있고 행랑채도 있어불지 않습니까요?"

"요 누각을 워째서 진해루라고 허는지 아는감? 남쪽에서 오는 왜적덜을 진압허자고 혀서 진해루라구 부르는 겨."

"곌의를 다져부는 누각이다, 고런 말씸이지라우?"

"그러니께 깊은 뜻을 알으야 써."

진해루에는 이미 본영 선소에서 올라와 망궐례를 치른 정걸과 나대용, 그리고 본영으로 출퇴근하는 모든 군관들이 다 올라와 있었다. 이봉수는 뻰 발목이 다 완쾌되어 북봉 봉수대를 오르내릴 정도였다. 송현 마을 정씨 장수들 중에 성주 판관으로 간 정춘만 보이지 않고 다 나와 있었다. 이순신은 선 채로 군관들에게 단배를 받았다. 군관들의 약식 세배가 끝나자 이순신이 허연 입김을 내뿜으며 말했다.

"인자 임진년 세배는 끝난 겨. 군관덜은 각자 위치로 돌아갈 뿐 동헌으로 올라오지 말으야 혀. 알겄는가?"

"예."

이순신이 들고 있던 날창으로 해를 가리켰다.

"군관덜은 임진년을 밝히는 저 해를 보라니께. 어저께까정도 식은 재 같은 구름이 동녘 하늘을 칙칙허게 덮었는디 새해 첫날버텀 해가 핏덩이맹키루 솟았으니께 분명코 천지신명이 우리를 도우실 겨. 하늘 아래 저 바다에두 눈보라 몰아치고 강풍이 사납게 불고 폭우가 쏟아지는 날이 오겄지만 우리 수군덜은 결코 물러서지 말으야 혀. 전라 좌수영 수군이 바다의 왜적들을 격퇴허는 최강이 돼야 허는 겨. 군관덜은 새해 첫날 솟아오른 해를 우러르며 임전무퇴를 맹세허지 않겠는감!"

"예. 사또 나리."

진해루에 모인 사람들 모두가 마음속으로 의기를 다지는 듯 잠시 침묵이 흘렀다. 군관들의 눈빛이 번쩍였다. 늙은 정걸의 눈빛도 살아나고 있었고, 젊은 송희립의 눈에도 힘이 들어가 있었다. 그의 눈썹이 송충이처럼 꿈틀거렸다. 이윽고 군관들의 태도를 확인한 이순신이 소리쳐 말했다.

"군관덜이여."

"말씸만 허시지라우."

송희립이 고개를 숙이며 명을 받겠다는 자세를 취했다. 그러자 다른 군관들도 송희립과 같이 고개를 숙였다. 이순신이 다시 소리쳤다.

"군관덜이여, 저 바다를 향해 벽력 같은 소리를 질러보지 않을 텨!"

"예. 사또 나리."

송희립이 먼저 나서 아아! 아아! 하고 선창을 했다. 그의 선창은 기왓장이라도 깨뜨릴 듯 우렁찼다. 고함 소리가 차돌멩이처럼 바다를 향해 날아갔다. 그러자 군관들이 하나둘 따라서 소리를 질렀다. 이순신도 우렁찬 기합 소리를 뱉어냈다. 모든 군관들의 고함 소리가 한순간에 널따란 바다를 제압할 기세로 퍼져나갔다.

이번에는 영내에서 막 일과를 시작하려던 병사들이 와아와아 함성을 질렀다. 군관들의 고함 소리에 병사들이 함성으로 응답했다. 이순신은 희미하게 미소를 지었다.

'그려. 맴이 요렇게만 모아지믄 참말루 두려울 것이 하나두 읎는 벱이여.'

좌수영 군관들과 병사들은 함성으로 하나가 됐다. 지시와 군령이 필요 없을 만큼 마음이 하나로 모아진 새해 아침이었다. 전광석화처럼 짧은 시무식이었지만 군사들의 사기가 하늘을 찔렀다. 수사와 군관, 군관과 수졸이 하나가 되는 것은 늘 이순신이 바라던 구상이었다.

진해루에서 시무식을 마친 이순신은 뒷동헌으로 올라왔다. 집무를 보면서 색리에게 잡무를 지시하는 곳을 동헌이라 하고, 숙식을 하면서 사사로이 사용하는 내아內衙를 뒷동헌이라고 불렀다.

새벽 일찍 새해를 맞이하여 차례를 지낸 내아 방이었다. 여종이 수수 빗자루로 방 청소를 하면서 떨어뜨리고 간 수숫대 한 가닥이 보일 뿐 방은 깨끗했다. 동생 이우신과 조카 이봉, 아들 이회와 함께 먹었던, 닭고기 장조림으로 만든 닭장떡국의 구수한 냄새가 방 어딘가에 배어 있는 것 같았다. 맛이 간간한 닭장떡국은 일찍이 발포진 시절에 두어 번 먹어본 뒤로 좌수영에서는 처음이었다.

이윽고 이순신은 내아 뒷방으로 물러가 있던 식구들을 불렀다. 차례를 간소하게 지낸 뒤 바로 객사로 나가 망궐례 준비를 지시하느라고 식구들과 덕담을 나누지도 못했던 것이다. 어둑한 새벽에 와서 차례를 함께 지냈던 식구들이었다. 고음천에서부터 배를 타고 안내한 정대수도 합석했다. 이우신과 이봉, 이회는 이미 정대수 집으로 내려와 있었으므로 그와는 구면이었다. 항렬순으로 절을 받은 이순신은 아들 이회에게 먼저 물었다.

"할머니는 강녕허신 겨?"

"강녕허셔유. 인자 어머니가 걱정이구먼유."

"워째 그런다?"

"몸이 예전 같지 않으시니께 그려유. 종덜을 델꾸 일허시느라 무르팍이 안 좋아졌지유. 요새는 수그리기도 심들다고 혀유."

"앞으로는 자잘헌 일두 젊은 니덜에게 맥기라고 혀. 맨날 호미질만 허니께 그려."

"알겠슈."

"몸이 약헌 니는 농사일보담 내 옆에서 심부름이나 허는 것이 좋을 거 같은디 어뗘?"

"지도 그러고 싶은디 능력이 있으야지유. 아버지헌티 폐나 끼치지 않을까 물러유."

이순신의 어머니는 초계 변씨였고, 부인은 상주 방씨였다. 방씨는 이순신이 장가들 무렵에 보성 군수를 역임했던 방진의 무남독녀 외동딸이었다. 방진의 할아비지는 평창 군수를 지낸 방홍이고, 아버지는 영동 현감을 지낸 방중규였는데, 당시 병조 판서였던 이준경의 중매였다. 이순신은 요사夭死를 한 작은형의 아들인 이봉에게도 물었다.

"다들 잘 겨시지?"

"예. 다 작은아버님 덕분이지유."

"올해는 니도 동상이 하나 있으니께 수군에 들든지 아니믄 아산으로 돌아가 동상 해와 함께 농사를 짓든지 결판을 내야 혀."

아들과 조카에게 덕담을 한 이순신은 동생 이우신에게도 말했다.

"방비에 임허는 몸이라 어머니를 뵙지 못허고 또 설을 쇠는구먼. 두 해째나 됐으니 불효가 막심헌 겨. 니라도 어머니를 편히 잘 모셔야 혀."

정대수는 잠시 방을 나왔다. 가족들끼리 나누는 이야기를 듣고 있기가 거북해서였다. 그러나 이우신 등에게 고음천까지 돌아가는 길도 안내하기로 했으므로 내아를 뜨지는 않았다. 정대수는 내아 마루에서 서성거렸다. 방 안에서는 여전히 이순신의 목소리가 들려왔다.

"안골 농사는 워쩌?"

"물이 마르지 않는 논이라 나락 수확이 무난했슈."

이회의 대답이었다.

"누렁이는 잘 크고 있능 겨?"

"저번 가실에 새끼를 여섯 마리나 복시럽게 낳았구먼유."

이순신은 동생 이우신에게 다시 물었다.

"큰성님 집안도 무고허시지?"

"헹수씨는 잘 겨시고, 조카덜은 모두가 성님께서 부르실 날만 지다리고 있구먼유."

"아산 집 형편덜이 옹삭허니께 입이라도 하나 덜라구 고럴 겨."

"큰성님과 작은성님이 일찍 돌아가시고 나니께 더 그려유."

"천지간에 의지헐 곳이라고는 나밖에 읎지 않겠느냐. 염치가 읎는 것이 아니라 당연헌 겨."

"우덜은 성님께 미안헐 뿐이쥬. 비빌 언덕이 읎으니께유."

"내가 도와줄 심이 있으야지. 조카덜을 돌봐야 헌디 변방으루만 돌아다니다 보니께. 그뿐이냐. 어머니께 효도허지 못허고 불효만 깊어가니 가심이 답답헐 때가 많지."

이순신은 어머니 변 씨를 생각하면 가슴이 먹먹했다. 어머니를 모시지 못하고 남녘에서 두 해째나 설을 쇤다는 애틋한 회한이 가슴에 서렸다. 이순신은 눈가를 적시는 눈물을 보이고 싶지 않아서 방을 나와 바다 쪽을 응시했다. 아산의 식구들이 감나무의 홍시처럼 주렁주렁 떠올랐다.

큰형 이희신이 6년 전에, 작은형 이요신이 3년 전에 세상을 떠나 형수와 조카들이 살림을 힘들게 꾸려가고 있을 터였다. 큰형 이희신의 아들은 넷이나 되었고, 작은형 이요신의 아들은 둘이나 되었다. 그러니 흉년이 들면 끼니를 이어가기도 힘들 것이 뻔했다. 늘 형수와 여섯 명의 조카들이 걱정되어 눈에 밟혔다. 모른 체할 수 없었다.

이순신은 부인 방 씨 사이에 아들이 셋 있었지만 조카들도 친자식과 같이 차별을 두지 않았다. 그런 이유로 정읍 현감 때는 남솔濫率(벼슬아치가 부임지에 제한 수 이상의 식솔들을 데리고 가는 것)의 죄를 물어 탄핵을 받기도 했다. 이순신은 눈물을 흘리며 '남솔의 죄를 받을지언정 의지할 데 없는 어린것들을 차마 모른 체할 수 없습니다'라고 항변했었다.

정대수 집에 작년 겨울부터 동생 이우신과 조카 봉과 아들 회가 머물고 있는 것도 따지고 보면 남솔의 허물을 짓지 않기 위한 방편이었다. 마루에 있던 정대수가 이순신에게 다가와 물었다.

"사또 나리. 아산에 무신 걱정거리라도 있능게라우?"

"아무 일두 아니여. 부모님과 설을 쇠지 못허니 한탄스러와서 그려."

"고 일로 그러신다믄 걱정허실 거 읎지라우."

"무신 방도가 있능가?"

"지 집에 이미 동상님이 들어와 겨시지 않습니까요? 부모님도 지 집에 오셔서 사시믄 될 건디 으째서 고로코롬 걱정허신당가요?"

"정 군관 식솔은?"

"지야 머 본가로 들어가뿐지면 되겄지라우. 자당님께서 지 집 안방을 쓰시믄 되지 않겄습니까요."

"삼대가 신세를 지는디 고게 말이 되능가?"

"동상님, 아드님, 조카님이 이미 들어와 사는디 신세는 무신 신세라고 고럽니까요?"

"정 군관 뜻은 알겄네."

"자당님께서 여수로 오시믄 누구보담도 좋아허시겄지라우."

"아산을 떠난디두?"

"아따, 뚝 허믄 호박 떨어지는 소리지라우. 두말헐 것이 읎는 일이랑께요."

이순신 말대로 어머니 변 씨 부인까지 내려온다면 삼대가 송현 마을의 정대수 집에 들어 사는 셈이었다. 정대수 집은 좌수영으로부터 먼 거리도 아니고 가까운 거리도 아니어서 오가기가 적당한 위치였다. 가까운 거리라면 본의 아니게 좌수영에 부담이 되고 먼 거리라면 자주 출입하기가 불편할 것이었다. 좌수영에서 고음천까지 배를 타면 걸어 다니는 것보다 조금 더 시간을 단축할 수 있어서 좋았다.

아침과 같이 닭장떡국으로 점심을 먹은 이순신은 동헌으로 내려갔다. 전라 병사에게 보고할 편지를 쓰기 위해서였다. 본영 선소와 두산도 사이의 해협에 철쇄를 설치하여 왜적을 방어하겠다는 계획과 이미 전라 감사에게 보고한 거북선 건조의 진행 과정을 보고하는 편지였다.

이순신은 세필로 편지를 써 내려갔다. 본영 선소와 방답 선소에서 건조하고 있는 거북선은 앞으로 세 달 정도면 완성될 것이며, 순천(쌍봉) 선소의 거북선은 조금 늦어질 것이라는 내용부터 알렸다. 철쇄 설치 장소도 자세히 보고했다. 철쇄는 해협이 좁아 물살이 센 곳에 설치해야 효과적이라는 것과 그런 장소가 좌수영 앞바다에 있다는 사실도 설명했다. 밀물 때 동풍이 불어와 왜선의 속도가 빨라져 철쇄에 부딪치게 되면 피하지 못하고 곤두박질치거나 부서질 수밖에 없을 것이므로 이러한 이치를 고려하여 본영 선소 부근과 두산도에 횡으로 걸겠다는 계획이었다. 이순신은 봉투를 봉한 뒤 비밀이 새어 나갈까 봐 겉봉에 수결을 했다. 거북선 건조나 철쇄 설치는 좌수영의 중요한 군사기밀이었다.

전라 병사가 보낸 군관 이경신은 약속을 지켰다. 전주에서 말을 타고 밤새 쉬지 않고 달려왔음이 분명했다. 동헌에 나타난 군관은 흙먼지를 허옇게 뒤집어쓴 모습이었다. 갑옷은 물론 얼굴까지 흙먼지로 얼룩져 있었다.

"병사 영감께서는 잘 겨신감?"

"나리께서 안부를 전해달라고 했습니다요."

"시방 쓴 편지인디 병사 영감께 전해주게. 송 군관, 화살을 가져오게."

송희립이 곧 창고에서 장전과 편전 묶음을 가져왔다.

"이 화살은 한양으로 가는 세물인디 전주에서 세물을 올릴 때 함께 보내주게."

세물歲物은 정초에 신하가 임금에게 바치는 예물을 말했다. 전주 감영에서도 세물이 있을 테니 같이 보내달라는 이순신의 부탁이었다. 군관은 지체할 시간이 없는지 궁둥이를 들썩였다. 이순신이 눈치를 채고 송희립에게 지시했다.

"송 군관, 자네가 본영 선소로 안내혀. 이 군관에게 비밀리에 맹글고 있는 거북선도 보여주고 철쇄 설치 장소도 알려주게."

"예. 수사 나리."

본영 선소는 수졸들이 입구를 차단하고 있기 때문에 그 누구라도 함부로 들어갈 수 없었다. 본영에서도 출입증을 가지고 있는 몇몇 군관만 가능했다. 목수들도 팔뚝에 도장을 찍은 사람만 선소에 들어갈 수 있었다. 비밀 병선인 거북선을 건조하고 있기 때문이었다.

"사또 나리. 갈 길이 멀어 마음이 바쁩니다. 죄송합니다."

"아무리 갈 길이 멀으도 여수 닭장떡국은 들구 가야 혀."

"고맙습니다. 사또 나리."

아마도 군관은 오늘 중으로 떠날 모양이었다. 그렇지 않으면 서둘 이유가 없었다. 이순신은 자신의 부하가 아니었으므로 붙잡지 않았다. 더구나 전주로 갔다가 한양으로 올라갈 정초 세물이 늦어지는 것은 임금에 대한 도리가 아니었다.

정월 해는 짧았다. 어느새 유시가 됐다. 창호를 투과하는 날빛이 엷어지고 있었다. 군관과 수졸들이 집으로 돌아가는 시각이었으므로 수영은 한층 조용해졌다. 흥양 쪽 하늘에 뜬 석양이 바다를 노을빛으로 물들이기 시작했다. 바다는 짓이긴 홍화씨로 물들인 명주 천처럼 붉어졌다. 이순신은 영내를 한 바퀴 돈 뒤 공무를 보았던 동헌으로 다시 들었다. 숙소인 뒷동헌으로 가지 않았다. 아직 할 일이 한 가지 남아 있었다. 나장 수졸이 뛰어와 동헌 문을 열었다.

방에 든 이순신은 앉은뱅이책상 앞에 앉아서 조용히 눈을 감았다. 눈꺼풀이 천근만근 무거웠다. 새해 초하루를 몹시 분주하게 보냈으므로 피곤이 한꺼번에 밀려왔다. 게다가 지인이 꾸었다는 꿈 내용이 어젯밤에 불쑥 떠올라 잠을 이루지 못했던 것이다. 지인의 꿈은 바윗덩어리 같은 무게로 이순신의 심장을 압박했다. 좌수영 수사로 부임한 이후 처음으로 겪는 고통이었다. 밑도 끝도 없는 중압감이 가슴을 답답하게 했다. 하필이면 왜 임진년을 앞두고 지인의 꿈이 떠올랐는지 알 수 없는 일이었다. 불가사의했다. 지인이 꿈을 꾼 것은 이순신이 수사로 임명되었을 때였다.

꿈에 큰 나무를 보았는데, 그 높이는 하늘을 찌를 듯하고 가지는 양편으로 가득 퍼져 있었다. 나무에는 가지에 몸을 붙이고 의지한 자들이 매달려 있었고 그 수가 몇 천 몇 만 명인지 셀 수 없었다. 그런데 그 나무가 뿌리째 뽑혀 쓰러지려 하자, 한 사람이 나타나 떠받들었다. 자세히 보니 그가 바로 이순신이었다.

잊어버렸던 지인의 꿈이 다시 떠오른 것은 어젯밤 이경(밤 9시-11시) 무렵이었다. 순찰을 도는 수졸의 발소리가 자박자박 들려왔다. 마치 이순신에게 꿈 이야기를 들려주었던 지인이 성 밖에서 걸어오고 있는 것 같았다. 이순신은 벌떡 일어나 자신의 심장을 쓸어내리면서 마음속으로 중얼거렸다.

'내 운명을 얘기허는 꿈인 거 같구먼. 허허. 택도 읎는 소리! 수천수만 명이 가지에 올라탄 낭구를 무신 심으로 나 혼자 떠받든단 말이여. 당최 고게 가능헌 일인감?'

스스로에게 묻고 베개를 당겨 누웠지만 잠은 멀리 달아나버렸다. 이순신은 삼경이 지나 지인의 꿈을 해몽하면서 스스로를 위로했다.

'고것이 내 운명이라면 말이여, 거부할 수는 읎을 텨. 운명을 두려와허지 않는 나 아닌감. 장수의 운명은 적과 싸우다 죽는 것인 겨. 생명줄의 낭구를 뿌렝이째 뽑으려는 적덜과 싸우다 이기고 전사허는 장수가 된다믄 고것두 복 받은 겨.'

이순신은 붓을 들었다. 비장했다.

'장수의 숙명은 적과 싸우다 이기고 죽는 겨. 살아남아 부귀영

화 누린다믄 비겁헌 일이여. 장수는 잘 죽는 것이 훈장인 겨. 부귀영화는 고상헌 부하덜이 갖으야 써. 그라지만 그냥 죽어서는 안 되야. 워처케 살았는지 기록이 있으야지. 인자 나는 앞으루다가 워처케 싸우고 죽음까정 가는지를 명명백백허게 밝힐 겨.'

세필에 먹물을 찍어 임진정월초일일임술壬辰正月初一日壬戌, 날짜를 쓰고는 이어서 일필휘지로 써 내려갔다. 진중이므로 짧게 쓸 수밖에 없는 첫 일기였다.

> 맑다. 새벽에 아우 여필汝弼과 조카 봉菶, 아들 회薈가 세배를 와서 덕담을 나누었다. 다만 어머니를 떠나 남쪽에서 두 번이나 설을 쇠니 회포를 이길 길이 없다. 전라 병사의 군관 이경신이 와서 병사에게 쓴 편지와 임금께 진상하는 세물로 장전과 편전 및 여러 가지 물건을 주어 보냈다.

이순신으로서는 태어나 처음으로 쓴 일기였다. 수천수만 명이 가지에 달라붙은 거대한 나무가 뿌리째 뽑힐 것 같은 큰일을 앞두고 자신의 삶이 어땠는지를 밝혀가는 진술서 같은 글의 첫 부분이었다. 혼자만 보고 마는 사사로운 글이 아니라 때로는 진중 기록도 되고 훗날에는 뒷사람이 스스로를 비춰 보는 거울이 되기를 원하는 임진년 첫날의 기록이었다.

그러기에 이순신의 일기 문장은 치밀하고 빈틈이 없었다. 의도적으로 단어 순서를 바꾸어놓거나 문장 속에 암호처럼 뜻을 감추기도 했다. 군사기밀이나 적정을 분석하는 내용은 그럴 수밖에 없었다. 오늘 병사에게 쓴 편지 내용이나 임금께 장전과 편전을 세물로 바쳤다는 내용도 군사기밀이나 다름없었다. 그렇기 때문에 위험한 문장은 일부러 헷갈리게 썼다.

전라 병사의 군관 이경신이 '병사의 편지와 설 선물과 장전, 편전 등 여러 가지 물건을 바치러 왔다[來納兵使簡及歲物長片箭雜物]'고 썼지만 실제로는 평소와 같이 직역하고 쉽게 해석해서는 본뜻이 반대가 돼버리는 문장이었다. 병사는 종2품이고 수사는 정3품인데 한 단계 낮은 수사에게 병사가 자신의 군관을 시켜 설 선물과 장전과 편전 등을 바친다는 것은 어불성설이었다.

이순신은 일기를 서랍 깊숙이 숨겼다. 훗날 이순신의 일기는 사적인 감상과 고백을 넘어서는 진중 상황 보고서이자 장수로서 전투를 준비하고 치르는 진술서가 되었다. 이순신과 그의 부하들을 변호하는 유일한 글로 남았다.

철쇄와 활쏘기 대회

　입춘이 지나자마자 며칠 동안 가랑비가 오락가락했다. 새벽녘에는 눈발이 나붓나붓 날리다가도 아침이 되면 가랑비로 바뀌어 추적추적 내리곤 했다. 가랑비에 젖은 매화나무 꽃망울들이 부풀었다. 여수 바닷가의 매화나무들은 지리산 산자락보다 개화가 한 달 정도 일렀다. 성 밖 해지에서는 개구리들이 긴 겨울잠에서 깨어나 첫 울음을 터뜨렸다. 개구리 울음소리는 매화꽃 봉오리가 벙글 때 가장 청아했다.

　오늘 내리는 비는 방답진 새 첨사 이순신李純信이 부임 인사를 온 어제보다 가늘고 순했다. 가랑비가 내리는 둥 마는 둥 하더니 안개비보다 조금 굵은 는개비로 바뀌었다. 부슬부슬 오는 는개비에 개구리 울음소리가 촉촉하게 들렸다. 북봉에 비구름 자락이 걸려 있으면 언제나 는개비가 내리곤 했다.

　수졸들은 아직 방답진 첨사의 부임을 모르고 있었다. 그러나 인사 정보가 빠른 군관들은 아침부터 이순신 수사와 방답진 첨사가 이름이 같다고 한두 마디씩 입에 올렸다. 인사 정보는 대부분 참좌군관 송희립의 입에서 퍼져나가기 마련이었다. 송희립은 점심 후 곧장 동헌방에 들어서면서 새로 부임한 방답진 첨사를 들먹였다.

"워째서 이름이 같은 사람을 보냈당가요?"

"김성일 경상 우병사 추천을 받은 거란디 자세헌 것은 알고 싶지 않혀."

"시방 경상 우병사 나리라믄 동인 아닌게라우?"

"이 사람아, 우덜 같은 변방 장수들은 왜적만 잘 막으믄 되는 겨. 동인이니 서인이니 당은 무신 얼어죽을 늪의 당이여."

"글지만 고 양반덜 시상인께 허는 말이지라우. 새로 온 방답 첨사는 지보다 나이가 한 살 아랜디 벌써 첨사가 돼야뺐졌그만이라우."

"부러운 겨?"

"지야 뭐 한양에 댈 끈이 읎는 흥양 깡촌놈이랑께요. 긍께 베슬은 포기허고 수사 나리 모심서 살지라우."

"뱁새가 황새 숭내 내믄 다리가 찢어지는 법인 겨. 시방이 좋은 때니께 잘 처신혀."

"그란디 시방 우병사 나리는 작년 요때 쯤에 왜국 댕겨와서 황윤길 정사 나리와 달리 왜적이 쳐들어오지 않는다고 임금님께 보고혔다는 고 양반이지라우?"

"기여."

"수사 나리 판단허고 아조 다른디 뭘 모르는 먹물쟁이가 아닌 게라우?"

"정사나 부사나 아마도 왜국 상황을 똑같이 봤을 겨. 두 사람 간에 보는 눈이 워처케 다르겄는가? 뭔 속사정이 있으니께 보고를 다르게 혔을 겨."

"아따, 고것이 당파 싸움이랑께요. 왜국에 갈 고때 황윤길 병조 첨지는 서인이고 김성일 성균 사성은 동인이었당께라우."

"허허. 고건 거기 사정이구 우덜까정 휩쓸려서는 안 되는 겨."

"왜적덜이 금시 쳐들어올 거 같은디 임금님께 반대로 말씸드렸다고 허니 이해가 안 된당께요."

"상감마마께서 정사와 부사의 보고를 반천씩만 가려서 들으셨으야 허는디 나는 고게 참말루 깝깝햐."

"워째서 그랍니까요?"

"정사와 같이 당장 왜적이 쳐들어온다고 보고허믄 워처케 되겄어? 백성덜이 재산을 숨키구 산중으로 피난 가구 난리가 난단 말이여. 그러니께 백성들 동요를 막으면서 한편으루다가 차분허게 전쟁 준비를 허자고 보고혔으믄 되는 것인디……. 아마도 부사는 백성덜 동요만 예상허고 고지식허게 보고헌 겨. 글치만서두 상감마마 안전에서 단정적으루다가 왜적이 쳐들어오지 않는다구 말헌 것은 좀 아녀. 내가 부사라믄 전쟁 준비는 허지만 군사기밀루 비밀리에 준비허자구 보고혔을 겨."

"으짜든지 부사가 정사보다 심이 쎘지라우. 임금님께서 부사 손을 들어줬응께라우."

"우덜은 한양에 있는 대신덜 쳐다볼 필요읎다니께. 왜적덜이 침략헐라고 남해안을 대꾸 건드려보고 있는디 뭔 말이 더 필요헌 겨. 겐소玄蘇 같은 왜놈 중이 지 발로 걸어와서 조정에 쳐들어온다고 알려주는디도 믿지 못허믄 누구 말을 믿겠는감. 이미 왜놈덜이 전쟁헐라구 광분허는 것이 천하에 다 드러났는디도 정사 말이 워쩌고 부사 말이 워쩌고 허는 것은 부질읎는 일이라니께. 우덜만이라두 정신 바짝 차리고 있으야 써."

송희립은 더 이상 묻지 않고 동헌방을 나갔다. 내일 진무들의 활쏘기 시합이 있으니 활터나 과녁들을 점검해야 했다. 느개비가 여전히 내리는지 송희립이 문을 열 때 암막새에서 떨어지는 낙숫물 소리가 또렷하게 들려왔다.

경기도 금천(광명) 출신인 이순신이 경상 우병사 김성일의 추천을 받아 방답진 첨사로 온 것은 사실이었다. 이순신은 고개를 끄덕거렸다. 나이에 비해 첨사로 빠르게 승진한 사실을 염두에 두고 송희립이 불만을 터뜨릴 만도 하겠구나 생각이 들었다. 첨사 이순신은 송희립보다 무과 급제는 몇 년 빨랐지만 나이는 한 살 아래였던 것이다.

이순신은 자신과 이름이 같아서 찜찜하기는 했지만 그의 부임을 천만다행이라고 여겼다. 방답진에 오랜 동안 첨사가 없어 임시로 가장이나 가수를 보냈는데 알게 모르게 전력이 약화됐던 것이다. 거기에다 방답 선소에서 비밀리에 추진되고 있는 거북선 건조도 지지부진했지만 더 이상 독려할 방도가 없었기 때문이었다.

공무를 마치고 동헌을 나오는데 이봉수가 올라왔다. 할 수 없이 이순신은 다시 동헌방에 들었다. 율촌에 있는 선생원 채석장을 가보고 오는 길일 터이니 바로 듣지 않을 수 없었다. 이봉수의 옷이 비에 흠뻑 젖어 이순신은 벽장에서 자신의 새 옷을 한 벌 꺼내주었다. 할 일을 뒤로 미루지 않는 이봉수가 고맙기조차 했다. 궂은비가 간단없이 내리고 있으므로 선생원에 굳이 가지 않아도 됐지만 이순신의 마음을 읽고 알아서 둘러본 것이다.

이순신이 무엇보다 거북선 건조와 왜적선의 침입을 막는 철쇄 설치에 신경을 곤두세우고 있다는 것은 모든 군관들이 다 아는 사실이었다. 이봉수는 화약 제조 군관이었지만 이번에는 철쇄 설치 군관까지 겸하고 있는 참이었다. 비 맞은 부룩소처럼 후줄근한 꼴로 달려온 이봉수를 이순신은 신뢰하지 않을 수 없었다.

"비가 좀 그치믄 가두 되는디."

"우수 때까정 메칠 동안 비가 옴시롱 맘시롱 헐 것 같아서 갔다와부렀습니다요."

"이 군관을 보니께 꼭 수소맹키루 딴딴혀."

"얼굴이 까무잡잡헌께 쬐끄만 뿌사리(숫소) 같다고덜 허지라우."

"초석은 잘 깎아놨든가?"

"초석이 뭣이당가요?"

"물목 바닥에 깔 돌댕이 말이여."

"아, 고 돌댕이덜 말씸이그만요. 성 밑에 사는 토병 박몽세를 보내 감독을 시켰더니 석수쟁이들이 잘 맹글어놨그만이라우."

수영에 출근하지는 않지만 마을에 살면서 군관의 지시를 받아 움직이는 붙박이 병사를 토병土兵이라고 불렀다. 전쟁이 나면 징집되지만 평상시에는 마을에서 생업에 종사하며 군역을 치렀다. 수영의 군수물자나 군량미 등을 절약하기 위한 일종의 예비병이었는데 부작용도 없지 않았다. 군관들에게 뒷돈을 주고 토병으로 빠져나가려는 장정들이 많았던 것이다.

"초석, 그러니께 돌댕이는 몇 개나 되든가?"

"사또께서 말씸하신 대로 맷돌멩키로 뚱그렇게 맹근 돌댕이가 오늘까정은 열일곱 갭니다요."

"적어두 팔십 개는 돼야 허는디."

"돌댕이 가운데다 구녁덜을 뚫은께 늦어지는그만이라우."

"구녁은 반다시 뚫으야 되는 겨."

"맷돌 맹글 것도 아닌디 으째서 심들게 구녁을 뚫는당가요?"

"고 구녁에다 쇠사슬을 달 겨. 그래야 물속의 쇠사슬이나 나무 지둥덜이 물살에 휩쓸리지 않을 틴께."

"근디 쇠사슬이 어처께 물에 뜰께라우?"

"여기를 보게."

이순신이 종이에다 먹으로 그린 그림을 두 장 내밀었다. 그림이라기보다 설계도에 가까웠다. 하나는 맷돌 형태의 돌을 바다 밑에 일정한 간격으로 떨어뜨려놓고 바닷물에 뜬 나무 기둥들과 쇠사슬로 수직 연결한 뒤 다시 나무 기둥들 사이를 쇠사슬로 수평 연결한 설계도였다. 또 다른 하나는 맷돌을 사용하지 않는 좀 더 간단한 방법이었다. 긴 나무 기둥을 해저 바닥에 수직으로 박고 난 뒤 쇠사슬을 횡으로 연결한 설계도였다.

"두 가지 중에서 맷돌을 사용할 것인게라우?"

"맷돌이 아녀. 초석이라니께."

"알았그만이라우."

"겹으루다가 왜 적선을 막아야 허니께 두 방법 다 쓸 겨."

"그란디 물이 빠지는 썰물 때도 잘 숨켜질께라우?"

"쇠사슬이나 지둥덜을 짤룹게 허든 고것덜이 수면 아래 있으니께 왜놈덜이 몰를 겨."

"아, 인자 알겄습니다요."

이봉수가 무릎을 치며 복창했다. 그러자 이순신이 능청스럽게 말했다.

"이 군관은 머리가 영리헌디 대꾸 물어보는 것이 이상혀."

"철쇄를 횡설허는디 지가 책임을 졌응게 그러지라우."

"그려. 확인허고 또 확인허고 그라믄 실수가 읎는 벱인 겨."

"난중에 설지헐 날이나 시긴은 지가 알아보고 수사 나리께 보고드리겄습니다요."

"물목에 설치허기 존 날이 따로 있겄제?"

"그라믄요. 밀물 때든 썰물 때든 물살이 멈추는 참바지나 자치기를 잡어서 혀야 되겄지라우."

물의 흐름이 멈추는 것을 정조라고 하는데 바닷가 사람들은 만조 때의 정조를 참바지라 하고, 썰물 때의 정조를 자치기라고 했다.

"고런 문제는 이 군관이 바닷가 태생이니께 나보담 더 잘 알 겨."

"선소 옆에 삐쭉 튀어나온 곳하고 돌산까지가 제일 짧은 물목인께 아마도 거그다가 설치혀야 할 것입니다요."

"나도 고렇게 생각혀."

"썰물 때가 되믄 선소 앞바다에서 빠져나가뻔지는 급류가 회오리바람 소리를 내지라우. 그렁께 그때는 왜 적선덜이 접근허기 심들겄지라우. 그라고 밀물 때는 좌수영 앞바다로 물이 들어오는 속도에다 동풍까지 불면 왜 적선덜은 배를 돌리지 못허고 철쇄에 부닥쳐 박살이 나겄지라우."

"철쇄 장소는 설치헐 때까지는 절대루 비밀이여."

"예. 수사 나리."

"가서 일봐."

이봉수가 동헌방을 나갔다. 마루에는 보따리 하나가 놓여 있었다. 나장 수졸이 이봉수의 젖은 옷을 싸놓은 보따리였다. 이제는 는개비가 안개비로 부옇게 변해 떠돌고 있었다. 암막새 끝에서 빗방울이 방울방울 떨어졌다. 그런데 이봉수가 마루를 내려서다 말고 다시 돌아섰다.

"수사 나리."

"더 헐 말이 있는가? 있으믄 들어와."

"예."

"또 한 가지 보고를 드려야 허는디 거시기혀서 못 드렸습니다요."

"거시기는 구신도 모른다구 허든디 얼릉 말혀."

이봉수는 머뭇거리다가 말했다.

"근디 채석장 석수쟁이덜을 감독허는 토병이 문제가 있습니다요."

이순신은 금세 눈치를 챘다.

"요 성 밑에 사는 박몽세가 말썽을 일으킨 겨?"

"석수쟁이덜이 술 마시고 선생원 어부 집에 들어가 고함을 지르고 심지어는 개까정 잡아다 묵었다고 헙니다요."

이순신은 미간을 찌푸렸다. 석수들이 술 취해 촌가에 들어 행패를 부렸다는 것은 용서할 수 없는 일이었다. 더구나 남의 집 개를 잡아먹었다는 것은 도적질이나 다름없는 짓이었다. 이순신의 목소리가 커졌다.

"박몽세가 감독을 잘못헌 겨? 아니믄 시킨 겨?"

"지가 조사해봉께 박몽세가 석수쟁이덜이 헌 짓거리를 묵인헌 것 같습니다요."

이순신이 단호하게 말했다.

"오늘 당장 박몽세를 본영으루다가 불러들여 하옥시켜야 혀."

"예. 수사 나리."

"근디 이 군관은 워째서 고런 말을 못 헌 겨?"

"이 근방 사람덜은 외지에서 온 사람 빼믄 모다 일가친척이어라우."

"공사는 구분혀야 써. 당장 본영으루다가 불러들이구 다른 토병을 보내야 혀. 사흘 뒤가 망궐례가 아닌감. 그러니께 다음 날 박몽세 죄를 물을 겨."

이순신은 주민에게 피해를 주는 수군은 지휘 고하를 떠나서 엄벌했다. 동생같이 스스럼없이 대하던 군관도 실수를 하거나 군무를 게을리하면 군법에 따라 장형으로 다스렸다. 군관뿐만 아니라 고을 수령도 마찬가지였다. 물론 죄질에 따라 고의성이 없으면 곤장 치는 흉내를 내거나 숫자만 셀 때도 있었지만 일벌백계로 다스렸다.

다음 날.
 며칠 동안이나 가랑비와 는개비, 안개비가 멈추지 않고 내리니 날씨는 날마다 칙칙하고 끄느름했다. 사람들은 장마처럼 길게 내리는 이런 비를 궂은비라고 불렀다. 송희립이 이순신에게 아침 일찍 동헌으로 올라와 물었다.
 "수사 나리. 오늘 예정헌 대로 활쏘기 대회를 헐랍니까요?"
 "각 포의 진무들은 와 있댜?"
 "새벽 배로 다 온 것 같습니다요."
 "수군들 중에 진무들이 핵심 전력인 겨. 오포 진무덜이 다 왔다니께 안심이 되는구먼. 고참덜인께 정신 무장이 잘돼 있으야지."
 "날씨가 꾸물꾸물헌디 괴안찮을까요?"
 "요런 날이믄 헐 수 있는 겨. 모다 활터로 모이도록 혀."
 송희립이 먼저 나가고 이순신도 시대에서 활을 챙겼다. 수사가 주관하는 활쏘기 대회는 진무들에게 승진할 수 있는 기회이기도 했다. 그러니 진무들은 평소에 닦은 기량을 수사 앞에서 뽐내려고 활쏘기 대회를 은근히 기다렸다.
 수사는 활쏘기 대회에서 우승한 진무를 연말에 임금에게 보고하도록 돼 있었고, 임금은 우승자에게 직무가 없는 벼슬을 내렸다. 좌수영에서는 활쏘기 대회를 세 번 했다. 임금이 전라좌도에 벼슬을 내리는 숫자가 세 명이기 때문이었다.

이순신은 갑옷을 갖춰 입고 활터로 향했다. 말도 꾸물꾸물한 날씨가 싫은지 고개를 끄덕끄덕하며 가다가는 한 번씩 진저리를 쳤다. 말구종이 달려와 갈기를 쓰다듬자 이내 말은 순해졌다. 활터에는 벌써부터 진무들이 모여 이순신을 기다리고 있었다. 궂은비가 며칠째 계속 내리니 실력 발휘가 안 되겠다는 둥 과녁이 흐릿하게 보인다는 둥 수군거리고 있다가 이순신을 보자 일제히 부동자세를 취했다. 이순신이 말에서 내리자마자 송희립이 소리쳤다.

"사또 나오리시다!"

오포에서 모인 진무들이 활을 높이 치켜들고 함성을 질렀다. 이순신은 임시로 마련된 단에 올랐다.

"비가 온다고 전쟁 안 허능가?"

"아니지라우."

"과녁이 흐릿허게 보이는 요런 날에 맞히는 사수가 명사수인 겨. 나는 그대덜이 평소에 갈고 닦은 실력을 지대루다가 발휘허기를 바란다. 알겄는가?"

"예. 사또 나리."

"무인덜에게는 활이 붓인 겨. 선비덜은 붓을 잘 다뤄야 명필이 되고 존경받지만 우덜은 활을 잘 쏴야 명궁이 되고 존경받는 겨. 이처름 선비와 우덜은 존경받는 길이 다른 겨. 활 하나로 사람다운 사람이 될 수 있다, 이 말이여. 알겄는가?"

"예. 사또 나리."

"활쏘기를 궁도라고도 혀. 오늘 활쏘기 대회를 허는디 그대덜이 1등만을 하기 위해 활쏘기를 헌다믄 고건 하수여. 근골을 발달시킴서두 한편으루는 심기를 정화시키자고 활시위를 땡기는 겨. 활을 쏘다 보믄 수덕修德이 됨서 자기 수양이 되는 겨. 알겄는가?"

"예. 사또 나리."

안개비가 잠시 멈춘 듯했지만 비구름 한 자락이 과녁을 감쌌다. 과녁이 비구름 자락에 감추어지자 활쏘기 대회에 출전한 진무들이 초조해했다. 그러나 이순신의 말은 사자후처럼 이어지고 있었다. 사실 이순신은 비구름이 걷히기를 기다리느라 시간을 끌고 있었다. 송희립이 눈을 껌벅껌벅하며 눈치를 주었지만 무시하는 것이 그 증거였다.

"활을 쏘는 사람은 사심을 버려야 혀. 과녁을 반드시 맞혀야겄다는 악벽을 고쳐야 써. 습사習射라고 허는디 매일 활쏘기를 허다 보믄 어느 땐가는 과녁이 절루 맞혀지는 벱이여. 활은 욕심으로 쏴서는 안 되는 것이여. 활과 사람이 하나 되는 무아지경에서 쏴야 혀.

활을 잡았으믄 옆에서 어떤 일이 벌어지더라두 눈을 깜박여서는 안 되고 활시위를 땡기는 오른팔이 쬐끔치두 움직여서는 안 되는 겨. 오른팔 위에 물그릇을 올려놓았다 하더라두 물그릇이 쬐끔치라두 흔들리믄 아직 고수는 아녀. 이런 경지를 무심입신無心入神이라고 허는디 내가 지은 얘기가 아니라 정사법正射法

에 나오는 얘기여."

이윽고 과녁이 또렷하게 드러났다. 비구름이 과녁 너머로 물러가고 있었다. 이순신이 얘기를 멈추고는 단 아래로 내려와 활을 잡았다. 그러고는 활시위를 당겼다. 과녁 부근 구덩이에 몸을 웅크리고 있던 수졸이 일어나 과녁에 명중했다는 기를 들었다. 진무들의 사기를 북돋기 위한 활쏘기였다. 이순신은 다섯 대를 연달아 쏘았다. 1순을 쏘았는데 모두 명중이었다. 화살이 명중될 때마다 기가 올라갔고 진무들이 탄성을 질렀다. 2순을 더 쏘려다가 송희립에게 귓속말을 듣고는 활을 내렸다.

"수사 나리. 객사에 동복 현감이 왔다고 합니다요."

"알았어."

"이짝으로 모셔 올까요?"

"아녀. 내가 갈 겨."

남원 태생인 동복 현감 황진은 이순신보다 나이는 다섯 살 아래였지만 무과 급제 동기였다. 친분은 깊지 않지만 3년마다 치르는 식년 무과 급제 동기라는 인연이 다른 이보다는 더 호감을 갖게 하는 인물이었다. 키가 팔 척 장신이었고 특히 말을 잘 탔으므로 동기들 중에서 더 기억에 남아 있었다. 황진이 말을 타고 흙먼지를 일으키며 달릴 때는 회오리바람이 굴러가는 듯했다.

이순신이 부러워하는 무인이 있다면 말을 잘 타는 사람이었다. 그만큼 이순신에게는 말을 잘 타는 것에 대한 열등감이 있었다. 이십팔 세 때 훈련원 별과에 처음으로 응시했을 때 달리는 말 위에서 과녁을 향해 화살을 쏘다가 떨어져 실격을 당했던 것이다. 옆에 있던 버드나무 껍질을 칼로 벗겨 부러진 왼쪽 다리를 싸맨 뒤 다시 말을 타고 과녁에 화살을 쏘았지만 소용없었다. 시험관들이 이순신의 놀라운 투지를 보고 술렁댔을 뿐 결과는 시험 규정에 따라 낙방이었다. 그 바람에 낙방도 낙방이었지만 한동안 부러진 왼쪽 다리 때문에 크게 고생했던 기억이 오랫동안 지워지지 않았다. 다리뼈가 부러진 탓에 무과 급제도 그때부터 4년이나 늦어지고 말았던 것이다.

황진 역시 이순신과 식년 무과 급제 동기라는 인연 때문에 수영을 찾아왔을 것이었다. 정사 황윤길과 부사 김성일, 서장관 허성 등과 함께 무관 신분으로 재작년에 왜국을 무사히 다녀온 그였다. 그도 역시 정사 황윤길처럼 왜국이 곧 쳐들어올 거라고 보고한 사신 중 한 명이었다. 아마도 그는 이순신이 궁금해하는 왜국의 정세를 직접 이야기해줄 수도 있을 터였다.

동복과 여수는 그리 먼 거리는 아니었다. 동복은 순천 동쪽에 붙어 있으므로 말을 타고 빠르게 달리면 여수 좌수영까지는 한나절 거리였다. 더구나 황진이 타는 말은 그가 동복 현감으로 왔을 때 그의 사재를 털어 산 명마였다. 역마나 현에 있는 말들은 모두 노쇠하거나 병들어 있으므로 따로 수소문하여 사들였던 것이다.

그는 공무가 끝나면 말을 타고 팔도의 심마니들에게 성산으로 불리는 산삼의 시배지 나복산(모후산) 산자락이나 검붉은 바위들이 시루떡처럼 층층이 쌓인 적벽의 강변을 달리며 병법을 연마했다. 그에게는 두 자루의 칼이 있었는데 왜국에 머무는 동안 훗날을 기약하며 산 것이었다. 그는 왜적이 저지르는 병화가 있을 것이라고 확신했다. 두 자루의 칼을 볼 때마다 '니덜이 우리 조선을 쳐들어오믄 니덜 칼로 모다 베어 죽여뻔질 것이여' 하며 다짐했는데, 과연 그의 짐작대로 1년 뒤 현실이 되고 말았다.

이순신은 본영으로 돌아와 황진이 머물고 있는 객사로 바로 가지 않고 동헌에 들러 아주 짧게 일기를 썼다.

> 궂은비가 개지를 않았다. 동헌에서 나와 본영과 각 포구의 진무들 중에서 우승자를 뽑는 활쏘기 대회를 치렀다.

아무래도 황진을 만나면 밤새도록 통음해야 할 것 같았다. 비가 내리는 진흙탕 길을 달려온 무과 급제 동기와 술잔을 주고받으며 그동안에 쌓였던 회포를 풀고 싶었다. 이순신은 날씨가 맹고롬하고 배도 출출했으므로 술 생각이 간절했다. 더구나 황진 역시 소문난 애주가였던 것이다.

승설차

　황진은 삿갓과 도롱이를 벗고 객사 익실을 나와 바짓가랑이에 묻은 진흙을 떼어냈다. 동복에서 여수 좌수영까지 한걸음에 내달려 왔는데도 말은 지친 기색이 없었다. 이팝나무 둥치에 임시로 매어놓았는데 말구종이 가져온 건초를 객사 한편에서 느긋하게 씹고 있었다. 말 이빨에서 건초가 갈리면서 아삭아삭 소리가 났다. 황진은 객사 처마 밑에서 이순신을 기다렸다. 무과 급제 동기라고 해도 이순신과 편지를 몇 번 주고받았을 뿐 직접 만나기는 이번이 처음이었다.
　이순신은 내아에 들러 여종에게 노루 육포 안주를 곁들인 술상을 방으로 들이라고 지시했다. 노루는 수졸들이 잡아 온 것이었다. 고기를 길게 포 뜬 뒤 그늘과 바닷바람에 말려 만든 육포였다. 노루고기뿐만 아니라 다른 짐승의 육포도 병선에 오른 수군들의 영양을 보충하기 위해 비축해두곤 했다. 수졸들이 산짐승을 잡아 오면 마리당 출근 일수를 하루 더 쳐주었으므로 서로들 사냥하려고 나섰다. 그러나 바닷고기는 사냥과 달리 어획량에 따라 출근 일수를 가산해주었다.

술은 아산 시절부터 즐겨 마신 막걸리를 내오도록 했다. 이순신은 소주보다는 막걸리를 좋아했다. 예고 없이 찾아온 황진이었지만 이순신은 정중하게 맞이하려고 했다. 객사로 간 이순신은 황진과 객사 익실에서 마주 앉았다. 관원들이 와서 머무는 익실은 망궐례를 지내는 정당 바로 옆에 붙어 있었다.

"이 공, 겁나게 오랜만이그만이라우."

"명보, 우덜이 다시 만나다니 참말루 깊은 인연이유."

명보明甫는 황진의 자였다. 황희의 오 대손으로 남원 태생인 그는 키가 이순신보다 컸고 힘이 장사였다. 앉은 모습이 마치 바윗덩어리 하나가 방을 차지하고 있는 느낌이 들었다. 이순신은 무장의 관록과 패기가 서린 그의 수염이 예사롭지 않다고 생각했다. 신경을 써서 다듬은 듯 아름답기조차 했다. 사십 대 중반으로 들어서는 그의 턱수염과 콧수염에서는 반질반질 윤기가 흘렀다.

"작년에 동복으로 왔는디 이제사 찾아뵙그만이라우."

"부임허믄 몇 달은 꼼짝 못 허지유. 맴을 내서 무과 동기가 왔는디 그냥 보낼 수는 읎슈. 곡차 한잔 혀야지유."

"이 공, 지는 술을 마시지 않기로 했그만이라우."

"아, 그려유? 몸에서 받지 않으믄 마시지 말으야지유."

"몸에 병이 생긴 거는 아니지라우."

"곡차를 끊었다고 허니 친구가 사라진 거멩키루 옆구리가 허전허구먼유."

"이 공은 이해혀주시겄지 허고 왔그만요."

"이유를 알으야지 밑도 끝도 읎이 끊었다니께 그러지유."

"으쨌든 술 냄시를 멀리해분 지 딱 1년 됐그만요."

"다른 사람은 몰라두 명보가 술을 마시지 않는다니 내가 시방 허깨비허고 있는지 모르겄슈."

황진은 앉은자리에서 말술도 마다하지 않는, 무장 중에서도 손꼽혔던 소문난 애주가였던 것이다. 그러나 황진이 술을 끊었다고 하자 이순신은 믿기지 않는 표정으로 황당해했다. 황진이 술을 끊었다면 그것만도 대단한 일이었다.

"왜국에 가서 느낀 바가 많았어라우. 왜놈덜이 쳐들어와불라고 준비허는디 술을 마셔서는 안 돼겄더랑께요."

"왜놈덜 땜시 술맛이 싹 사라져버렸단 말이유?"

"그란 셈이지라우."

"허허허. 명보가 그랬다니께 더 권허지는 않겄슈."

이순신은 헛웃음을 터뜨리고는 황진의 진심을 받아들여 술 생각을 접었다. 대신 송희립을 불러 익실에 찻자리를 만들도록 지시했다. 잠시 후 본영 안의 오칸 집 기생청에 다모로 곁방살이하고 있는 승설이 들어왔다. 승설의 나이는 열일곱이었다. 순천부 선암사 암자의 비구니로 있다가 타의로 환속한 뒤 좌수영에 다모로 차출되어 들어왔다. 승설은 차를 덖을 줄도 알고 잘 우릴 줄도 알았다. 승설이 익실에 다소곳이 들어서자 시큼한 사내 냄새만 나던 방 안에 풋풋한 활기가 돌았다. 황진이 이름을 물었다.

"니 이름이 뭐시냐?"

"승설이라 합니다요."

"니 얼굴만치 이름이 이뿐디 한자로 말헐 수 있느냐?"

"이길 승勝 자에 눈 설雪 자입니다요."

"눈을 이겨뿌렀다는 말인디 필시 뭔 뜻이 있능갑다."

그제야 이순신이 말했다.

"흔헌 이름은 아니구먼."

"원래는 이름이 아닙니다요."

"뭔 소리냐?"

"차낭구 싹 이름이그만이라우."

"차낭구 잎이라믄 찻잎이 아닌감. 워째서 승설이라구 허는 겨?"

"선암사에서는 봄눈을 맞은 차낭구 싹을 따서 덖은 차를 승설차라고 헙니다요."

"긍께 원래는 차낭구 이파리 이름인디 니 이름이 돼야뿌렀다는 말이구나."

"곡우 전후로 꽃샘추우가 오믄 조계산에 눈이 내리기도 헙니다요. 차낭구에 눈이 내리는 날 지가 태어났는갑서라우. 지 아부지가 이름을 승설이라고 지어부렀으니께요."

"알았다. 나가서 차를 우려봐라."

"이 공, 그란디 동복에도 차가 있어라우."

"지리산에만 차가 있는 줄 알았는디 동복에도 있슈?"

"동복에 진즉부텀 임금님께 진상하는 차 맹그는 다소茶所가 있당께요."

"허긴 차나 곡차나 마시는 것은 같지유."

"아따, 다른 점도 있지라우. 차는 마실수록 정신이 방죽물맹키로 맑아지더랑께요."

승설이 차를 우리러 나가자 이번에는 송희립이 들어와 포작선 진무의 아버지가 죽었다는 부고를 전했다. 또다시 비가 부슬부슬 내리는지 축축한 공기가 방 안으로 밀려들었다. 까마귀 울음소리도 따라 들어왔다.

"수사 나리. 포작선 진무 아부지가 별세혔다고 헙니다요."

"가볼 텨. 활쏘기는 아무 탈 읎이 진행되는 겨?"

"예. 신시 전에는 끝날 겁니다요."

"송 군관, 인사혀. 동복 현감이신디 나와 무과 급제 동기여."

송희립이 넙죽 엎드려 절했다. 그러고는 별말 없이 바로 활쏘기 대회를 하고 있는 활터로 갔다. 이순신은 잠시 눈을 감았다. 포작선 진무라 하면 진도 태생인 박만덕일 것이었다. 본영 포작선을 타는 사람 중에 가장 나이가 많은 충직한 포작이었다. 성격이 유순하고 젊은 포작들이 형님처럼 따르고 의지하여 특별히 수졸에서 진무로 승진시켜준 사람이었다. 본영 포작들이 정규 수군의 보조 역할을 별 사고 없이 하고 있는 것은 그를 중심으로 똘똘 뭉쳐 있기 때문이었다. 박만덕의 성격으로 봐서 그의 아버지도 인심 좋은 포작이었을 것 같았다. 이순신은 망자를 위해 명복을 빌었다. 포작들은 대부분 제주도나 진도, 완도 등 섬 출신으로 먹고살기 힘들어 해상 유랑민이 된 어부들이었다. 성 밑에 정착해 살지만 농토가 없으니 삶이 고난한 것은 예나 지금이나 마찬가지였다. 정규 수군이라면 매달 일정한 급료가 나가지만 포작선 수졸들은 전시나 훈련 때만 나서는 별방군別防軍, 즉 임의로 조직하는 임시 수군이므로 급료가 들쑥날쑥했던 것이다.

승설이 찻주전자를 들고 들어왔다. 차향이 모락모락 나는 김과 함께 찻상 위에 감돌았다. 율촌 가마에서 만든 분청 사발에 차를 따르자 차향은 더욱 진해졌다. 이순신은 술인 듯 훌쩍 마시다 말고 사발을 내려놓았다. 지리산 차와 맛이 달랐다. 지리산 차가 강하고 단맛이 돈다면 승설차는 고소한 맛이 먼저 부드럽게 혀를 감쌌다. 황진도 눈을 크게 뜨고 놀랐다.

"동복 차는 맛이 싸나운디 승설차는 보드랍기가 봄바람 같다잉."

"나는 숭늉 맛 같아서 좋으니께 한 잔을 더 따르거라."

"사또 나리, 숭늉 맛이 나는 것은 차 맹그는 솥이 두꺼웅께 찻잎의 에린 줄기 속까정 폭 익어서 그럽니다요."

누룽지처럼 솥에 타서 구수한 게 아니라 찻잎의 어린 줄기 속까지 익어서 나는 깊은 맛이라는 것이었다. 실제로 덖는 동안 찻잎이 슬쩍 탔을 때도 구수한 맛이 나지만 그러나 어린 줄기가 익어서 나는 맛과는 달랐다. 찻잎이 타서 나는 구수한 맛은 한 번 우리고 나면 비린내가 나지만 어린 줄기가 깊이 익으면 아홉 번을 우려내도 그 맛이 처음과 같았고 나중에는 단맛이 목구멍에 남았다.

"이 공, 바쁜디 지가 붙잡고 있는 것은 아닌게라우? 활쏘기 대회도 있고 문상을 가셔야 헌담서요."

"현감, 무신 말씀이여. 회포를 풀고 싶으니께 활터에서 이리루 왔지유. 우승자를 뽑는 것은 우후와 군관덜이 거기 있으니께 잘 처리허겄지유."

"지 딴에는 긴히 전해줄 야그가 있어서 찾아왔그만요."

"나도 짐작혔슈. 기냥 달려올 현감이 아니쥬."

"근디 지가 재작년에 겪은 야그를 허자믄 밤을 새도 모자라지라우. 긍께 문상이라도 몬참 댕겨오시지라우. 차라리 지는 내일 새복에 일찍 가는 것이 더 좋아라우."

황진은 비가 아주 개기를 기다릴 겸 차라리 새벽에 날이 새자마자 가는 것이 좋다고 생각하고 있었다. 밤이 되면 기온이 내려가 진흙탕길이 얼 것이므로 달리는 말이 미끄러질 위험이 있었다. 무엇보다 말은 군마용으로 여명의 희미한 빛에도 번개처럼 잘 달리게끔 길들여져 있었다.

포작들이 사는 집들은 성 밑 마을의 한쪽 갯가에 있었다. 이순신은 나장 수졸을 시켜 성 밑 마을에 사는 황득중을 불렀다. 조문을 가는데 빈손으로 갈 수는 없었다. 문상을 직접 다니는 것은 이전의 수사들과 달랐다. 이전의 수사들은 군관을 대신 보냈던 것이다. 이순신은 특별한 경우가 아니면 신분 고하를 막론하고 반드시 상가에 문상을 갔다. 양민이든 천민이든 격을 따지지 않고 성 안팎으로 상갓집을 다녔다. 부하가 상을 당하면 멀리는 고흥이나 광양까지도 갔다. 상갓집에 가면 그 집안의 일족을 한 자리에서 다 만나 이심전심으로 소통할 수 있었다. 그러니 본영에서 임시 수졸이나 물자가 필요할 때면 일족이 나서서 도움을 주곤 했다. 특히 지역에 대대로 터를 잡고 사는 여수의 창원 정씨, 흥양의 여산 송씨와 고령 신씨 등이 문중의 이름으로 이순신을 찾아와 힘을 보탰다. 이순신은 황득중이 오자 몇 가지를 지시했다.

"박만덕 진무 집으루 조문 갈려구 허니께 준비 좀 혀라. 미육고에서 내 몫으루다가 남긴 것이 있으니께 쌀과 괴기를 넉넉허게 내오고, 이장청으루 가서 목수 두어 명 불러 관을 짜게 혀."

이장(목수) 중에는 목수 일부터 벌목, 심지어는 묘를 손보는 산역까지도 하는 천민이 있었다. 상주가 큰돈을 들여 짜는 것이 관이었다. 그래서 목수를 시켜 관을 짜게 하고 이례적으로 쌀과 고기를 박만덕에게 보내도록 지시했던 것이다. 이순신은 힘들게 사는 포작들이 상을 당하면 아끼지 않고 상주에게 필요한 부의를 챙겨 보냈다.

"널판때기는 워디서 구헌당가요?"

"목수덜이 이장청 그늘에 쟁겨둔 것이 있을 겨."

"상가에서 허드렛일 헐 사람 몇 명, 관노청에서 불러오구."

"예. 사또 나리."

"진무덜이 처리허게 허고 황 군관은 상주 집까정 앞장을 서게."

이순신은 황득중을 앞세우고 본영을 나섰다. 남문 밖에는 활쏘기 대회에서 탈락한 진무들이 흐트러진 모습으로 터덜터덜 걷고 있었다. 술청에 들러 한두 잔씩 마시고 소속된 포구의 진으로 돌아가는 모양이었다. 도롱이를 걸친 진무들도 있었지만 비가 오는 둥 마는 둥 하여 굳이 우장을 걸치지 않아도 되는 날씨였다.

이순신과 마주친 진무들이 인사를 하면서 길가로 비켰다. 성적이 좋지 않아서인지 하나같이 어깨가 처져 있고 고개를 들지 못했다. 그러나 술청에서 술을 마신 진무들은 호기 있게 떠들며 돌담에다 오줌발을 갈기고 있었다. 술청 사립문 앞에는 비루먹은 개 한 마리가 코를 박고 킁킁거리고 있었다.

"황 군관, 부의루다가 보내는 쌀허고 괴기랑 싸게 처리햐."

"시방 뒤에 따라오고 있습니다요."

"그려?"

황득중 말대로 지게를 진 노비들이 뒤따라오고 있었다. 지게에는 쌀과 고기, 널판자 들이 얹혀 있었다. 선소에서 자주 본 목수들도 잰걸음으로 따라왔.

"상갓집에는 따뜻헌 국밥이 돌아야 혀. 그려야 망자가 떠날 때 발걸음이 편헌 법이여."

"사또 나리. 망자허고 인연이 있습니까요?"

"읎어."

"동복서 현감이 오셨는디도 조문 가시는 것을 봉께 망자와 인연이 있는갑다 허고 생각혔그만이라우."

"현감이 이해혀서 시방 가는 겨. 그라고 내가 얼릉 가줘야 상갓집에 국밥이라두 돌 것 아닌감."

"망자가 죽어서도 사또를 따르겠습니다요."

"아녀. 저승에서는 포작으로 태어나지 말고 편허게 살으야지. 변방의 장수를 따르믄 고상만 혀."

"저승이 참말로 있기는 있는 것이당가요?"

"중덜이 있다니께 믿으야지 뭐. 포작덜 맴이 편해진다믄 믿으야지. 부평초멩키루 평생 떠돌아다니는 포작덜이 우덜 눈으루 봐두 불쌍허잖여."

"이럴 때는 사또가 포작덜 아부지 같아라우."

"득중이 니가 우리 집 큰놈을 닮아 자식으루 보인다니께. 그러니께 내 맴을 얘기허는지도 물러."

"사또 나리. 고맙그만요."

"시방 저승을 얘기혔지만 사실은 목숨이 붙어 있을 때 잘 살으야 혀. 개똥밭에 굴러댕겨두 이승이 좋다구 허지만 디러운 개똥은 하루라두 깨깟이 치우구 사는 것이 사람다운 겨."

"명심허겠습니다요."

"박만덕이는 포작이라두 기품이 있능 거 같어."

"다른 포작덜허고 다르지라우. 증조부가 한양서 베슬을 살다가 진도로 유배를 가서 씨를 뿌린 집이라고 들었습니다요."

"글씨를 아는 포작은 박만덕뿐일 겨."

"포작덜이 고향에 편지를 쓸 때는 박만덕이 대필해준다고 헙니다요."

"박만덕이 공이 큰 겨. 포작덜이 다른 진과 달리 떠나지 않고 성 밑에 눌러사는 것을 보믄 알어."

겨울에만 포구에 살다가 봄이 되면 배를 타고 떠돌이로 변하는 포작들이 여수의 경우는 이순신의 말과 같았다. 성 밑 마을 한쪽 갯가의 자드락길에 뿌리박은 해송처럼 붙박이로 살았다. 계절 따라 오가던 철새가 텃새로 변한 것이나 다름없었다.

거기에는 본영 진무 박만덕의 역할이 컸다. 박만덕은 새로 들어오는 포작에게 움막을 짓도록 자기 땅을 내주고 본영 군관들에게 알려 임시 수졸이 되게 보살펴주었다. 양식이 떨어지면 본영 진휼창 군관들에게 하소연하여 굶기지 않고 죽이라도 한 끼 먹게 했다. 그런 뒤 포작선을 타고 바다로 나가 청어나 금풍쉥이를 잡아다가 갚았다. 본영의 모든 군관들이 박만덕을 신뢰하기 때문에 가능한 일이었다.

이순신 역시도 박만덕의 수졸 복무 기간을 참작하여 진무로 승진시켜준 바 있지만, 무엇보다 그의 반듯함을 좋아했다. 비록 포작이라고는 하지만 박만덕에게서는 양반의 개결한 피가 흐르고 있다는 인상을 받곤 했다. 약자를 위해 자신을 희생한다는 것이 군인 정신의 첫 번째였다. 측은한 포작들을 돌보는 것을 보면 박만덕은 이순신이 생각하는 최고의 고참 수군이었다.

뿐만 아니었다. 박만덕은 귀한 바닷고기를 잡으면 꼭 동헌으로 가지고 올라왔다. 작년 봄에 잡아 온 고기는 병어였는데 크기가 가오리처럼 한 자가 넘었다. 병어의 크기가 한 자가 넘으니 용궁에서 보낸 물고기처럼 신령스럽기까지 했다.

"지덜끼리 묵기가 아까와 가져왔당께라우."

"광어는 아닌 것 같은디 병어, 뭐여?"

"독벵어라고 하는디 지가 1년에 한두 마리 잡는 괴기지라우."

"마실 잔치나 허지그려."

"귀헌 독벵어니께 사또께서 자셔야지라우."

"고마운디 괴기 이름이 워째서 독벵어인 겨?"

"벵어가 워낙 큼께 독벵어라고 헌지, 독(돌) 틈새서 산께 독벵어라고 헌지 모르겄그만이라우. 회는 달짝지근허고 탕으로 맹글어도 시원허고 괴기가 살이 도틈헌께 묵자 것이 있지라우. 찜으로도 여러 멩이서 뜯어 묵을 수 있응께 맴대로 자셔뿌시쇼."

병어가 손바닥만 한 줄로만 알았던 이순신은 난생처음으로 독병어를 보고는 고개를 갸웃거렸다. 은빛 윤기가 자르르 흘렀고 손가락으로 독병어 배를 눌러보니 단단하고 탄력이 느껴졌다. 고기 손질을 잘하는 송희립이 나서서 회를 떴다. 여종이 남은 머리와 가시로 미나리를 듬뿍 넣고 민물 새우젓인 토하젓으로 간을 맞추어 탕을 끓였는데 박만덕 말대로 국물이 뜨거운데도 시원하기가 그지없었다.

박만덕은 이순신에게 달리 바라는 것이 없었다. 포작들끼리 먹기가 아까워 동헌으로 가져왔다고 말할 뿐이었다. 역시 작년 여름에 광양 섬진강 재첩을 함지박으로 담아 왔는데 그 자리에서 슬쩍 떠봤을 때도 박만덕의 대답은 한결같았다.

"바라는 거 읎어라우. 사또 나리께서 심내시라고 가져온 것뿐이당께요."

가을에도 박만덕은 여수 본영 앞바다에서 소포와 신덕을 거쳐 광양 망덕 포구까지 가서 광양 사람들이 즐겨 먹는 전어를 잡아 와 올렸다. 그의 마음이 순수하고 정성이 기특하다고 할 수밖에 없었다.

"우리 포작선 수졸덜은 남해안의 어느 진 수졸덜보다 사기가 충천헐 겨. 모다 박만덕 진무 덕이여."

"지덜이 굶지 않고 사는 것만도 사또 나리 덕분인디 칭찬까정 해주싱께 몸 둘 바를 모르겄십니다요."

"아녀. 포작덜이 거칠고 사납다고 허지만 내 눈에는 비단결인 겨."

"워메! 지덜이 비단결이라니 천부당만부당허그만요."

이순신과 포작들의 관계는 박만덕이 소통의 창구가 됨으로 해서 더욱 끈끈해질 수 있었다. 물론 포작뿐만 아니었다. 성 밖에서 굴 껍데기처럼 붙어사는 어부들이나 목수, 대장장이, 술청어멈, 장돌뱅이 등도 마찬가지였다. 이순신과 본영 수군들이 자신들을 지켜줄 것이라는 믿음 때문에 마을을 떠나지 않았다. 그러니 마을은 쇄락하지 않고 사람들이 모여들어 점점 더 큰 마을로 변했다.

박만덕의 상갓집은 움막이었다. 움막에서 얼쩡거리던 포작들이 우르르 몰려와 이순신 앞에 엎드렸다. 황득중이 소리쳤다.

"물렀거라! 사또께서 문상 오셨다."

"춥지는 않은 겨? 비가 갰으니 불을 피워라."

거적을 들치고 들어가니 시신은 홑이불에 덮여 있었다. 동굴 같은 방 안에 창호에서 희미한 빛이 흘러들어 그나마 사람의 얼굴은 분간할 수 있었다. 혼잣말 같은 소리로 곡을 하던 박만덕이 큰 소리로 구슬프게 '아이고! 아이고!' 하고 곡을 했다. 이순신과 황득중은 망자에게 절하고 또 상주인 박만덕에게 맞절을 했다. 박만덕은 당황하여 어찌할 줄을 몰랐다. 이순신이 문상을 올 것이라고는 상상도 못 했던 것이다. 이순신이 박만덕의 손을 잡고 말없이 위로하자 박만덕이 눈물을 흘렸다. 이순신의 손등에 그의 눈물이 떨어졌다. 문상 온 마을 촌로들도 하나둘 들어와 곡을 했다.

비로소 움막 밖에는 모닥불이 피어오르고 두 개의 화덕에 솥이 걸렸다. 본영 노비들이 쌀과 고기를 가져왔기 때문이었다. 어느새 거지 떼가 몰려와 화덕 주위를 에워쌌다. 이순신이 밖으로 나오자 포작들이 일제히 울음을 터뜨렸다. 앉은뱅이 노파가 엉덩이를 끌며 이순신에게 다가와 말했다.

"사또, 죽어서도 은혜를 갚을라요잉."

"물렀거라! 손님이 사또를 기다리고 겨신다."

이순신은 바삐 나오지 않고 몇몇 포작들의 손을 잡아주었다. 하나같이 기친 손들이었디. 까맣게 때가 끼고 살가죽이 부르터서 피가 나온 손도 있었다. 이순신은 그들의 눈물과 피를 닦아주는 것이 수사인 자신의 임무라고 생각했다. 이순신은 황득중에게 지시했다.

"황 군관은 상갓집에 남아 있게. 더 도울 일이 있으믄 내게 얘기허게."

"예. 알겠습니다요."

갈매기 한 마리가 바닷가를 어지럽게 날았다. 얕은 바다를 무섭게 노리다가는 날카로운 부리로 고기를 낚아챘다. 바다도 약육강식의 현장이었다. 힘이 없으면 잡아먹힐 수밖에 없는 곳이 바로 세상이었다. 이순신은 말구종 수졸이 가져온 말에 올라탔다. 뒤를 돌아보니 아직도 포작들이 엎드려 있었다. 이순신은 힘주어 말고삐를 잡아당겼다. 지체하지 않고 모닥불이 활활 피어오르는 상갓집을 뒤로하고 떠났다.

심야정담

 성 위쪽 북봉 숲에서 새 울음소리가 들려왔다. 철새 중에 가장 먼저 봄을 알리는 휘파람새였다. 짝을 부르는 듯 휘파람새가 후이이 후이이 길게 울었다. 야경하는 경계병이 순찰을 도는 발소리만 자박자박 들리는 고요한 밤중이었다. 황진은 병조에서 근무한 군관답게 왜국으로 가게 된 통신사의 앞뒤 내막을 훤히 알고 있었다. 조선의 통신사가 왜국으로 간 까닭은 왜국의 집요한 요청이 있었고, 조선의 불가피한 사정이 있었음을 이순신은 처음으로 소상하게 들었다. 황진의 기억력은 놀라웠다. 당시의 이런저런 상황을 세세하게 얘기했다. 품계는 높지 않았지만 병조에서 요직을 맡은 군관이었기 때문에 그 많은 일들을 다 보고 들은 것 같았다.

 왜국이 조선통신사를 요청하기는 손죽도 왜변이 일어나기

1년 전부터였다. 다음 해에도 조선에 간청해왔다. 선조 20년 (1587) 10월 손죽도 왜변의 여파가 수습되기 시작할 무렵이었다. 왜왕의 사신이 대마도에 와 있다고 대마도주가 공식 문서를 만들어 보내왔다. 왜왕은 왜국 육십육 개 주를 통일한 도요토미 히데요시였는데, 규슈를 마지막으로 복속시킨 뒤 이제는 조선을 침략하려는 야심을 품고 있었다. 일단 영주들에게 나눠줄 땅이 부족하기도 했거니와, 조선은 물론이고 중국과 천축(인도)까지도 정복해야 한다며 도요토미 히데요시의 망상을 부추기는 세력이 있었던 것이다.

장사꾼 출신인 고니시 유키나가小西行長와 그에게 세례를 준 스페인 신부 세스페데스도 호전적인 도요토미 히데요시를 부추기는 사람들 중 일부였다. 도요토미 히데요시의 과대망상적인 정복욕과 그들의 야심이 맞아떨어진 결과였다. 고니시 유키나가는 육로를 통해 천축을 왕래하며 장사한다면 큰돈을 벌 수 있을 거라 생각했고, 세스페데스는 조선은 물론 중국과 천축에도 예수회를 전파하고 교회를 지을 수 있을 것으로 믿었다. 왜국의 침략 전쟁을 지원하는 예수회는 교황의 비밀 조직이나 다름없었다.

도요토미 히데요시가 조선을 침략하겠다는 것은 문명국인 조선에 대한 열등감의 발로이기도 했다. 조선이 왜국은 의리와 예의가 없다고 얕본다며 부하들에게 불평을 터뜨리곤 했던 것이다.

"우리 사신은 자주 조선에 가는데 조선 사신은 오지 않으니 이는 우리를 업신여기는 것이다."

조선에 대한 도요토미 히데요시의 불만과 트집은 조선이 빌미를 준 구석도 있었다. 선조만 해도 왜국에 통신사를 보내지 않으려 했고, 왜국의 사신이 와도 직접 만나지 않으려 했다. 왜국이 성리학으로 교화를 시킬 수 없는 미개한 나라라는 인식이 확고했기 때문이었다.

"자기 임금을 죽이고 왕위에 등극한 역적들을 어찌 접대할 수 있겠느냐. 보내온 사신을 큰 의리로 타일러서 돌려보내야 할 것이니라."

그때 왜왕 도요토미 히데요시가 보낸 사신은 대마도주 다치바나 야스히로橘康廣, 야나가와 시게노부柳川調信(平調信) 등이었다. 다치바나 야스히로가 품고 온 왜왕의 서신은 대단히 무례했다. 특히 '천하가 짐의 한 손아귀에 돌아왔다'는 표현이 있었는데 이는 자신의 열등감을 위장하는 허풍일 뿐이었다. 예의가 없기는 왜국 사신 다치바나 야스히로도 마찬가지였다. 유성룡은 『징비록』에 자신이 보고 들은 대로 다음과 같은 글을 남겼다.

'사신으로 왔던 귤강광(다치바나 야스히로)은 당시 나이 오십여 세로 얼굴은 헌칠하고 행동이 거만스러워 전날 왜국 사신과는 아주 달라 모두 이상히 여겼다. 올 때 인동仁同을 지나다가 창을 잡은 병사를 흘겨보며 "너의 창자루가 너무 짧다"고 시비를 걸었으며 상주를 통과할 때는 목사 송응형이 나와 접대하는 자리에서 통역을 시켜 목사에게 조롱조로 농담하기를, "나는 수년간 전장에 있어서 머리털이 세었지만 목사께서는 음악과 기생 속에서 아무것도 하지 않았는데도 머리털이 세었으니 웬일입니까?" 하였다. 마침내 귤강광 일행이 한양에 도착하자 예조에서 연회를 베풀어주었는데 갑자기 귤강광이 귀한 후추나무 열매인 호초胡椒를 꺼내더니 자리에 흩뿌렸다. 그러자 시중을 들던 기생들이 다투어 줍는 것을 보고는 귤강광이 역관에게 "너희 나라가 망하겠다. 기강이 무너졌구나" 하고 말했다.'

대마도주 다치바나 야스히로는 조선의 예조 판서가 자리를 지키고 있는데도 기생들이 후추나무 열매를 서로 다투어 줍는 것을 보고는 기강이 문란하다고 조롱했던 것이다. 그러나 다치바나 야스히로의 판단은 조선의 기생들이 왜국과 달리 관원들 앞에서도 시 짓고 노래하는 등 자유롭고 거침없이 행동한다는 사실을 모르고 하는 소리였다.

다치바나 야스히로 일행은 목적을 이루지 못했다. 조선은 선조의 답서만 보내고 바닷길이 멀다는 핑계로 통신사를 보내지 않았다. 다치바나 야스히로는 돌아가서 조선을 두둔하였다는 죄목으로 히데요시에게 피살당했다. 그만 화를 당한 것이 아니라 조선을 함께 다녔던 그의 형 다치바나 야스쓰라橘康年와 일족도 살해당했다. 대마도에 살면서 사신으로 조선을 왕래하는 동안 조선의 관직까지 받았으므로 히데요시의 의심을 샀던 것이다.

선조 22년(1589) 5월에는 죽은 그들을 대신해 소 요시토시宗義智(平義智)와 야나가와 시게노부柳川調信(平調信), 하카다博多 쇼후쿠지聖福寺의 주지 겐소를 사신으로 보내 사신을 교환하고 국교를 맺자고 또다시 요청해왔다. 신임 대마도주가 된 소 요시토시는 고니시 유키나가의 사위이고, 히데요시의 복심이었다. 학식을 갖춘 겐소는 모사가 뛰어난 승려였고, 무관으로 따라온 야나가와 시게노부는 맹수처럼 사나운 장수였다.

선조는 왜국 사신들을 어떻게 처리해야 할 것인지를 대관들에게 물었다. 종2품 이상의 대관들이 비밀리에 논의한 바는 조선이 통신사를 보내지는 않더라도 외교 문제가 생길지 모르므로 왜국의 사신들을 접대는 해주자는 것이었다. 왜국을 무시하는 태도는 선조나 대관들이나 별로 다르지 않았다. 선조는 대관들의 의견을 받아들여 다음과 같이 말했다.

"이웃나라 사신을 영접하여 접대하는 관리는 그 임무가 중하니라. 왜국 사신 가운데 글을 제법 아는 승려 현소(겐소)가 있다고 한다. 시를 지어 주고받을 때 만약 미진하게 되면 반드시 그 나라에 웃음거리를 전하게 될 것이니 문제가 가볍지 않느니라. 벼슬이 높고 낮음과 상관없이 출중한 문장가를 임명하여 보내는 것이 좋겠다."

이는 조선의 문화가 왜국보다 고급하다는 우월감이 깔린 말이었고, 선조는 당시 문장가 가운데 한 사람이었던 이조 정랑 유근을 선위사로 임명하여 부산으로 내려보냈다.

왜국 사신 일행은 공작 한 쌍과 조총, 창, 칼 등 많은 방물을 선물로 가지고 왔다. 그들 일행은 조선 사람들에게 흔치 않은 구경거리였다. 그들이 한양에 입성했을 때 성 안팎의 사람들이 공작 한 쌍을 보기 위해 한강부터 성문 앞까지 길을 메웠다. 한양의 여염집들이 텅 비었을 정도였다. 그러나 선조는 궁중에서 공작을 기를 수 없다며 남양 섬에 놓아 날려버렸고, 조총은 군기서 창고로 보냈다. 조선에 조총이 들어오기는 처음이었지만 특별히 관심을 갖지 않았던 것이다.

　왜국 사신 일행은 남산 밑의 동평관에 머물면서 이번만큼은 조선의 사신과 함께 돌아가겠다고 버텼다. 다치바나 야스히로 일행이 왔을 때는 바닷길이 익숙하지 않으므로 못 간다고 했지만 이번 사신들은 자신들이 길잡이가 되겠다고 우기니 조정에서는 거절할 명분이 없어 군색했다. 할 수 없이 대관들끼리 의견을 모아 까다로운 조건을 하나 걸었다. 왜구 앞잡이가 된 반민 사화동과 왜구 두목들, 그리고 왜구들에게 잡혀간 조선 백성들을 보내주면 통신사의 일을 의논할 수 있다는 조건이었다.

　만약 사화동 등을 보내온다면 조선도 통신사를 보내서 이참에 왜국의 허실을 자세히 탐지하여 앞날을 대비하자는 수찬 허성의 진언에 유성룡도 찬성하였고 대관들도 이의를 달지 않았다. 다만, 귀양을 가게 된 조헌이 상소를 올려 거칠게 반대했다.

　'오랑캐는 신의가 없어서 개돼지와 같은 자들입니다. 지금 오랑캐가 화친을 청한 것은 반드시 까닭이 있습니다. 그러니 와 있는 왜사倭使를 베고 명나라에 알리면 황제가 통촉해서 우리를 문책할 염려도 없고 왜놈들도 바다를 건너올 뜻을 갖지 못할 것입니다.'

　그러나 조정에서는 조헌의 상소를 미친 소리라고 일언지하에 배척하였다.

　이순신은 황진이 사화동을 얘기하는 대목에서 차를 마시다 말고 찻잔을 내려놓았다. 그가 국내로 잡혀 와 효수되었다는 얘기만 들었지 그 일의 전후에 벌어졌던 뒷얘기는 듣지 못했던 것이다. 일부러 한양에서 일어난 일에는 관심을 두지 않기도 했지만 좌수영의 공무가 바빴기 때문이었다. 황진은 선조가 인정전 마당에서 사화동을 문초할 때 병조의 군관으로서 참관하였으므로 자세히 기억하고 있었다.

"사화동이 몬참 문초를 받았고, 뒤이어 왜구 두목 신삼보라信三甫羅, 긴시요라緊時要羅, 망우시라望右時羅가 조사를 받았지라우."

"수길이가 기냥 쉽게 들어주었다는 말이유?"

"왜구 두목덜도 수길이 부하인디 수길이가 들어준 것이지 생각으로도 이해가 안 가지라우. 으쨌든 수길이란 넘은 달믄 생키고 쓰믄 뱉어뿌리는 넘 같그만이라우."

"상감마마께서 친히 문초하셨다는 것도 드믄 일이구면유."

"그랬지라우. 그 사리에서 사화동에게는 효수를 명허시고 종의지(소 요시토시)에게는 사복시에서 기르는 내구마 한 필을 상주라고 명허셨지라우. 연회도 베풀어주셨는디 지는 사화동을 참수허는 디를 가느라고 참석허지는 못했그만이라우."

휘파람새의 울음소리가 지척에서 들려왔다. 객사 옆 팽나무 가지에 내려앉아 우는 모양이었다. 두 사람은 차를 마시다 말고 휘파람새 울음소리를 들었다.

"이 공, 으째서 그란지 옆굴텡이가 허전헙니다요."

"시방 저 새 울음소리 땜시 그류."

"휘파람새는 봄을 부르는 새인디 으째서 우는 소리가 소쩍새 같당께요. 무신 한이 있는 것인지 피를 토허는 것 같그만요."

"죽은 사화동 구신이라도 만났슈?"

"그넘의 자식, 목심만 살려달라고 포리멩키로 싹싹 비는디 측은허기도 헙디다만 나라를 배신혔으니께 골백번을 죽여뿌러도 싸지라우."

"기여."

"을마나 살고 싶은지 망나니가 칼로 목을 쳤는디 한 번에 떨어지지 않드랑께요."

"워디서 참수혔는디?"

"훈련원서 죽였지라우."

"훈련원?"

이순신은 고개를 돌렸다. 무과 시험 중 말을 타고 활을 쏘다가 낙마하여 다리를 다쳤던 곳이 훈련원이었다. 그때 왼쪽 다리뼈가 부러져 무과 급제가 4년이나 늦어졌던 씁쓸한 기억이 떠올랐던 것이다. 무과 급제 이후에도 훈련원은 악연의 근무처일 뿐이었다.

선조 12년(1579) 2월, 함경도에서 한양으로 올라와 훈련원 봉사(종8품)로 배속되었을 때였다. 훈련원에서 인사의 일을 맡았는데 직속상관인 병조 정랑(정5품) 서익이 자기 친지를 참군(정7품)으로 특진시켜달라고 청탁을 해왔다. 그러나 이순신은 그렇게 하면 정작 승진할 사람이 못 하게 된다며 반대했고, 그로 말미암아 8개월 만에 외직인 충청도 절도사 군관으로 밀려났다.

이후로도 서익과 악연은 계속됐다.

선조 13년(1580) 7월, 이순신은 발포진 만호(종4품)로 수군과 첫 인연을 맺게 되었다. 그런데 그곳에서 서익과 다시 만났던 것이다. 전라 좌수사 성박과 이순신 사이가 '오동나무 사건'으로 나빠졌을 무렵이었다. 군기 경차관으로 내려온 서익이 병기를 검열한 뒤 제대로 보수되어 있지 않다고 병조에 악의적인 보고를 하는 바람에 만호에서 파직되어 다시 훈련원 봉사로 강등됐던 것이다. 이순신은 고개를 저었다.

"훈련원 시절이 그리워서 그랍니까요?"

"허허. 알면서두 무신 소리를 허는 거유."

"기냥 농담이그만요."

"좀 전에 허던 얘기를 계속혀보슈."

"간짓대 끄트머리에 죄수 머리칼로 머리통을 매어 사람덜에게 구경시키는 것이 효수 아닌게라우. 역적 죄인이라도 3일 후에는 가족들이 찾아가도 되는 것인디 아무도 나타나지 않더라니께요."

"죄인이 역적질을 헸는디 뭔 낯짝으루 나타나겄슈."

"난중에는 청계사 중이 지나다가 보고는 사화동 머리통을 주워 갔당께요. 산중에 묻어주고 극락왕생허라고 염불이나 해줬겄지라우."

인정전에서 끌려나온 사화동은 바로 훈련원으로 압송되었다. 그를 참수하는 장소가 훈련원으로 정해졌기 때문이었다. 이미 훈련원에는 군관과 병사들 말고도 성안 사람들이 구름처럼 몰려와 있었다. 반민 사화동이 처형당하는 것을 보고자 모여든 인파였다. 얼이 빠진 사화동은 얼굴이 노랗게 질려 있었다. 선조에게 문초받을 때와 달리 모든 것을 포기한 듯 나장이 시키는 대로 했다.

나장이 마지막으로 할 말이 없냐고 묻자 사화동은 "단칼에 모가지를 잘라주시쑈"라고 웅얼웅얼 중얼거리기만 했다. 단칼에 목이 떨어져 나가야 그나마 고통 없이 죽을 수 있는 것이었다. 그러나 대부분의 사형수는 단칼에 죽지 못했다. 술 취한 망나니의 칼이 목을 빗나갈 때도 있었다.

사화동의 목을 벨 망나니가 칼춤을 추었다. 전옥에 갇혀 있다가 아침 일찍 밖으로 나온 망나니였다. 강도 강간의 죄를 지어 사형수가 됐지만 특별히 용서를 받아 망나니가 된 중죄인이었다. 망나니에게는 사형수 목을 벨 때가 유일하게 외출하는 날이었다. 나장들이 술값으로 몇 푼을 주고 운이 좋으면 죄인의 가족이 단칼에 목을 베어달라고 금품을 건네기도 했다.

사화동의 목은 서너 번 칼이 닿아서야 머리통이 땅바닥에 뒹굴었다. 때마침 누런 황사바람이 거칠게 불어 머리통은 데굴데굴 굴렀다. 누군가가 다가가 "역적놈이다!" 하고 사화동의 잘린 머리통에 침을 퉤하고 뱉자 둘러서 있던 사람들이 너도나도 손가락질을 했다.

이윽고 망나니가 씩씩거리며 달려와 사화동의 머리털을 낚아챘다. 그러자 허옇게 뒤집혀버린 사화동의 눈알이 보였다. 사람들이 고개를 돌리고 눈을 질끈 감았다. 망나니가 히죽히죽 웃으며 장대 끝에 피로 얼룩진 사화동의 머리통을 달더니 나장에게 바쳤다. 나장은 말뚝에 장대를 세운 채 단단히 맸다.

사람들은 갑자기 부는 황사바람을 피해서 순식간에 흩어졌다. 사화동의 머리통은 장대 끝에서 황사바람에 대롱거렸다. 오후가 되어서는 짙은 황사가 허공을 아예 덮어버리자 그마저도 보이지 않았다. 사람들은 흐릿한 그의 머리통을 향해 침을 뱉고는 도망치듯 지나칠 뿐이었다.

사화동을 참수한 지 한 달 후, 선조 23년 4월이었다.

조정은 마침내 왜국에 통신사를 보냈다. 병조 첨지 황윤길을 정사, 성균 사성 김성일을 부사, 홍문 전적 허성을 서장관, 병조 군관 황진을 무장으로 삼은 이백여 명의 통신사 일행이 소 요시토시를 따라 바다를 건너갔다.

통신사 일행은 7월에 왜국의 도성 교토에 이르렀는데 다이토쿠지大德寺에 유숙한 지 다섯 달 만에야 조선의 국서를 전할 수 있었다. 때마침 도요토미 히데요시가 성을 순시 중이어서 시니 달 동안이나 다이토쿠지에 머물며 기다릴 수밖에 없었던 것이다.

다행히 음식은 그런대로 입에 맞았다. 매 끼니로는 세 홉의 쌀로 지은 밥과 나물국 한 그릇에 생선회와 장, 무 등 서너 가지가 상에 올라왔다. 대여섯 가닥 정도 접시에 놓인 회는 신맛이 강한 초가 쳐져 있곤 했다. 밥 먹은 뒤에는 으레 두서너 잔씩 술이 나왔다. 안내를 하는 왜인들은 쌀 중에서 가장 질이 떨어진 적미赤米로 지은 밥을 먹었다. 모양이 보리쌀과 흡사했고 빛깔이 칙칙해 먹을 수 없을 것 같았는데 평소에 그들은 두 끼를 먹곤 했다.

통신사 일행은 도요토미 히데요시를 다섯 달 만에 만났지만 한 번밖에 면담하지 못했다.

히데요시를 만나는 날이었다. 통신사 일행은 왜의 교자를 타고 도요토미 히데요시가 정사를 보는 당堂으로 들어갔다. 교자 앞에서는 악사가 날라리와 피리를 불면서 당 밑까지 인도했다. 통신사 일행은 도요토미 히데요시의 용모를 보고는 조금 실망했다. 못생긴 데다 키가 작고 얼굴이 들쥐 털같이 검었다. 그런데 그의 눈빛은 형형하여 사람을 쏘아보는 듯했으므로 두려움을 주었다. 도요토미 히데요시는 각진 긴 모자를 쓰고 저승사자처럼 검은 도포를 입고 있었다. 그의 옆에는 신하 몇 사람이 도열하여 앉은 채 통신사 일행을 안내했다. 통신사 일행은 건초 냄새가 나는 다다미방에 남쪽을 향하여 삼중으로 자리를 잡고 앉았다.

도요토미 히데요시의 행동은 몹시 오만했다. 통신사 일행을 위한 연회도 베풀지 않았다. 처음 만나는데도, 더구나 조선 국왕의 명을 받들고 온 사신들인데도 홀대했다. 일행 앞에 놓인 각각의 하얀 나무소반 위에는 달랑 떡 한 사발이 놓여 있었으며 술은 탁주로 질그릇 술잔에 두 순배만 돌렸다. 무례하기 짝이 없었다. 통신사 일행이 당황하는 기색을 보이자 히데요시는 일어나 안으로 들어가버렸다. 도요토미 히데요시 신하들은 겁에 질린 듯 아무도 꼼짝 않고 앉아 있기만 했다.

잠시 후 다시 나타난 도요토미 히데요시의 모습은 왜왕이라기보다는 시정잡배와 같이 천박했다. 평상복으로 갈아입은 도요토미 히데요시는 늦둥이 아기를 안고 나와 어르면서 통신사들에게 자랑하듯 당 안을 돌아다녔다. 자리에 앉아 있던 그의 신하들은 모두가 바짝 엎드려 있을 따름이었다. 이윽고 도요토미 히데요시가 아기를 안은 채 난간에 기대어 조선의 악공들에게 거만한 태도로 명했다. 음악을 연주케 하는 것이었다. 그러나 여러 곡을 감상하던 중에 안고 있던 아기가 오줌을 싸자 음악을 멈추게 한 뒤 웃으면서 시자를 불렀다. 한 여자가 경망스럽게 종종걸음으로 달려와 아기를 받았다. 도요토미 히데요시는 또다시 옷을 갈아입고 나왔다. 그는 옆에 아무도 없는 듯 제멋대로 행동했다. 통신사 일행을 무시하는 안하무인의 행태였다.

  통신사 일행 모두가 속이 부글부글 끓었다. 특히 노기를 띤 김성일의 얼굴은 붉으락푸르락했다. 황윤길은 헛기침을 하며 꾹 참고 있었고 허성이나 황진도 자리를 박차고 나갈 듯 궁둥이를 들썩였다. 도요토미 히데요시는 선조의 서신에 대한 답서도 예를 갖추어 바로 주지 않고 계빈界濱에 가서 기다리라며 내쫓듯 물리쳤다.

  며칠 뒤에 답서가 왔지만 문장이 조악하고 패만하였다. 김성일은 왜왕의 답서를 읽으면서 분통이 터지는지 부르르 떨었다.

 '관백關白은 조선 국왕 합하에게 글을 올리나이다. 보내준 글월은 향을 사르며 읽어 두세 차례 접었다 폈다 했습니다. (중략) 사람이 한번 이 세상에 태어나서 백 세를 채우기 어렵거늘 어찌 답답하게 여기 왜국에만 있겠습니까? 나라가 멀리 떨어져 있고 산천이 가리어 있다지만 거리낄 것 없이 대명국에 한번 뛰어들어 우리나라 풍속을 중국 사백여 주에 바꾸어보고 천자의 도성에서 정치와 문화를 억만 년이나 베풀어보려는 것이 내 마음 가운데 있으니 귀국이 앞장서서 명나라에 들어가준다면 장래의 희망이 있고 눈앞의 걱정이 없을 것입니다. (하략)'

김성일은 경박한 왜왕의 답서에 대해 승려 겐소를 불러 항의했다. 전하殿下라고 해야 되는데 정1품 벼슬아치를 높여 부를 때의 말인 합하閤下를 썼고, 답서 끝에 공경하는 뜻으로 물건을 보내는 것이니 예폐禮幣라고 해야 되는데 임금에게 선물하는 특산물이란 뜻으로 방물이란 단어를 썼다고 따졌다. 뿐만 아니라 대명국에 한번 뛰어들어 가는 데 조선이 앞장서달라는 문장도 협박적이라며 고치지 않으면 가지고 돌아갈 수 없으니 바꾸어달라고 요구했다. 겐소는 전하와 예폐란 말은 따르겠으나 대명국에 한번 뛰어들어 가겠다는 문장만큼은 '명나라에 조공하러 들어간다는 뜻'이니 고칠 수 없다고 변명했다. 귀국 일정이 자꾸 늦어지고 있어서 할 수 없이 통신사 일행은 그 정도에서 타협하고 교토를 떠났다.

마침내 선조 24년(1591) 3월, 통신사 일행을 태운 배가 부산에 닿았다. 통신사 역시도 왜국에 간 까닭 중 하나가 정탐에 있었으므로 부산에 내리자마자 정사 황윤길은 왜국의 정황상 '반드시 왜적이 침범할 것'이라는 장계를 올렸다. 한양에 올라와서도 선조 앞에서 같은 내용을 아뢰었다. 통신사 일행 중에서 선조에게 불려 온 사람은 황윤길, 김성일, 허성, 황진 등이었다. 그런데 김성일은 황윤길과 달리 선조에게 반대로 아뢰었다.

"왜국이 아직 군사를 일으킬 기미가 보이지 않으니 걱정 없습니다."

"방금 윤길은 왜적이 반드시 침범할 것이라고 말했는데 틀린 것이냐?"

"윤길이 부산에서 서둘러 장계를 올린 것은 인심을 동요시켰으니 잘못된 일입니다."

선조는 눈을 깜박거리며 손을 비벼대는 황윤길에게 또 먼저 물었다.

"수길의 모양이 어떻더냐?"

"수길의 눈에 광채가 있는 것으로 보아 담력과 지략이 있는 사람 같았습니다."

이에 김성일의 대답은 또 달랐다.

"수길의 눈은 쥐눈과 같았습니다. 두려울 것이 없습니다."

선조는 단호하게 잘라 말하는 김성일의 태도에 호감을 느꼈다. 황윤길은 초조한 듯 안절부절못했지만 김성일은 또박또박 침착하게 말하고 있었다. 서장관으로 갔다 온 허성은 두 사람의 말을 다 취하면서도 왜적이 침범할 것이라는 황윤길의 말을 두둔했다. 황진도 허성과 같은 입장에서 아뢰었다. 훗날 사람들은 동인과 서인이 대립하여 선조에게 아뢴 말이 달랐다고 비난했지만 사실은 그렇지 않았다. 허성과 황진은 동인이었지만 서인인 황윤길의 말에 동조했던 것이다. 그 때문에 선조의 지혜로운 판단이 아쉬울 뿐인 것이다. 선조는 세 사람이 다 달리 말하자 유성룡에게 물었다.

"사신들의 견해가 이렇게 다른 것은 무슨 까닭이오?"

"설령 수길이 침범한다 하더라도 그 모양과 행동을 들어볼 때 두려워할 것이 없을 듯하옵니다. 더구나 왜의 국서는 협박하는 데 불과한 것입니다. 그러니 아직 근거 없는 그것을 미리 명나라에 알렸다가는 변방에 소요만 일으킬 것이 분명합니다. 중국 땅 복건과 왜국은 멀지 않으니 만일 우리가 명나라에 알린 것이 왜국 사람의 귀에 들어간다면 의혹을 살지도 모릅니다. 따라서 명나라에 결코 알릴 필요가 없습니다."

어전에서 물러나온 뒤 유성룡이 김성일에게 물었다.

"자네 말이 황의 말과 다른데 왜놈들이 과연 오게 되면 어떻게 하겠는가?"

"낸들 왜놈들이 왜 오지 않으리라고 생각하겠는가? 다만 황의 말이 너무 심하지 않은가. 마치 사신의 뒤를 따라 왜가 쫓아오는 듯 말하여 민심이 흉흉해질 터이기에 그리 말한 것이네."

한동안 들리지 않던 휘파람새 울음소리가 다시 가깝게 들려왔다. 밤공기가 아주 차갑지는 않은 모양이었다. 휘파람새는 공기가 차가워지거나 비가 내리면 울음을 뚝 그치곤 했다. 삼경이 넘어서야 이순신은 자리에서 일어났다.

"현감, 눈 좀 붙였다가 가슈."

"이 공, 객사에서 좀 누웠다가 인사 읎이 갈 것잉께 이해해주씨요."

"동복에서 예까정 와주었는디 술 한잔도 못 헌 것이 아쉬울 뿐이쥬."

"다시 또 때를 봐서 올께라우."

그러나 황진은 이순신을 다시 만나지 못했다. 황진은 임진왜란이 발발하자 용인, 안덕원, 이치, 수원, 죽산, 상주 등 내륙의 전장을 전전하다가 마지막에는 진주성 싸움에서 전사했다.

꼭두새벽에 일어난 황진은 좌수영을 나와 말을 타고 달렸다. 눈을 들어 보니 국자 모양의 북두칠성이 머리 위에 떠 있었다. 별들이 또록또록 차갑게 빛났다. 캄캄한 밤하늘이 아름다운 것은 별들이 제자리를 지키고 있기 때문이었다. 잠시 후면 새벽빛이 푸르게 푸르게 물결칠 것이었다. 고삐를 잡아당기자 말이 고개를 쳐들더니 히이잉 소리치며 허연 김을 내뿜었다.

청매

 입춘 때부터 지루하게 내리던 비는 그저께부터 갰다. 성 북봉의 산벚나무 꽃이 연둣빛 오리나무 숲을 비집고 무더기로 만개했다. 세찬 비바람이 몰아쳤다면 아마도 산벚나무 꽃무더기는 흔적없이 흩어져버렸을 터였다. 연둣빛처럼 여린 뻐꾸기 울음소리에 산벚나무 꽃들이 뭉게뭉게 피어나고 있었다. 청명한 날이 오기를 기다리던 이순신은 송희립에게 흥양의 일관 사포에 대한 순시를 지시했다. 정기 점고는 아니었으나 작년 가을 이후에 한 번도 시찰을 나가지 못했던 것이다.

"이번에는 송 군관도 가는 겨."

"지야 고향에 간께 좋은디 으째서 데꼬 간당가요?"

"점고라기보다는 방비 태세를 점검허구 싶은 겨."

"뜬금읎이 가신다고 헝께 그라지라우."

"며칠 전부텀 이상허게 흥양이 대꾸 생각나는 겨."

"흥양 수군덜 사기 쪼깐 올려주시믄 워짤께라우? 작년부텀 훈련이다 뭐시다 혀서 수군덜을 정신 못 채리게 돌려뿌렀응께라우."

"정기 점고라믄 송 군관을 고향으루 델꾸 가것는감. 군대란 긴장을 시켰다가두 살살 풀어줘야 잘 돌아가는 겨. 활줄도 엥간히 땡겨야지 안 그르믄 끊어지는 벱이여."

"수사 나리께서도 푹 쉬셔야지라우. 긍께 요번 순시는 봄나들이로 생각허셨으믄 좋겄습니다요."

"나를 걱정혀주는 사람은 송 군관뿐이구먼."

"아이고 무신 말씀이당가요? 좌수영 수군덜 모다 나리를 을매나 따르는디요."

"그라지는 않을 겨. 원리 원칙대루 허니께 불평불만을 터뜨리는 군관도 있을 겨. 사람 사는 세상에서는 고게 정상이여."

수군과 첫 인연을 맺었던 발포진 만호 시절에 훈련을 원리 원칙내로 시겼다가 진라 감사에게 투서가 들어갔던 적도 있었다. 누군가가 불만을 품고 모함했던 것이다. 전라 감사 손식이 순시를 돌다가 능주 관아에서 이순신을 불러 조사했다. 손식은 죄를 주려고 작정했으므로 이순신에게 갑자기 발포진을 그리게 하고 진지 현황을 설명케 했다. 그러나 이순신은 굴강 위로 바리때 모양처럼 생긴 발포진을 상세하게 그린 뒤 수군들의 훈련 상황과 성 보수 및 전선 상태를 하나도 빠짐없이 보고했다. 그러자 손식은 물론 능주 현감까지 감탄했다. 징계를 받으러 갔던 이순신은 오히려 격려와 술을 대접받았다. 지석강 가에 있는 활터로 자리를 옮겨 모두 함께 활을 쏘았고, 활터 옆의 누각인 영벽정에 올라 술을 마셨던 것이다. 그래서인지 이순신은 기회가 되면 좋은 기억으로 각인돼 있는 능주를 다시 가보고 싶었다.

"그라믄 술이랑 괴기랑 준비혀야겠습니다요."

"각 포에 미리 공문을 띄웠으니께 몸만 가도 될 겨."

"메칠 전 본영 군관덜이 해운대에 가서 활을 쏘고 풍류를 즐겼는디 고것이 다 긴장을 풀라고 고런 것이었그만요."

"기여."

"지는 에러운 시를 지으라고 헌께 죽을 맛이었어라우."

"1등을 뽑는 것두 아니고 기냥 놀자구 헌 것이여."

해운대는 좌수영 동쪽에 있었다. 활터가 있었고 정자에 오르면 본영 선소 앞의 바다가 훤히 보이는 망대 같은 곳이었다. 이순신이 시제로 침沈(침착), 렵獵(사냥), 치雉(꿩)를 주어 시를 짓게 하고 그 글로 노래 부르고 춤추게 했다. 그런데 대부분의 군관들은 술 마시고 덩실덩실 춤만 추고 놀았다. 시다운 시를 지은 군관은 조이립뿐이었다. 조이립 한 사람만이 이순신 마음에 드는 절구를 읊조렸는데 군관들의 풍류는 황혼 녘에야 끝났다. 군관들 모두가 너나없이 흥겨운 한때를 시간 가는 줄 모르고 보냈던 것이다.

정기 점고가 아니었으므로 이순신은 송희립만 데리고 배를 탔다. 송희립이 협선에 대기하고 있던 네 명의 격군들에게 지시했다.

"몬차 백야곶으로 갈 것이다잉."

"예. 군관님."

동풍을 받은 협선은 금세 좌수영 굴강을 빠져나와 흥양 쪽으로 나아갔다. 오른쪽으로는 구봉산이, 왼쪽으로는 유배지 경도가 보였다. 경도의 동백나무 숲 동백꽃보다는 구봉산 산벚나무 꽃무더기가 눈길을 붙잡았다. 산자락에는 진달래꽃도 들불처럼 여기저기 번지고 있었다. 구봉산 산자락의 사철소沙鐵所에는 개나리 같은 영춘화가 만개하여 마치 금 조각을 뿌려놓은 듯 화사했다. 송희립이 말했다.

"수사 나리. 쩌그 풍경은 우리 고향산에다 대믄 새발의 피지라우."

"구봉산 산꽃이 조족지혈이라구 주장허는 겨?"

"지 입으로 말하믄 뭐헙니까요. 내 고향 흥양만 가시믄 놀랠 것이랑께요."

"근디 구봉산 사철소 노랑꽃이 뭐여?"

"봄을 부르는 영춘화지라우. 메칠 전에 사철을 구하러 갔을 때는 막 피기 시작했는디 시방은 한창이그만요."

엿새 전 전라 우수사 이억기의 군관이 왔을 때 오동도에서 가져온 화살대 백 다발과 구봉산 사철소에서 제련한 쇠 오십 근을 보냈는데, 쇠는 화살촉을 만들라고 주었던 것이다. 이순신은 이억기에게 보낸 서신에서도 왜적의 침범을 경계하자는 뜻에서 화살대와 쇠를 보낸다고 심중을 드러냈다.

구봉산을 지나니 바로 쌍봉 선소 굴강이 보였다. 협선이 나아가는 앞쪽 멀리 안심산도 나타났다. 노련한 격군들은 노를 쥔 채 힘들이지 않고 동풍을 받는 돛의 힘만으로 협선을 움직였다. 이윽고 협선은 백야곶 선창에 도착했고 이순신은 먼저 하선했다. 송희립이 격군들에게 협선에 남아 있으라고 지시했다. 이순신은 바로 백야곶 목장 감목관 처소로 갔다.

백야곶 목장(곡화 목장)은 송소 마을 해안에서부터 솔고개(송현) 서쪽 문덕산을 거쳐 이천 마을까지 석성을 쌓아 말을 방목하는 곳이었다. 삼면이 바다인 자루 모양의 반도였으므로 말들이 석성을 넘어 도망치지 못하는 천혜의 목장이었는데, 철 따라 이목구미의 다섯 산을 옮겨 다니며 방목했다. 봄에는 통구미산, 여름에는 이영산, 가을에는 천마산, 겨울에는 서이산으로 말들을 몰고 다녔다. 군마뿐만 아니라 사복시의 내구마를 받아다 풀을 살찌게 먹이는 목장으로, 기르는 말들이 많을 때는 천여 필이나 되었고 목자牧者만 사백오십여 명에 달했다. 이곳의 감목관은 주로 종6품의 무장이 와서 맡았다.

감목관 처소에는 매화나무 꽃들이 흐드러지게 피어 있었다. 홍매, 백매, 청매가 서로 다투듯 피고 지고 있었다. 처소 사립문을 들어서자 매화 향기가 진동했다. 그러나 이순신에게 허리를 굽혀 인사하는 감목관에게서는 말똥 냄새가 났다. 방목하는 말과 목자들을 감독하는 무장답게 감목관의 얼굴은 햇볕에 그을린 구릿빛이었고 팔다리가 생나무처럼 단단해 보였다.

"수사 나리. 한 달 만에 또 뵙그만이라우."

"그런 것 같구먼."

감목관이 지난 1월 21일에 새해 인사차 좌수영으로 와서 하룻밤 자고 간 것을 이순신은 정확하게 기억하고 있었다.

"순천 부사 나리가 몬차 와 지다리고 계십니다요."

"알았네."

"오늘 자리는 지가 마련혔그만요. 마침 부사 나리께서 순천의 이쁜 기생덜을 데꼬 왔습니다요. 술은 지가 맹근 진달래술을 준비혔습니다요."

"진달래술도 있능 겨?"

"소주에 진달래꽃을 담가놨지라우. 술 때깔이 오미자 차멩키로 뻘게라우."

감목관이 마련한 자리에 순천 부사 권준 말고도 그의 동생과 세 명의 기생이 다소곳이 앉아 있다가 이순신을 보더니 모두 술자리에서 내려와 맞이했다. 술상을 앞에 놓고 모두가 이순신이 오기를 기다리고 있었던 것이다. 술자리 한가운데 백자 항아리에는 매화나무 꽃가지가, 옹기 항아리에는 진달래꽃이 꽂혀 있었다. 기생들이 꽃꽂이를 한 듯 예사로운 솜씨는 아니었다. 이순신이 술자리에 먼저 오른 뒤 말했다.

"새해 덕담을 나눈 지가 아래 같은디 세월이 참말루 빠르오."

감목관이 새해 인사차 왔다 간 뒤로 흥양 현감 배흥립, 순천 부사 권준, 광양 현감 어영담 등이 앞서거니 뒤서거니 와서 이순신과 이야기를 나누고 돌아갔던 것이다. 이순신보다 나이가 네 살 많은 권준은 고향이 여주였고 병조 참판을 지낸 권눌의 아들이었다. 이순신은 3년 전 전라 감사 이광의 조방장(종4품)이 된 뒤 순천에 가서 권준 부사(종3품)를 만났을 때가 떠올라 기분이

묘했다. 권준이 술을 마시다가 '이 고을이 아주 좋은데 그대가 한번 나를 대신해보겠소?' 하고 자못 거만하게 말했을 때 이순신은 웃고 말았던 것이다. 자기보다 품계가 낮은 이순신의 능력을 인정해주는 말이었지만 또 한편으로는 이순신의 인품을 떠보는 말이기도 했다. 다만 순천이 좋은 고을이라고 자랑하는 것은 권준의 진심이었다. 권준은 여주와 달리 겨울에도 따뜻한 순천의 날씨와 순박한 사람들에게 정이 들었던 것이다. 이제는 이순신이 관내 부사를 지휘하는 수사(정3품)로서 상관이 돼 있으므로 권준은 예를 갖추어 말했다.

"인사드려라. 제 아우입니다. 순천에 내려와 관아 일을 돕고 있습니다."

"사또를 뵙고 싶어서 형님을 따라왔습니다."

"형님 동생 우애가 좋구먼유."

권준과 그의 동생은 이목구비만 닮았을 뿐 분위기는 전혀 딴판이었다. 권준은 문사 같은 분위기를 풍겼고 동생은 겁 없는 무장처럼 보였다. 그런데 실제로는 권준은 활을 잘 쏘는 명사수 축에 들었고 지기를 싫어하는 성격이었다. 반면에 동생은 겉보기와 달리 무슨 일이든 심사숙고하는 책략가로서 권준의 지략은 동생의 조언으로부터 나온다고 해도 과언이 아니었다. 두 형제는 체격이 통통하고 얼굴이 흰 편이어서 첫 인상은 문약하게 보였지만 기질은 누구보다 강했다. 이순신은 행동이 앞서는 무장들만 만나다가 지략을 겸비한 권준의 동생을 보고 나서는 호감을 느꼈다. 더구나 서로가 나이도 엇비슷했다. 권준이 기생들을 돌아보면서 말했다.

"무엇들 하느냐. 나리께 인사드리지 않고. 오늘 내가 지어준 이름을 먼저 말씀드려라."

그러자 세 명의 기생이 한 사람씩 이순신 앞으로 나와 자신의 이름을 말하고는 큰절을 했다. 권준이 감목관 처소에 핀 매화나무들을 보고 즉흥적으로 지어준 이름이 분명했다. 말할 때 인중에 주름살이 접히는 기생이 백매, 트레머리에 옥비녀를 꽂은 기생이 홍매, 그리고 가장 나이가 어려 보이는 기생이 청매였다.

"사또, 순천에서는 얼굴 자랑 하지 말라는 말이 있습니다. 제가 기생청에서 뽑은 미인들입니다. 마음에 드시면 말씀하시지요?"

"허허허."

이순신이 크게 웃으며 꼿꼿하게 앉아 있는 송희립에게 답변하도록 넘겼다.

"송 군관이 말혀."

"지는 모다 원체 이뻐서 입이 띨어지지 않습니다요."

"그라믄 내가 말혀볼까?"

이순신이 기생들의 얼굴을 찬찬히 살폈다. 그러자 늙수그레한 백매는 자신의 미모가 자신 없는 듯 고개를 숙였고, 홍매는 저고리 옷고름을 만지면서 눈웃음을 쳤다. 이순신은 어리지만 단아한 청매에게 눈길을 잠시 멈추었다가 말했다.

"순천에 미인덜이 많다는 소문이 맞는 말이구나."

청매의 얼굴이 홍시처럼 붉어졌다. 그러자 권준이 엄하게 말했다.

"나리께서 칭찬하셨으니 너희들은 이 자리에서 노래와 춤을 추어야 하느니라."

"뭣들 하느냐? 사또 나리께 먼저 술을 따르지 않고."

술자리를 마련한 감목관이 소리치자 활기가 돌기 시작했다. 홍매가 큰 소리로 「동동」을 부르고 백매가 술자리 일행에게 술을 따른 뒤 사뿐사뿐 춤을 추었다. 청매 역시 술을 따른 뒤 백매의 춤사위를 보아가며 춤을 추었다. 백매가 몸을 곧추세우면 청매는 몸을 낮추고, 백매가 앞으로 나서면 청매는 뒤로 물러서는 등 음양오행을 바탕으로 한 춤을 추었다. 청매의 다홍빛 비단 치마가 바닥을 스치면서 바람에 날리는 가랑잎처럼 속삭이듯 사각거리는 소리를 냈다.

순천 부사 권준이 이순신에게 「동동」의 유래를 이야기했다. 『고려사』 악지樂志 속악조俗樂條에 기록되어 있기를, 고려 공민왕 때 순천부 장생포(여수 장성 마을 앞 포구)에 왜구가 침범하여 전라도 만호 유탁이 군사를 이끌고 싸워 물리치자 군사들이 기뻐하며 「장생포가」를 불렀다는 것이다. 「동동」 역시도 같은 이유로 지어져 장생포와 장생포 옆의 고락산 동동골 백성들 사이에서 유행했던 노래라는 것이었다.

정월 나릿 므른
아으 어져 녹져 하논대
누릿 가온대 나곤
몸하 하올로 녈셔

아으 동동다리

(정월 냇물은

아아, 얼려 녹으려 하는데

세상에 태어나서

이 몸이여, 홀로 살아가는구나.

아으 동동다리)

2월 보로매

아으 노피 현

등블 다호라

만인 비취실 즈지샷다

아으 동동다리

(2월 보름에

아아, 높이 켜놓은

등블 같구니.

만민을 비추실 모습이시도다.

아으 동동다리)

3월 나며 개한

아으 만춘 달윗고지여

나매 브롤 즈즐

디녀 나샷다

아으 동동다리

(3월 지나며 핀

아아, 늦봄 진달래꽃이여.

남이 부러워할 모습을

지니고 태어나셨구나.

아으 동동다리)

4월 아니 니저

아으 오실셔 곳고리새여

므슴다 녹사니만

녯 나랄 닛고신뎌

아으 동동다리

(4월을 잊지 아니하여

아아, 오는구나 꾀꼬리새여.

무슨 까닭으로 녹사님은

옛적의 나를 잊고 계시는가.

아으 동동다리)

 청매는 여전히 이순신의 표정이 무서운 듯 제대로 눈을 뜨지 못했다. 춤을 추면서도 눈을 감곤 했다. 홍매가 부르는 「동동」의 열두 달 노래가 끝나고 술이 몇 순배 돌고 나자, 송희립이 이순신을 보더니 자신의 어깨를 좌우로 흔들었다. 날이 저물기 전에 다음 행선지인 여도로 가기 위해서는 이제 일어나야 한다는 신호였다. 이미 이영산 계곡들은 산그늘이 접혀 푸른 이내가 끼고 있었다. 이순신은 모처럼 공무에서 벗어나 홀가분한 기분에 젖어 있었다. 순천부 장생포와 동동골 사람들이 불렀다는 「동동」을 기분 좋게 들었기 때문이었다. 홍매의 목청은 수양버들 가지처럼 간드러져 귓속을 간지럽혔다. 술자리를 파할 무렵에는 시라도 한 수 지어 남기고 싶은 마음이 절로 들었다. 그때 청매가 이순신 앞으로 나오더니 큰절을 올린 뒤 모기만 한 소리로 부탁하는 것이었다. 송희립이 눈을 부라리며 청매를 쏘아보았다.

"쉰네, 소원이 있습니다요. 사또께서 시 한 수를 주신다믄 소중히 간직허고 싶그만이라우."

당돌한 청에 술자리 일행 모두가 놀랐다. 그러나 이순신은 흔쾌히 청매의 소원을 들어주었다.

"니 소원이란디 못 들어줄 것이 뭐 있겄느냐."

"쉰네, 사또 나리 시를 얻다니 광영이옵니다요."

"시가 뭔지 아느냐?"

"공부허는 오빠 어깨 너메로 멫 수를 보았습니다요."

"좋아허는 시가 있느냐?"

"멫 수 외우고 있습니다요."

이순신이 붓을 찾자 감목관이 벼루와 종이를 가져왔다. 송희립이 큰 벼루에 먹을 박박 갈았다. 묵향이 진하게 풍길 즈음 이순신이 붓을 들었다. 이윽고 단숨에 써 내려갔는데 청매에게 충절을 당부하는 시였다.

승평(순천)에 청매 홍매 백매가 피었구나.

그중에 단연 청매 향기가 으뜸이로다.
머잖아 적들이 바다를 넘어 쳐들어오니
청매여, 맑음도 지키고 충절을 더하라.
昇平有靑紅白梅
其中靑梅香最傑
未久有賊越海浸
靑梅守淸添忠節

감목관이 감탄하며 한마디 했다.
"사또 나리, 절창이그만요!"
"부사, 석양이 지울고 있으니께 인자 일어나야겄슈."
유잣빛 노을이 하늘과 바다를 물들이고 있었다. 이순신과 송희립은 감목관이 내준 말을 타고 이목구미 바닷가로 나갔다. 협선은 이미 그곳에 대기하고 있었다. 송희립이 여도로 가는 시간을 줄이기 위해 백야곶에서 이목구미 선창으로 협선을 옮기도록 지시해두었던 것이다.
여도는 이목구미 선창 맞은편 쪽에 있는 흥양의 작은 진이었다. 앞바다에는 원주도가, 좌우로는 박길도와 오동도가 여도진을 은폐해주고 있었다. 진의 규모는 작아도 흥양의 바다와 순천의 바다가 만나는 여자만 초입에 있으므로 원주도 산자락에 오르면 여수의 바다까지 한눈에 왜적을 경계할 수 있는 중요한 수군 진지가 여도진이었다. 그러므로 흥양의 수군을 시찰할 때는 늘 여도진부터 시작했다.

이순신은 노란 유잣빛에서 점점 붉은 노을빛으로 물들기 시작하는 먼바다를 바라보며 상념에 잠겼다. 재두루미 떼가 하늘을 가로질러 잔설처럼 하얀 순천부 갈대밭으로 스며들고 있었다. 이순신은 하루 종일 자신의 눈이 호사를 누리고 있다는 생각이 들었다. 낮에는 신록과 산꽃을 구경하며 지나쳐왔는데 지금은 석양이 빚어내는 하늘과 바다의 장엄한 풍광을 바라보고 있는 것이다.

"송 군관 탯자리는 워딘 겨?"

"지 탯자리는 보성군허고 가직헌 마륜 마실이지라우."

"여도진허고 먼가?"

"여도진서 가직헙니다요."

"말을 타믄 금방 다녀올 수 있는 거리겠구먼."

"그라지라우."

"부모님 뵙고 내일 아침에 와. 자당께서 이제나 저제나 지다리실 겨."

협선이 여도진 굴강에 들었다. 굴강 위 선창에는 흥양 현감 배흥립과 여도 권관 황옥천이 마중 나와 있었다. 배흥립은 이순신보다 한 살 아래였고 본관은 성산, 현감을 지낸 배인범의 아들이었다. 선조 5년(1572)에 무과 별시에 급제하여 선전관과 충청도 결성 현감을 거쳐 흥양 현감으로 온 무장이었다. 굴강 쪽에서 가장 가까운 문이 석성 북문이었다. 인가는 모두 초가였고 석성 둘레에 다닥다닥 밀집해 있었다. 배흥립은 이순신이 여도진의 방비 검열을 약식으로 끝내자마자 가까이 다가와 조용하게 말했다.

"수사 나리, 내일 제사가 있어가꼬 우짭니꺼. 모시지 몬해 죄송합니더."

"걱정 말구 얼릉 가보슈."

송희립도 고향집으로 떠나고 옆에는 여도 권관 황옥천만 남았다. 그런데 이상한 일이었다. 방비 검열에 지적받은 사항이 없는데도 황옥천이 허리를 굽실거리며 절절맸다. 순간 이순신은 황옥천이 무언가를 숨긴 채 검열을 받은 것은 아닌지 의심이 들었다. 그러나 날이 이미 어두워지고 있으므로 굴강으로 다시 내려가 전선을 점검하자고 할 수는 없었다. 더구나 이번의 순시는 수군들의 사기를 북돋아주기 위한 것이었으므로 이순신은 의심쩍었지만 공무를 내일 아침으로 미루었다.

흥양 순시

  이순신은 새벽에 고향집에서 달려온 송희립과 함께 여도진 남문을 나섰다. 아침 밥시간 전의 산책길이었다. 남문 뒤쪽부터 이어진 낮은 능선 끝에 볼록 솟은 남산 봉우리까지 올라갔다. 남산에서 보니 여도진이 한눈에 들어왔다. 이순신은 풍수에도 관심이 많았으므로 여도呂島의 한자와 맞추어보았다. 呂는 척추를 뜻했다. 그러고 보니 남산은 사람으로 치자면 머리였고, 바다로 뻗은 좌청룡 우백호인 두 개의 도톰한 구릉은 두 팔이었고, 관아 건물들은 척추에 해당하는 곳에 자리 잡고 있었다. 동향으로 앉은 객사와 그 밑에 동남향으로 도열한 동헌, 관아의 잔일을 맡아보는 사령청, 군관이나 진무가 모이는 장청, 색리가 일 보는 이청, 병기를 보관한 군기고 등이 보였다. 한편, 전선과 병선, 협선이 떠 있는 북문 밑의 굴강은 사람의 생식기를 감싸는 사타구니나 다름없었다.

이순신이 풍수에 관심을 갖기 시작한 까닭은 지형이야말로 전술을 좌우하기 때문이었다. 여도진은 왜적들이 은밀하게 침범하기 힘든 곳에 엄폐되어 있었다. 남산이 군사를 거느리는 장수라면 오동도와 항도, 원주도, 박길도 등은 전방의 주둔군처럼 진을 에워싸고 있었다.

"송 군관, 여도진이 이상허지 않은감?"

"지 눈에는 수군 진지로는 최곤디요."

"진지는 그려. 근디 대꾸 이상헌 생각이 든단 말이여."

"방비도 지가 보기에는 무난헌디요잉."

"간밤 꿈자리가 사나우니께 그런감?"

"새로 맹근 전선도 문제가 읎었고라우."

"대꾸 뭣이 켕기니께 그려."

　　송희립이 두꺼비처럼 큰 눈을 끔벅끔벅 하더니 말했다.

"황 권관 땜시 그랍니까요?"

"송 군관도 황헌티서 뭣을 본 겨?"

"어저께 북문을 들어서는디 진무덜이 황 권관을 보고는 모새씹은 얼굴덜을 허고 있드랑께요."

"술자리에서는 화기애애혔는디 황 권관이 수군덜 훈련을 쎄게 시키니께 그란지도 몰러."

"겉 다르고 속 다른 사람이 있응께 지도 모르겄그만이라우."

　　남산을 내려와 아침을 먹고 군기고와 굴강으로 가서 전선을 다시 점검해보았지만 아무 이상이 없었다. 군기고에 든 장전과 편전도 새것으로 교체돼 있었다. 다만 송희립이 장청 앞에서 투

덜거리는 젊은 군관의 하소연을 들었을 뿐이었다. 며칠 전에 수졸들이 굴강에서 그물로 숭어새끼인 몽어를 수백 마리나 잡았는데 황옥천 권관이 회식은커녕 자기 집으로 다 가져가버렸다는 것이었다.

"수졸덜이 몽어를 잡았다는 것은 믿을 만헌 야그지라우."

"시방 몽어가 잽히는 철이니께 맞는 말이구먼."

실제로 2월(음력) 초하룻날 좌수영 본영 진무와 수졸들이 굴강 안에서 그물을 펼쳐 구름 떼처럼 몰려드는 몽어를 잡았는데, 이천여 지게나 되었다. 바야흐로 숭어새끼들이 바닷가로 몰려와 작대기를 휘둘러도 잡히는 새봄이었다. 그때 이순신은 전선에 앉은 채 우후 이몽구와 몇몇 군관들을 불러서 새봄의 순해진 바다를 바라보며 술을 마셨고, 수고한 수군들에게 그 몽어들을 지게 얹힌 대로 바지게째 나누어주었던 것이다.

여도진에서 홍양현까지 거리는 삼십오 리였다. 말을 타고 쉬엄쉬엄 가더라도 한나절이면 두달할 수 있는 거리였다.

"사또 나리. 지가 앞장 서서 모실께라우."

"황 권관, 부하덜에게 잘 베풀어야 존경받을 겨."

"예, 멩심허고 또 멩심허겄습니다요."

이순신은 길잡이를 하겠다는 황옥천을 뿌리쳤다. 어제부터 무언가 미심쩍은 느낌을 지울 수 없었다. 이순신은 홍양 현청까지 안내할 여도진의 삼반하인, 말을 다루는 군노와 잔일 심부름꾼으로 부릴 사령 그리고 이순신이 하는 말을 소리쳐 전달하는 급창만 데리고 여도진을 떠났다.

여도진을 떠나서 시오 리쯤 이르렀을 때였다. 운암산 산자락을 넘어서자 멀리 주월산 봉우리가 보였다. 이순신은 개울물이 콸콸 소리치며 흐르는 버드나무 숲 그늘에서 잠시 쉬었다. 개울 건너편에는 절이 하나 있었다. 산문에는 중흥사라는 큼직한 편액이 보였고, 절 옆 논두렁에서는 승려들이 새참을 먹고 있었다. 승려 하나가 쟁기질을 멈추고 개울까지 와서 손나팔을 하며 소리쳤다. 젊은 승려의 손발은 흙투성이였다.

"새참 쪼깐 가져올께라우?"

송희립이 말했다.

"사또 나으리시다."

그러자 승려는 개울둑에 넙죽 엎드렸다. 이순신이 웃으며 말하자 급창이 소리쳐 전했다.

"고마운디 바로 떠나신다고 허신다."

송희립이 또 말했다.

"모다 중흥사 중덜인가?"

"지는 능가사 소를 끌고 중흥사로 울력 나왔그만이라우."

"능가사라믄 사도진 뒤 팔영산에 있는 절이 아니냐?"

"예, 우리덜은 모다 능가사에 계시는 옥형대사님 제자덜이지라우."

"옥형이라 허믄 의능을 말허는 것이냐?"

"그렇사옵니다요."

이순신도 언젠가 전선감조군관 나대용으로부터 의능에 대해서 들은 기억이 났다. 홍양 출신으로 젊은 승려들에게 존경을 받는 중견 승려라는 것과 순천부 출신 삼혜와 송광사 도반이라는 이야기를 들었던 것이다.

새참을 먹던 승려 네댓 명이 무슨 일인가 싶어 계곡 건너편까지 왔다가 급창이 '사또 나으리시다'라고 전하자, 모두 엎드려 7, 8월 호박 덩어리만 한 민머리를 조아렸다.

"사또 나리, 절 받으시지라우."

"사또께서 돌아가서 일허라고 하신다."

급창이 또다시 소리쳤다. 이순신은 송희립에게 어서 길을 떠나자고 지시했다.

"송 군관, 얼릉 떠나세, 중덜이 허는 울력 방해허지 말고."

"말구종은 뭐하느냐? 사또께 말을 가져오지 않고."

봄풀을 뜯어 먹은 말의 배가 불룩했다. 배에 윤기가 반지르르했다. 군노인 말구종이 고삐를 잡아당기자 말이 동글동글한 말똥을 떨어뜨리며 끌려왔다. 싱싱한 봄풀을 배부르게 씹어서인지 김이 모락모락 나는 말똥마저 윤기가 흘렀다.

이순신 일행이 떠나고 나자, 승려들은 슬금슬금 논으로 들어갔다. 만호나 권관에게 붙잡히면 힘든 사역은 물론이고 얄궂은 심부름까지 다 하는데 승려들로서는 운수 좋은 날이었다. 쟁기질하던 승려가 의능의 제자라고 했더니 하인 다루듯 함부로 대하지 않았다고 으스댔다. 흥양에 산재한 절들의 승려들은 옥형 의능을 수령처럼 따르고 의지했으므로 젊은 승려의 말은 허세가 아니었다.

이순신의 일행은 가다가 또 산벚나무 꽃그늘 아래서 멈추었다. 흰 꽃무더기가 어찌나 환한지 마음의 잡티가 말끔하게 씻어지는 듯했다. 산을 휘감은 연둣빛 신록의 산자락과 노을빛 진달래꽃 숲도 듬성듬성 이어지고 있었다. 신선이 산다는 중국 땅 영주의 선경이 따로 없었다. 이순신 일행이 다리 뻗고 쉬는 자리가 바로 영주와 같은 선경이었다. 땅 이름대로 양명한 봄볕에 흥이 절로 나는 땅이 흥양이었다.

흥양 관아에서 하룻밤을 보낸 이순신은 어제처럼 송희립만 데리고 산책했다. 북문으로 나가 주월산 정상에서 내려온 세 연봉 중에 첫째 봉우리까지만 올랐다. 첫 봉우리였지만 흥양성은 물론 바다를 안은 들쑥날쑥한 해안까지 다 내려다보였다. 성은 북쪽에 주월산, 서쪽에 수덕산, 남쪽에 오모산과 봉황산, 장수산으로 둘러싸여 있었다. 동쪽만 산이 없는 논밭이었고, 객사를 비롯하여 모든 관아의 건물들은 남향으로 지어져 있었다.

눈에 띄는 특이한 점은 북문 밑으로 들어온 주월산 계곡물과 서문 쪽 홍교로 동진東進을 한 수덕산 계곡물이 성안에서 합수하여 남문 옆 수구홍교水口虹橋로 나간 뒤 성을 돌아 산이 없는 동쪽 사도진 바다로 흐르는 것이었다. 합수한 계곡물은 왜적이 쳐들어오기 쉬운 남쪽에 천혜의 방어용 해자를 만들어주고 있는 셈이었다. 이순신은 여도진에서 그랬듯 흥양의 방비 검열을 짧게 마쳤다. 흥양 수군들에게 부담을 주지 않기 위해 부드럽게 점검했다.

"수사 나리. 궁도는 원래 처자가 있어야 흥이 나는 거 아입니꺼?"

"현감, 궁도가 여색친화라는 말을 듣기는 혔지유."

"지가 이쁜 기생 네 명을 뽑아 가꼬 활터에 대령해놨십니다."

이순신은 배흥립의 안내를 받아 활터로 나갔다. 서문 홍교 쪽에 있는 활터였다. 사정射亭에는 큰머리를 한 기생 네 명이 어깨를 가지런히 하고 앉아 있었다. 무장들이 활을 쏘아 명중을 하면 덩실덩실 춤을 추고 '지화자'를 외치고 방울목 소리를 내면서 노래 부르는 이른바 '지화자 낭자'들이었다. '지화자 낭자'는 춤도 잘 추어야 했지만 목청이 좋아서 노래를 잘해야 했다.

이순신은 화살통에서 화살을 뽑았다. 과녁까지의 거리는 삼십오 보쯤 되었다. 자리를 마련한 배흥립은 물론 현의 군관들이 모두 이순신의 시위를 주시했다. 예상은 빗나가지 않았다. 첫 화살부터 여지없이 명중했다. 이순신의 활솜씨는 명사수들도 놀랄 정도였다. 다섯 발을 쏘면 네 발 정도는 명중했던 것이다.

배흥립이 쏜 화살도 명중했다. 군관들이 합성을 질렀고 기생들이 지화자를 외치며 방울목 소리를 냈다. 두 번째 명중에는 「장령산곡조」를 불러 흥을 돋우었다. 세 번째 화살도 명중하자 「염불곡」을, 네 번째 명중에는 「타령조」를 부르며 춤을 추었다. 사정은 술자리로 변했다. 비릿한 해풍에 기생들의 쪽빛 치맛자락이 날렸다. 어느새 구경꾼들도 몰려왔다.

그때쯤 정걸이 찾아왔다. 이순신은 정걸을 보자마자 일어나 맞이했다. 배흥립 역시 정걸에게 깍듯이 인사했다. 정걸은 오 대조부터 증조까지 삼대가 진사시에 합격했고, 아버지가 무과 급제한 뒤 내금위에 이어 당하관 어모장군을 지낸 흥양 명문가의 무장이었다.

"정 조방장님, 휴가 중이지유?"

"이 공께서 보내주어 잘 쉬어뿔고 있는디 메칠 갇혀 있었더니 까깝허그만이라우."

이순신은 팔순이 가까워진 정걸을 늘 존경하는 선배 이상으로 예우했다.

"고향집은 여기서 가깝지유?"

"여그서 시오 리 떨어진 길두 마실에 있지라우."

"다덜 무고하시쥬?"

"아들놈은 영광 군수로 나가뿌렀고, 에린 손자가 집을 지키고 있습디다요."

정걸의 아들은 정연이었고, 손자는 정홍록이었다. 훗날 부자가 다 왜적과 싸우다 순절한 무장들이었다.

"자, 술 한잔 받으시고 돌아가 쉬셔유."

"고맙그만이라우. 글 안해도 집안에 일이 생겨뿌러 가봐야 한당께요."

"무신 일이 있슈?"

"안사람이 인자 갈 때가 돼부렀당께요."

정걸이 간 뒤에는 능성 현감 황숙도가 알현하러 왔다. 황숙도는 동복 현감 황진과 먼 인척이었다. 이순신은 황숙도와 술잔을 주거니 받거니 하다가 취했다. 자리를 객사로 옮기면서는 흥양현 군관 신홍헌에게 술을 주어 여도진에서 따라온 삼반하인들에게도 마시게 했다. 밤에는 배흥립의 동생인 배수립이 내일 김천으로 떠난다고 하여 이별주를 극진하게 마시며 또 취했다. 새벽에 두어 식경쯤이나 눈을 붙였을까. 송희립이 이순신을 깨웠다.

"나리, 공무를 더 보실랍니까요?"

"관아에서는 더 헐 것이 읎으니께 흥양 선소로 떠날 겨."

흥양 선소에도 전선이 있고 수군들이 있으니 방비 태세를 살펴보아야 했다.

"준비허겄습니다요."

"능성 현감도 함께 갈 것이니께 말 한 필 더 준비혀."

이순신은 젊은 시절에 능성 영벽정에서 받은 대접을 잊지 못했다. 능성 현감과 동행하고자 하는 것은 그런 연유에서였다. 배흥립이 맨 앞의 말에, 이순신과 황숙도는 엇비슷하게 서 있는 말에 올라탔다. 흥양 선소는 흥양현에서 시오 리 떨어진 남쪽 포구에 있었다. 몽중산 아래 소머리 형상의 포구였으므로 축두라고 불렸다. 세종 17년끼지는 축두 만호영이었는데, 진이 발포로 옮겨 간 뒤로는 흥양현의 선소가 되었다.

황숙도는 술도 잘 마셨지만 이야기를 감칠맛 나게 했다. 입맛을 쩝쩝 다시면서 능성의 지석강변 정자와 누각, 조광조가 사약을 받았던 적거, 천불 천탑의 운주사와 3층 목탑 쌍봉사 등의 이야기를 지루하지 않게 펼쳤다. 이순신은 황숙도의 이야기를 들으며 축두까지 내려가 흥양 선소의 배와 수군들을 점검한 뒤 바로 녹도진으로 내려갔다.

녹도진 만호는 영암에서 태어나고 성장한 정운이었다. 이순신은 자신의 부하 중에 정운을 가장 용맹스러운 무장으로 꼽았다. 나이는 이순신보다 두 살 위였지만 젊은 송희립과 쌍벽을 이룰 정도로 용감했다. 생김새도 맹수 같았으므로 수졸들이 정운 앞을 지날 때는 눈을 마주치지 못했다. 눈과 눈썹이 이마 쪽으로 무섭게 치켜 올라갔고, 콧수염은 송곳처럼 끝을 뾰쪽하게 말았으며 턱수염은 목이 보이지 않을 정도로 길었다.

정운은 관직이나 승진에 연연하지 않았다. 상관과 뜻이 맞지 않으면 망설임 없이 사직하고 고향으로 돌아가버렸다. 선조 3년에 무과 급제한 뒤 함경도 길주, 명천, 유원진 권관을 거쳐 선조 13년에 진도 금갑도 권관으로 갔다가 함경도 거산 찰방을 지냈다. 거산 찰방 시절에 함경도 감사 색리가 불미스러운 일을 하고 돌아다니므로 잡아다가 매를 때렸는데, 그 일로 말미암아 감사와 불화가 생기자 미련 없이 벼슬을 버렸다. 이후 강령 현감, 웅천 현감, 제주 판관이 되었지만 그때마다 상사와의 불화로 인해 고향집을 찾곤 했다. 그러나 그의 강직한 태도는 병조에 알려져 일정한 시기가 지나면 다시 마땅한 벼슬자리를 얻곤 했다. 선조 21년에 사복시 판관이 되었다가 선조 24년에는 유성룡의 추천으로 녹도진 만호로 부임해 왔다. 유성룡이 왜적의 침범에 대비하여 전라 좌수영 수사에 이순신, 녹도진 만호에 정운을 추천하자 선조가 바로 임명하였던 것이다.

정운은 여색과 음악을 극도로 멀리했다. 아내가 친정에서 가지고 온 거문고에 빠지자 곧 부숴버렸고, 아내가 타고 온 말이 노복을 밟아 죽게 하자, 즉시 차고 있던 칼로 베어 죽이고 말 주인에게 보상했다. 정운이 좋아하는 것이 있다면 오직 칼 한 자루였다. 칼에는 정충보국貞忠保國이란 네 글자가 새겨져 있었다.

이대원 장수의 혼이 서린 녹도진의 분위기는 여도진이나 흥양현과 사뭇 달랐다. 성문을 지키는 수졸들의 군기가 바짝 들어 있었고, 성안 여기저기서 수군들의 함성 소리가 들려왔다. 한쪽에서는 몇 명씩 무리를 지어 각력을 하고, 또 한쪽에서는 창을 들고 훈련을 하고, 활터에서는 사부들이 습사를 하고 있었다. 북쪽의 장기산과 천황산의 기운이 녹도진으로 내려와 힘차게 뭉쳐 있는 듯했다.

이순신은 녹도진의 방비 검열을 아예 생략했다. 녹도진 굴강으로 내려가 전선과 병선, 협선만 확인했다. 굴강의 바다가 거울처럼 맑았다. 굴강 동편의 비봉산 산자락이 굴강 바다에 그대로 비쳤다. 산자락만 물에 어린 것이 아니라 산자락의 신록과 뭉게구름 같은 산벚나무 꽃무더기와 생강나무 노란 꽃과 진달래꽃 숲이 바다에 어려 장관이었다.

이순신은 정운의 안내를 받아 굴강 옆에 있는 봉두峰頭의 문루에 올랐다. 이순신은 사내들의 냄새가 물씬 풍기는 녹도진의 분위기와 빼어난 경치로 인해 저절로 기분이 좋아졌다.

"녹도진에 와보니께 만호께서 애쓴 정성이 미치지 않은 곳이 읎구먼유."

"이 공께서 잘 봐주신께 보람이 느껴지는그만이라우."

"유성룡 대감께서 우덜을 이곳 변방으로 보낸 까닭이 있을 것이구먼유."

"그럴 것이지라우. 유 대감과는 에릴 쩍 친구람서라우?"

"아산으로 이사허기 전 쪼무래기 때 마실 친구였지유."

배흥립이 한마디 했다.

"수사 나리, 자리가 마련됐다꼬 하니 술을 드십시더."

황숙도도 거들었다.

"만호 나리, 녹도진 군기가 겁나게 쎈 것 같어붑니다요."

"나는 이것이 나라의 은혜에 보답허는 길이라고 생각허지라우."

송희립이 말했다.

"만호 나리 칼에는 정충보국이라는 글이 새겨져 있습니다요."

문루에 준비한 술자리는 덤덤했다. 흥양현과 달리 기생이 보이지 않았다.

"부임허자마자 수군덜이 헛생각을 못 허게 기생청을 읎애부렀구먼요."

배흥립이 머쓱해하면서 술을 마셨다. 정운이 다시 말했다.

"나는 기생의 춤이나 노래보담 군사덜 진법 훈련이 더 좋그만이라우."

정운이 문루 밑에 대기하고 있던 수군들에게 칼을 들어 보이자 전투 대열로 모였다. 그러더니 녹도진 군관의 구령 소리에 맞추어 백여 명의 수군들이 진법陣法 훈련을 시작했다. 진법 훈련이 끝나자 좀 전에 성안에서 보았던 수군들이 나와 임시로 과녁을 설치한 뒤 활쏘기를 했다. 마지막 순서로는 녹도진의 장사들이 나와 각력 기술을 선보였다. 이순신은 녹도진의 분위기에 젖어 정운과 배흥립, 그리고 황숙도와 계속 술잔을 주고받았다.

석양이 지자 문루 주변의 선창에 횃불이 켜졌다. 굴강에서 나온 전선에서 북소리가 났다. 화포를 쏘겠다는 신호였다. 술을 마시던 이순신 일행이 모두 바다를 응시했다. 쿵 하는 소리와 함께 화포에서 불꽃이 튀었다. 화약 냄새가 문루까지 퍼졌다. 또다시 화포 쏘는 소리가 고막을 찢을 듯이 크게 들려왔다. 화포는 화포장의 실수 없이 일정한 간격을 유지하고 있었다.

  화포를 쏘는 훈련은 오래 하지는 못했다. 화약이 귀하므로 사용하는 양이 정해져 있기 때문이었다. 실제로 화포 훈련은 1년에 세 번만 하고 화포를 쏜 뒤에는 훈련을 주관한 장수와 사용한 화약의 수량을 임금에게 보고하도록 돼 있었다. 선창가의 횃불이 꺼지자 녹도진은 적막강산으로 변했다.

  이순신은 술을 많이 마셨지만 곧 깨어났다. 개구리 울음소리가 유난히 크게 들려왔다. 성안에 있는 연못에서 들려오는 개구리 울음소리였다. 개구리 울음소리를 듣다 보니 잠은 달아나버리고 정신이 맑아졌다. 누운 채 새벽이 오기를 기다렸다가 나가 보니 축축한 바람이 불고 있었다. 바람이 거칠게 불 것 같은 날씨였는데 날은 희끄무레하게 새고 있었다. 객사 뒤편의 대나무 숲이 여인의 머리채처럼 흔들렸다. 밤새 울던 개구리 울음소리도 뚝 그쳤다. 송희립이 객사로 와서 배흥립은 어젯밤에, 황숙도는 아침 일찍 돌아갔다고 보고했다.

  "발포는 지척이니께 쉬었다 가도 될 겨."
  "바람이 그칠 것 같지는 않은디라우잉."

"그랴도 마음에 드는 녹도진에서 오후까정은 있을 겨."

송희립의 말대로 바람은 오후가 돼서도 그치지 않았다. 비를 몰고 오는 동남풍이 불어댔다. 이순신은 오후 신시가 되어 굴강으로 나갔다. 아직 비는 내리지 않고 바람만 불었다.

"이 공, 역풍이 불어분께 발포 굴강에 배를 대지 못헐 것 같그만이라우. 그라믄 성머리에 배를 대고 발포까정 걸어가셔야 헙니다잉."

"그러지유."

"배에 군마도 태워놨습니다요."

"녹도진 군마를 말이유?"

"거그 깔그막이 급해서 걷기 심들지라우. 말은 발포 군노 편에 되돌려 보내시믄 되지라우."

"고맙구먼유."

정운의 말이 옳았다. 절이도 방향으로 녹도진 굴강을 막 빠져나오자마자 습기를 머금은 눅눅한 바람이 점점 세게 불었다. 돛을 펼 수 없을 정도의 역풍이었다. 격군들이 힘들 수밖에 없었다. 배는 상화도와 하화도를 거쳐 비봉산 산모퉁이를 돌았다.

"돛을 내려뿌려라."

송희립의 지시에 격군들이 돛을 내렸다. 배는 동쪽으로 가는데 동남풍의 역풍이 불었다. 역풍을 받으며 노를 저어 가자니 배의 속도는 사람이 걷는 것만큼이나 늦어졌다. 배가 파도에 요동치자 말이 소리 지르며 껑중껑중 뛰었다. 말을 다루는 군노가 말 갈기를 쓰다듬었지만 소용없었다.

결국 배는 정운의 말대로 발포진으로 들어가지 못하고 산모퉁이 하나를 돌아서 성머리에 댔다. 상록수 숲과 잡목 사이로 난 가파른 산길을 지나는데 마침내 비가 뿌려대기 시작했다. 이순신은 말을 탄 채 꽃비를 맞았다. 송희립과 삼반하인들도 비에 젖었다. 모두들 바지저고리가 흠뻑 젖었다. 그러나 이순신은 고향집에 온 듯 가슴이 설레었다. 발포진의 굴강 입구는 천연의 바위였다. 굴강 안에 전선과 협선이 있었지만 방비 상태를 점검하기에는 날이 곧 저물 것 같아 이순신은 내일로 미루었다.

　이순신은 발포진의 지형을 훤히 알고 있었다. 젊은 시절에 근무한 경험이 있기 때문이었다. 이순신은 객사 앞에 선 아름드리 오동나무를 한 번 안았다. 자신이 전라 좌수사와 다투며 지켜낸 오동나무였다. 노거수가 된 오동나무에는 구멍들이 나 호반새들이 둥지를 틀고 있었다.

　발포진은 지형이 바리때 모양이었다. 둥그런 바리때 같은 지형 안에 객사를 비롯한 관아의 건물들이 모두 남향으로 앉아 있었다. 성문은 동문과 서문, 남문이 있었고 화살을 만드는 신우대는 서문 밖 산자락에 자생했으며 굴강은 남문 바로 밑에 있었다. 먼바다에서는 발포진이 보이지 않았다. 발포진 좌우로 수락도와 지오도가, 앞으로는 무인도 일곱 개가 경계병 역할을 했다. 이순신은 발포진 만호가 공석 중이므로 발포 권관에게 방비 상태를 보고받았는데, 본영 선소에서 건조 중인 거북선의 진척 상황을 보아가며 나대용을 발포 가장으로 임명하려고 결심했다. 발포 선소에서 나대용에게 또 한 척의 거북선을 비밀리에 건조

시키고 싶었다.

다음 날, 이순신은 가랑비가 흩뿌리는데도 발포진을 떠났다. 흥양 현감 배흥립과 녹도진에서 헤어질 때 사도진에서 만나기로 약속했기 때문이었다. 배흥립이 흥양현으로 돌아갔다가 말을 타고 사도진에 오기로 했던 것이다. 이순신은 비를 무릅쓰고 마북산 산자락 아래 있는 사랑에서 배를 타고 사도진으로 갔다.

사도진은 말 그대로 지형이 뱀 형상이었다. 개구리를 잡아먹기 위해 아가리를 쩍 벌리고 있는 뱀 같았다. 실제로 사도진 굴강 앞에는 개구리섬이 있었다. 그런데 이순신은 무난하게 방비 검열을 해오다 사도진에서 크게 실망하고 말았다. 사도진 첨사 김완은 게으르기 짝이 없었다. 상관인 이순신 수사가 왔는데도 낮잠을 자다가 일어났는지 부시시한 얼굴로 나타났다. 배짱이 센 것인지, 태만해서 그런 건지 알 수 없었다. 김완은 영천 출신으로 이순신보다 한 살 아래였고 선조 10년(1577)에 무과 급제한 무장이었다.

"첨사는 낮인지 밤인지 분간을 못 허슈?"

"작년에 쌓은 성이 허물어져 돌덩이를 좀 날랐더니 눈이 좀 감겼십니다."

"고생허는 건 알겠는디 군기고 무기덜이 이래서야 되겄슈?"

"수사 나리. 미처 새것으로 교체하지 못해 죄송합니다. 그래도 지는 왜놈 알라덜하고 당장 한판 붙어보고 싶은 마음뿐입니더. 무장은 싸움에서 이길라꼬 있는 거 아닙니꺼."

"지대루 된 창이나 화살이 있으야지유. 이런 막대기루다가 뭘 허겄슈."

 사도진은 일관 사포 중에서 군기나 전투 장비 등이 가장 엉망이었다. 장전과 편전, 창 등이 모두 휘고 부러져 쓸모없는 것들뿐이었다. 이순신은 즉시 군관과 색리들을 잡아다 곤장을 치고 수군들에게 충효 등의 정신교육을 시키는 교수敎授(종6품)를 내보냈다. 이순신은 첨사 김완도 동헌 마루에 불러 앉혔지만 순찰사가 그를 표창하는 장계를 올렸으니 그의 죄상을 더 이상 따지지는 못했다. 성을 잘 보수하고 있다는 한 가지 이유만으로 표창을 상신한 것 같은데 어이가 없었다. 용맹스러운 무장으로서 활을 잘 쏘고 한 손으로 가마솥을 들 정도로 힘이 센 김완이었지만 그것은 개인의 역량이지 부하를 통솔하는 지휘관의 모습은 아니었다.

 "명령만 내려주이소. 왜놈 귀때기를 당장 잘라 오겠십니다."
 "첨사 나리. 사또께서 시방 방비를 검열허고 있으신디 자꼬 고런 말씸 마시탕께요."

 송희립이 참지 못하고 조심스럽게 말했다. 그러자 이순신이 헛웃음을 지었다.

 "허허허."

 이순신은 역풍이 세게 불어 배를 띄울 수 없었으므로 하룻밤을 사도진 객사에서 머물렀지만 한시라도 빨리 방답진으로 가 그곳 선소에서 건조 중인 거북선을 확인하고 싶어 견딜 수 없었다. 이순신은 흥양 순시 중에 처음으로 술을 마시지 않았다. 밤중에 잠자리도 불편했다. 짧은 꿈들을 꾸었다. 이순신 자신이 뱀의 아가리 속에 들어와 있는 것 같아서 몇 번이나 잠자리에서 일어나 앉았다가 눕곤 했다. 방문을 열어 보면 하늘에는 별 하나 떠 있지 않았다. 바람이 나뭇가지를 부러뜨릴 듯 흔들어대는 으스스한 소리만 들려왔다.

향수병

전라 좌수영에서 성주 판관으로 온 지 서너 달이 지났지만 정춘은 적응을 잘 못했다. 특히 음식이 입에 맞지 않아 힘들었다. 성주의 짠 김치와 장맛은 젓가락을 무겁게만 했다. 바닷가 여수의 싱싱한 해산물에 혓바닥이 길들여진 탓이었다. 맡은 임무는 날마다 성을 쌓고 보수하는 일을 감독하는 것이었다. 일손이 딸리기 때문에 감독만 하는 것이 아니라 직접 돌을 나르고 쌓았다. 성주는 다행히 성 밖 남쪽으로 낙동강 지류인 이천이 동서로 흘러가므로 굳이 해자를 팔 일은 없었으나 대신 평지에 자리한 석성인 까닭에 가파른 산자락의 산성보다 높이 쌓아야 했다.

성에 상주하는 군졸들이 적었으므로 실제로 일하는 사람은 성주성 부근의 토병과 양민들이었다. 그들뿐만이 아니었다. 늙은이나 병자, 벙어리나 사팔뜨기, 외팔이 심지어는 지나가는 장돌뱅이, 거지까지 군관에게 붙들려 와 사역을 했다. 경상도의 다른 성도 마찬가지였다. 더했으면 더했지 성주성보다 못하지는 않았다. 양민들의 불만은 컸다. 소작농을 거느린 사대부도 마찬가지였다. 작년 5월 김수가 경상 감사로 부임해 온 뒤부터 해를 넘긴 지금까지 성 쌓는 사역이 계속되고 있기 때문이었다. 김수는 진주, 합천, 달성, 상주, 성주 등을 순찰하면서 성 쌓기와 해자 파기, 병기 보수하는 일을 닦달하고 점검해왔던 것이다.

김수는 성에 차지 않으면 군관이나 색리를 불러 곤장을 치거나 목사, 군수, 현감 들을 파직시켜달라고 조정에 보고서를 올렸다. 성주 목사 이덕열도 지나치게 채근하는 김수의 지시를 못마땅해했지만 왜적을 대비한 방비의 일이라 묵묵히 따랐다. 성주의 총기 있는 젊은이들을 관아로 불러 도학군자처럼 강론을 열어왔던 오십구 세의 늙은이인 그 역시도 병기와 수레를 보수하고 군졸을 모았던 것이다. 게다가 성주 목사에게는 다른 고을보다 일이 하나 더 많았다. 성을 방비하는 것 말고도 해마다 무너지곤 하는 이천의 둑을 쌓는 일이었다. 여름만 되면 물난리가 나 이천 주변의 논밭을 망쳐놓기 때문이었다.

날마다 불려 나오는 토병이나 백성들의 원성은 컸다. 산중으로 도망칠 빌미라도 되게 차라리 왜적이 쳐들어오기를 바라는 사람도 생겨났다. 역사 때문에 봄에는 씨를 제때에 뿌리지 못하여 농사를 망치기도 했고, 여름철에는 폭우로 논밭이 물에 잠기기 일쑤였으며, 가을에는 논밭의 알곡을 일찍 수확하지 못하여 가을 태풍 비에 썩혀버리는 일이 생겨났다.

정춘과 같이 먼 고을에서 온 판관이나 군관들은 향수병까지 걸려 성주성에 정을 붙이지 못했다. 부안 출생인 젊은 판관 고현도 정춘과 같은 심정이었다. 강둑을 쌓다 온 고현이 불만을 터뜨렸다.

"성님, 뚝이나 쌓을라고 무장이 된 것은 아닌디 지 신세가 한심허그만요."

"아따, 자네만 그란 거 아니여. 나도 시방 뭣허는 놈인지 한숨만 나온당께."

고현은 아버지와 형제들이 무과 급제한 집안에 대해서 자부심이 강했다. 아버지 고사렴은 훈련원 판관, 함경도 우후를 지냈고 품계가 어모장군에 올랐으며 형 고희는 현재 한양의 광화문 수문장으로 있었다.

"어저께는 성님이 보이지 않드만. 방구석에서 푹 쉬어부렀소?"

"동상도 헐 말이 고로코롬 읎는가? 쉬기는 뭘 쉬어. 실록을 보관헌 사고까지 사람덜 데꼬 가 하루 쥉일 땅만 팠그만."

"땅은 워째서 팠딩가요?"

"실록궤를 묻을라고 판 것이여. 왜적이 오면 무조건 사고부터 불 질러부릴 것인께."

"아조 불쌍놈덜이그만요."

"우리덜 임금님의 뿌리를 없애불라고 그란 것이여."

성주성 안에 있는 사고史庫는 세종 21년(1439)에 전라도 전주 사고와 함께 건립한 한양 밖 외사고 중의 한 곳이었다. 전란의 화를 피해서 왕조실록을 분산해 보관하는 창고가 사고인데, 성주 사고는 태조실록부터 명종실록까지 보관하고 있었다. 사고는 물과 불, 바람의 삼재를 막을 수 있는 곳에 터를 잡아 짓게 마련이었다. 특히 절이 가까운 곳에 사고를 짓는 까닭은 승군을 수월하게 동원할 수 있기 때문이었다. 실제로 수백 명의 승려가 수행하는 동방사가 성에서 매우 가까운 곳에 있었다. 동방사에서 차출한 이십여 명의 승군과 수호군이라 불리는 육십여 명의 관군이 사고를 지켰다. 수호군은 수호관守護官 다섯 명, 별색호장別色戶長 한 명, 기관記官 한 명, 고직庫直 한 명, 그리고 경계하는 군졸들로 이루어졌고, 승군은 동방사 주지가 실록 수호 총섭總攝을 맡아 운영했다. 특히 승군은 동방사에 머물지 않고, 사고 옆에 지은 건물에서 사고를 밤낮으로 지키며 살았다.

성주성은 사고 말고도 세종의 왕자들 태실이 있는, 나라의 중요한 고을이었다. 태실은 선석사의 승려들이 관리했으므로 관리들은 선석사를 태실 수호 사찰이라고 불렀다.

"사고 안에 있는 궤를 미리 땅에 묻어둔다 이 말이지라우?"

"왕실 기록인께 그런갑는디 나는 고런 일보다는 활 쏘고 배 타는 것이 좋당께."

"지도 그래라우. 부안서도 전선 맹그는 선소가 있는디 그런디서 일허는 것이 최고지라우."

"근디 동상 얼굴이 요새 우거지상이여."

"성님 얼굴 때깔도 그래라우. 뭔 거시기헌 것이 있당가요?"

"묵는 것이라도 재미져야 하는디 시원찮은께 그라지 뭐."

"지도 성님 맴허고 똑같지라우. 엄니가 해주는 무청 실가리국이 그립그만이라우."

광대뼈가 튀어나온 두 사람의 눈은 퀭했다. 여수와 부안에서 처음 왔을 때와는 판이하게 달랐다. 통통한 체격이었는데 힘든 일을 하면서도 잘 먹지 못하니까 비쩍 말라 있었다.

"그래도 요새는 등겨장이 나와서 밥맛이 돌아오고 있어라우."

"나도 첨에는 비우가 상허더니만 시방은 구수한 게미가 있더라고."

성주에서 만드는 은근하게 고소하고 시큼한 보리등겨장은 고추장과 된장의 중간 정도 되는 전라도의 붉으죽죽한 집장과 달랐다. 등겨장은 온돌방에서 띄운 둥근 개떡 모양의 보리등겨에다 소금과 고춧가루를 넣어 만드는데 시금장이라고도 불렸다. 봄철에는 쌈장처럼 채소 잎에 얹어 먹기도 하고, 겨울철에는 밑반찬처럼 따뜻한 보리밥에 넣고 비벼 먹기도 했다.

"그라고 본께 달달헌 집장 생각이 간절허그만이라우."

"집장에 든 고추 잎사구만 꺼내 묵어도 밥 한 그륵은 금시 비와부리제."

등겨장이 보리등겨를 온돌방에 띄운다면 집장은 메줏가루를 바로 써서 만드는 것이 달랐다. 옹기 독에 메줏가루에다 찹쌀과 보리를 빻아서 고춧잎과 풋고추를 함께 섞어 넣고 굵은 소금을 뿌린 뒤 며칠 동안 서늘한 데서 발효시키면 매우면서도 신맛과 단맛이 나는 집장이 되었다.

"묵는 것만 보믄 고향 생각이 절로 나지라우."

"엄니 손맛을 우리가 어처께 잊아뿔겄는가."

"다행이지라우. 성주에 시금장이라도 있응께. 고것도 읎었으든 큰일 날 뻔했어라우."

"그란디 사시사철 보리밥에 시금장만 묵을 수도 읎고 말이여. 으째야 쓰까."

"다시 여수로 돌아갈라고라우?"

"동상도 여그서 뼈따구를 묻을 생각은 안 허제?"

"그람요. 으차든지 부안으로 돌아가야지라우."

"동상 성이 한양서 수문장으로 있담서. 심 좀 써봐. 나도 부탁허고 말이여. 이제 나도 내일모레면 사십 줄이여."

"아따, 수문장이 뭔 심이 있을랍디여. 심이 있다믄 진작 지를 데꼬 갔지라우."

"수문장은 궁문을 지키는 우두머린께 웃사람을 자꼬 만날 것 아닌가. 긍께 부탁만 허믄 뭔 수가 날 것이랑께."

정춘은 나이가 조금 많은 선배로서 조언하고 있었다. 고현의 형인 고희는 선조 17년(1584)에 무과 급제한 뒤 외방으로 나갔다가 올해 초부터는 한양으로 돌아와 수문장으로 있었다. 선조 25년까지만 해도 수문장은 4품 이상의 무장 중에서 임금이 낙점하는 벼슬이었다. 그러나 선조 26년부터는 공을 세운 무장들에게 수문장 벼슬을 남발해서 한때는 사백 명이 넘었다. 훗날 선조 이후 임금 때는 다시 수문장의 숫자도 줄어들고 품계도 낮아졌다.

"성님도 정말 여수로 가고 잡소?"

"음석도 입에 맞지 않고 땅이나 파고 돌이나 나르는 것이 일이 돼부렀응께 그라제."

"성님이나 나나 향수뼁에 걸려부렀는갑소. 으째야 쓰까잉."

"우리끼리 있응께 허는 말인디 성을 저러코롬 쌓아갖고 되겄는가? 왜놈덜이 보믄 웃어불겄써야."

"성님 말씸이 맞소. 깔끄막에 있는 산성이라믄 모르지만 평지에다 한두 장 돌을 쌓으믄 뭐헐 것이요. 왜놈덜이 날다람쥐멩키로 날라다녀불 것이요."

"당최 잘못된 것이여. 성은 깔끄막에 있어야 헌당께. 평지에 쌓을라믄 서너 장은 돼부러야 왜놈덜을 방어헐 수 있당께."

정춘은 고현과 이야기를 하면서도 주위를 두리번거렸다. 누군가가 엿듣고 고자질한다면 목사에게 항명한다고 치도곤을 맞을 일이었다.

"목사 나리야 허고 자와서 그란다요? 감사 나리가 자꼬 쪼아대니께 그라지라우."

"맞어. 목사 나리야 유서儒書 갈차주는 강론을 좋아허시는 선비제."

"작년까정만 해도 성수 향교 교생딜을 불리다기 갈치줬다고 헙디다요."

두 사람의 이야기는 사실이었다. 사역을 과도하게 시키는 경상 감사 김수에 대한 원성이 자자했지만 성주 목사 이덕열을 비난하는 사람은 적었다. 그만큼 학식과 인품이 뛰어났던 것이다. 영의정 이준경의 셋째 아들로 전라도 남원에서 태어나 십구 세에 퇴계 이황을 만났을 때 큰 그릇이 될 것이라는 덕담을 들었고, 선조 2년(1569)에 별시 문과 시험에서 급제한 뒤 승문원 정자, 예문관 대교, 성균관 전적 등 임금과 자주 대면할 수 있는 관원으로 있다가 외직으로 경기 도사, 청주 목사를 거쳐 성주 목사로 부임해 와 성주 주민들로부터 존경을 받고 있었다.

그러나 문인이라고 해서 이덕열이 문약하지는 않았다. 여름철에 폭우만 쏟아지면 범람하는 이천의 둑을 쌓는데, 사대부와 주민들의 반발이 심했지만 역사를 강행했다. 결국 방비 사역에 시달리는 주민들을 설득하여 해냈다. 제방 축조는 청주에서도 마찬가지였다. 관민을 동원하여 무심천 제방 공사를 벌였다. 다음 해 여름철이 되면 또 물난리가 날 텐데 후임 수령에게 차마 떠넘길 수 없었기 때문이었다.

두 사람이 막 일어서려고 할 때였다. 어린 동헌 하인이 두 사람에게 다가왔다.

"정 판관님, 목사 나리께서 부르십니더예. 동헌으로 후딱 오라꼬 하십니더."

"무신 일인디 그라신당가?"

"벌 받을 장돌뱅이가 있어가꼬 그란다 아입니꺼."

"무신 죄를 졌냐 말이여."

"일하는 사람들을 선동했다꼬 한디 큰 벌을 받을 낍니더."

정춘은 올 것이 왔다고 직감했다. 사역하는 사람들이 수군거리는 소리를 정춘도 얼핏 들었던 것이다. 힘들게 사역이나 불려다닐 바에야 차라리 왜적이 쳐들어와 피난을 가는 것이 낫다는 불만들이었다. 누군가가 장돌뱅이를 고자질하여 동헌에 잡혀 와 있는 모양이었다. 그러나 장돌뱅이만 그런 것이 아니었다. 선동이라기보다는 그런 이야기가 나오면 별생각 없이 우스갯소리로 한마디씩 대꾸를 하기 마련이었다. 장돌뱅이는 재수 없이 걸려든 것일 뿐이었다.

동헌 마루에는 목사 이덕열이 의자에 앉아 있었다. 색리들이 토방에 서 있고, 판관과 군관들이 마당에 한 줄로 도열해 있었다. 장돌뱅이는 포승줄에 묶인 채 마당에 꿇어앉혀져 있었다. 곤장을 치는 형구 옆에는 나장들이 장돌뱅이를 무섭게 노려보고 있었다. 경각심을 불러일으키기 위하여 사역에 동원된 양민들도 동헌으로 불러 모아 볼 수 있게끔 허락했다.

이덕열은 급창을 놔두고 자신이 직접 큰 소리로 말했다.

"니놈이 사람덜에게 왜적이 쳐들어오는 것이 낫다고 선동했느냐?"

"나리, 소인만 말한 것이 아닙니다."

"니 말고도 누가 또 말했다는 것이냐?"

"누군지는 모르겠십니다만 떠돌아다니는 말을 소인이 좀 큰 소리로 말했을 뿐입니다. 소인은 억울합니다."

"니놈이 말헌 사실이 있다는 것이구나."

"예."

"워디서 혔느냐?"

"서문 쪽에서 돌을 나르다 별생각 없이 심들어가꼬 웃자고 말했십니다. 왜놈들이 쳐들어오면 다 죽을 낀데 우째 그러기를 바라겠십니꺼?"

"니 고향은 워디냐?"

"칠곡입니더."

"으째서 성주까정 와서 일허고 있느냐?"

"대구에서 약재를 구하러 성주까지 왔다가 군졸에게 붙들려 일하고 있십니더."

"잠은 누구 집에서 자느냐?"

"아무 집이나 들어가 헛간에서 잡니더."

"니 처지가 딱허지만 잘못 또한 명백허니 벌을 내리지 않을 수 없다."

"나리, 소인은 억울합니더."

장돌뱅이가 눈물을 흘리며 하소연했다. 무릎걸음으로 동헌 마루 쪽으로 기어가 어흑어흑 울음을 토해냈다. 그러나 이덕열이 엄하게 내려다보며 소리쳤다.

"여봐라, 죄인을 형틀에 묶어부러라."

이덕열이 소리치자 나장들이 잰걸음으로 와 장돌뱅이를 형틀로 질질 끌고 갔다. 장돌뱅이는 바로 곤장을 맞는 형틀에 눕혀졌다. 웅성거리며 심문하는 과정을 지켜보던 양민들이 입을 다물었다. 모두가 목사 이덕열의 입을 주시했다. 이덕열은 흰 수염을 쓰다듬더니 눈을 감고 잠시 생각에 잠겼다.

이윽고 이덕열이 나직하게 중얼거렸다. 토방에 귀를 쫑긋하고 서 있던 급창이 이덕열의 말을 전했다.

"죄인을 풀어주라꼬 하십니더."

그래도 나장들이 꿈쩍을 않자 급창이 다시 소리쳤다.

"사또께서 죄인을 풀어주라꼬 하십니더."

주민들이 다시 웅성거렸다. 나장들이 장돌뱅이를 데리고 처음에 끌려왔던 자리로 왔다. 이덕열이 말했다.

"참좌군관은 시방 내아에 가서 무명 바지저고리를 한 벌 가져오그라."

"예, 목사 나리."

"니는 형틀에 올라갔다 내려온 것으로 벌을 다 받아부렀다."

"나리, 고맙십니더."

"군졸로 남겠느냐, 아니면 다시 장돌뱅이로 돌아가겠느냐?"

"군졸로 남아 사또님께 은혜를 갚겠십니더."

"워디서 일허고 싶느냐?"

"원래는 약재 장사꾼이지만 침도 놓을 줄 아는 돌팔이입니더. 아픈 동료들을 돌보는 군졸이 되겠십니더."

"오늘 니가 있을 자리를 비로소 찾은 것 같아 나도 기쁘다."

새 옷으로 갈아입고 나온 장돌뱅이가 동헌에 앉아 있는 이덕열을 향해 큰절을 올렸다. 주민들 사이에서 박수가 터져 나왔다. 그러자 이덕열이 일어나 말했다.

"병화가 있을지 없을지 소문이 무성허다. 허나 방비에 만전을 기허는 것이 지혜로운 일이 아니겠느냐? 우리덜이 고생허는 것은 바로 그런 까닭인 것이다."

그러면서 이덕열은 선조 23년에 왜국으로부터 반민 사화동과 왜구 우두머리 세 명을 넘겨받고 그들이 납치해 갔던 조선 백성들도 돌아오게 된 사실을 예로 들었다. 조선 군사가 피 한 방울 흘리지 않았는데도 왜국에 요구해 관철시킨 일은 전쟁에서 싸우지 않고 이긴 것과 같다고 말했다. 그러면서 전투란 싸우지 않고 이기는 것이 최선의 전략이지만 왜적이 침략해 왔을 때는 방어를 잘해서 반드시 격퇴시켜야 한다고 덧붙였다.

"알겠느냐?"

"예."

판관과 군관, 나장, 군졸들이 큰 소리로 대답했다. 양민들 사이에서도 '예' 소리가 튀어나왔다.

"아마도 경상 우병사께서 성 쌓기 사역의 폐단을 직접 눈으로 보고 장계를 올렸다고 헌다. 곧 임금님의 명이 있을 것인께 이왕 허는 일을 즐겁게 끝내라. 양민덜은 알겠는가?"

"예, 사또 나리."

"그동안 고생혔응께 오늘은 모두 일찍 귀가해 휴식을 취허도록 하그라."

이덕열은 며칠 전에도 경상 감사 김수의 지시를 받았지만 그의 눈치를 보지 않고 양민들을 돌려보냈다. 사기를 고취시키기 위해서였다. 눈 깜짝할 사이에 동헌 마당이 조용해졌다. 나장들에 의해 형틀도 치워지고 보이지 않았다.

경상 우병사 김성일은 사역의 폐단을 거론하며 성 쌓기를 반대하는 장계를 올렸다. 반대로 경상 감사 김수는 '성을 쌓는 역사에 대해 도내의 사대부들이 번거로운 폐단을 싫어한 나머지 이의를 제기하는 바람에 저지되고 있다'라는 장계를 올렸다. 선조로서는 누구의 말을 들어줘야 할지 알 수 없는 일이었다.

정춘은 이덕열의 허락을 받고 동헌방으로 들어갔다.

"헐 말이 있능가?"

"목사 나리께 감히 말씸드릴 것이 있어 왔지라우."

"야그혀봐."

"장돌뱅이를 군졸로 받아들이신 것을 보고 지는 눈물이 나올 뻔했지라우."

"얼마나 심이 들면 고런 말을 했겄는가."

"지는 고런 말들을 진작 들었지라우. 고럴 때마다 맴이 퉁개퉁개했당께요."

"양민들 사이에 고런 말들이 돌고 있다믄 참말로 큰일이네. 나라가 백성을 버리는 것보다 백성이 나라를 버리는 것이 더 큰 재앙이거든."

이덕열이 말하는 나라는 임금도 되고, 관리도 되는 그런 뜻이었다. 이덕열은 맹자의 말을 빌려 말했다.

"맹자님은 하늘이 덕 있는 사람을 골라 임금을 시키며 이것을 하늘이 내린 명령이라고 보아 천명이라고 했다네. 그 임금이 덕이 있는지 없는지는 백성들이 따르는지 안 따르는지를 통해 나타난다고 보았던 것이네."

정춘은 어렴풋이 이덕열이 말하는 뜻을 알 것 같았다. 공자가 말한 민심이 천심이라는 말과 통했다. 그런데 정춘이 하고 싶은 이야기는 다른 데 있었다. 정춘은 심중에 있는 말을 어렵게 꺼냈다.

"아까침에 말씸허신 것 중에 사화동 야그인디요……."

"고게 으쨌다는 것인가?"

"목사 나리께서는 사화동을 전리품맹키로 말씸허셨는디 지 생각은 좀 다르지라우."

"왜국을 이긴 것멩키루 조정 대신덜이 잔치를 벌여서 그리 말헌 것인디 고럴 수도 있지 않겄는가?"

"칼을 든 무부武夫의 입장에서는 이긴 것이 아니랑께요."

"정 판관은 으째서 고로코롬 생각허는가?"

"통신사를 보내기로 하고 사화동을 돌려줬응께 고건 전투가 아니라 협상이지라우."

"음, 고럴 수도 있겄그만."

"잔치를 벌였다고 헌께 지가 부끄러워져불그만요."

정춘의 말에 이덕열의 얼굴이 일그러졌다. 자괴감이 드는지 미간을 찌푸리면서 손가락을 오도독 꺾었다.

"판관이 부끄러워헐 만도 허그만."

"이긴 것도 아니고 진 것도 아닌 일을 가지고 잔치를 벌였다고 허니 뭐시라고 헐 말이 읎그만이라우."

그제야 이덕열이 정춘의 얼굴을 뚫어지게 바라보았다. 그러더니 정춘의 손을 잡아당기며 말했다.

"정 판관, 나를 도와주게. 머잖아 병화가 있을 건디 정 판관 같은 무장이 내 옆에 있어야 하네."

"사또께서 지를 알아주신께 맴을 고쳐묵어야 허겄그만요."

"성주를 뜨려고 했단 말이여?"

"향수벵이 심허게 걸려부렀어라우."

"이 사람아, 나도 내 탯자리 남원 주포방을 떠나와 사는 사람이시. 베슬아치가 됐으면 임금님께서 보내는 곳이 바로 고향이라고 생각해야 허네."

"지 생각을 바꽈뿌리겄습니다요."

정춘은 이덕열의 수하에 있기로 결심했다. 학식과 인품이 뛰어난 사람 밑에 있으면 배울 게 많을 것 같아서였다. 동헌을 나온 정춘은 고현을 찾아 이천 강변 숲으로 갔다. 남쪽이 허전하여 성 밖 강변에 조성한 비보裨補의 숲이었다. 정춘이 말했다.

"동상, 아까침에 헌 말 다 읎는 일로 허겄네."

"성님, 그새 맴이 변해부렀소?"

"목사 나리 밑에 있을 때까정은 버텨볼라네."

고현은 갑자기 태도를 바꾼 정춘을 한동안 바라보더니 일어나 가버렸다. 정춘은 숲 그늘에 누워 팔랑거리는 나뭇잎을 보았다. 박새 울음소리가 고막에 달라붙는 것 같았다. 정춘은 자신도 몇 년 살다가 단명하게 죽고 마는 박새와 같은 목숨인지도 모르겠다는 생각을 했다. 생각이 거기에 미치자 박새 울음소리가 시끄럽지 않고 처량하게 들렸다.

의승 수군

 이순신 자신은 물론 군관과 사부들 모두가 거의 매일 활을 쏘았다. 3월(음력)부터는 비 오는 날만 빼고 날마다 활터를 들렀다. 전라 좌수영의 모든 수군들은 명사수가 돼야 한다는 것이 이순신의 방침이었다. 비가 오는 날은 활쏘기 대신 장전과 편전을 만들었다. 활을 쏘지 않는 격군들은 다른 방비의 일을 했다.
 이순신은 전라좌도에 산재한 사찰에서 젊은 승려들을 뽑아 승군도 조직했다. 사찰에서 차출한 승려 병력들을 의승義僧이라 칭했는데, 수군이 될 경우에는 의승 수군이라고 불렀다. 전라 좌수영 의승청에는 우두머리 승려인 수승首僧이 한 명 있으며 그는 군관의 지휘를 받지 않고 특별하게 이순신의 명에 따라 움직였다. 또한 사찰의 주지급인 수승은 왜적이 침입하면 승장僧將으로 신분이 바뀌었다. 의승 수군은 별방군의 일종인 셈이었다.
 차출된 승군이 하는 일은 무너진 성을 쌓거나 화살촉이나 화포를 만들기 위해 쇠를 탁발해 오는 일이었다. 3월 초부터 승군 백여 명이 돌을 주워 나르고 있는 것도 무너진 성을 보수하기 위해서였다. 염불이나 기도를 하다가 온 젊은 승려들이었으므로 성을 보수하는 일에는 미숙했다. 돌을 나르는 일도 지지부진했다. 며칠 전에 송희립의 보고를 받은 이순신은 서문 쪽 성을 직접 확인했다. 성이 자주 무너지는 것은 보수할 때 축성 요령이 부족하거나 성의 없이 쌓았기 때문이었다.

"송 군관, 수승을 데려오게."

"중덜이 또 뭘 잘못했습니까요?"

사흘 전에 돌을 나르고 쌓는 승군들의 나태함을 보고 그 책임을 물어 수승을 동헌으로 불러다 놓고 곤장을 친 일이 있었던 것이다.

"마음이 쬐깐 그려."

"수사 나리. 뭐시 미안허다고 그랍니까요?"

"숭은 설에 있으아 허는디 돌이니 니르라고 허니께 그랴."

"고걸 누가 몰라서 그럽니까요? 손이 딸린게 그라지라우."

"중들을 사역시키지만서두 가능허면 부르지 말으야 혀. 며칠 전에는 내가 수승을 불러 곤장까정 쳤는디 마음이 좀 그랴."

"그렇게 나장에게 살살 치라고 허지 않았습니까요?"

"그랴도 명색이 우두머리 중인디 모멸감이 컸을 겨."

"승군 군기가 빠져 고랬던 것인께 신경 쓰지 마시랑께요."

"얼릉 불러와. 중덜은 차 좋아허니께 기생청에서 다모도 오게 햐."

이순신은 태만한 젊은 승려들의 본보기로 수승 성운性雲에게 곤장을 쳤지만 마음이 편치 못했다. 며칠 전 일이었지만 잊지 못하고 마음에 담아두고 있었다. 성운은 주로 광양의 절과 암자에서 수도해온 승려였다. 전라도 각 절에서 불러올 때는 의승 수군이란 이름을 붙여주고는 막상 본영에서 시키는 일은 격군들이 하는 막일이나 다름없었다. 일부 군관들은 승려들이 천민이라 하여 함부로 대했지만 그들의 속가 신분은 다양했다. 학식이 깊은 양반도 있고 까막눈 천민도 있었다. 부잣집 중인 출신도 있었고 떠돌이 유랑민도 있었다. 그러니 모두가 천민 대접을 받는 것은 아니었다. 속가 신분에 따라 달리 대접을 받았다. 속가 신분은 감출 수도, 거짓으로 꾸며댈 수도 없었다. 고향과 성씨만 대면 금세 그의 속가 신분이 드러났다. 승려 중에는 속가 형제가 높은 벼슬자리에 올라 있는 사람도 많았다. 그런 승려는 그에 맞는 벼슬아치들과 교유하면서 도를 닦았다. 그러니까 출가하여 승려가 된다고 해서 무조건 천민으로 살아가는 것은 아니었다. 나라에 공을 세우면 양반과 같이 그들도 합당한 품계를 받았다.

 송희립은 자신보다 나이가 많은 성운에 대해서 아는 것이 별로 없었다. 굳이 알 필요도 없었다. 승군은 지휘 계통이 다르기 때문이었다. 승군은 이순신과 수승의 지휘만 받았다. 그러나 송희립은 성운에게 호감을 가지고 있었다. 마주칠 때마다 먼저 고개를 숙이고 합장하는 그의 태도가 마음에 들었다. 귀밑머리가 허연 사람이 먼저 고개를 숙이고 송희립이 지나칠 때까지 합장하곤 했던 것이다.

이순신은 송희립이 동헌방을 나간 뒤 전라 순찰사 이광에게 편지를 썼다. '발포 권관이 군사를 거느릴 만한 재목이 되지 못하니 갈아치우자'는 이광의 편지에 대한 답신이었다. 이순신은 나대용을 발포 가장으로 점지하고 있었으므로 '바꾸지 말고 방비에 임하도록 해달라'는 내용의 답신을 썼다.

또 순찰사의 편지 내용 가운데 신경 쓰이는 대목이 있었다. '영남 관찰사(김수) 편지에, 대마도주(소 요시토시)가 띄운 공문들 중 "대마도 배 한 척을 귀국(조선)에 보냈는데, 만일 배가 도착하지 않았다면 풍랑에 깨졌을 것입니다"고 했다'는 내용이었다. 이순신은 대마도주의 편지를 거짓으로 보았다. 음모를 꾸미고 있기 때문에 잔꾀를 부리는 것으로 짐작했다.

영남 관찰사가 말한 배란 왜의 세견선歲遣船이었다. 조선은 대마도를 번국으로 여기어 대마도주에게 관직을 주고 매년 세사미 歲賜米라 하여 쌀 이백 섬씩을 하사하다가 최근에는 반감하여 주었는데 금년 2월 중순부터는 세견선을 보내오지 않았던 것이다. 두말할 것도 없이 대마도주가 영남 관찰사에게 편지를 보낸 까닭은 조선 관원들의 의심을 누그러뜨리기 위한 술책으로 볼 수밖에 없었다. 세견선이란 이름으로 허가받은 장삿배 스물다섯 척과 세사미를 싣는 특송선 몇 척이 때가 되면 부산포를 오갔는데 갑자기 중단된 것은 처음 있는 일이었던 것이다.

이순신의 판단은 적중했다. 도요토미 히데요시는 3월 1일을 진격하는 날로 정했다가 조금 뒤로 미룬 상태였던 것이다. 이 낌새는 왜관에 사는 조선 사람들이 먼저 알아차렸다. 왜구들은 해적질한 진귀한 물품들을 허가받은 장삿배를 이용해 부산포에 내려놓았다. 그러면 왜관의 왜인들이 그 물건들을 즉시 사들인 뒤 조선 관리를 상대로 장사를 해왔는데 그 왜인들이 알게 모르게 왜관에서 다 빠져나갔기 때문이었다. 선조 25년 1월 5일, 도요토미 히데요시는 이미 성주들에게 출진 임무를 명하고 병력을 할당했던 것이다. 조선을 침략할 왜 장수와 왜 육군, 왜 수군 그리고 대기하는 왜 예비군의 병력 수는 이십구만 팔천여 명으로 다음과 같았다.

제1군 선봉장 고니시 유키나가 휘하 칠천 명, 소 요시토시 휘하 오천 명, 마쓰라 시게노부松浦鎭信 휘하 삼천 명, 아리마 하루노부有馬晴信 휘하 이천 명, 오무라 요시아키大村喜前 휘하 천 명, 고토 스미하루五島純玄 휘하 칠백 명. 도합 만 팔천칠백 명.

제2군 선봉장 가토 기요마사加藤淸正 휘하 팔천 명, 나베시마 나오시게鍋島直茂 휘하 만 이천 명, 사가라 나가쓰네相良長每 휘하 팔백 명. 도합 이만 팔백 명.

제3군 선봉장 구로다 나가마사黑田長政 휘하 육천 명, 오토모 요시무네大友義統 육천 명. 도합 만 이천 명.

제4군 선봉장 시마즈 요시히로島津義弘 휘하 만 명, 모리 요시나리毛利吉成 휘하 이천 명, 다카하시 모토타네高橋元種 휘하 천 명, 아키즈키 다네나가秋月種長 천 명. 도합 만 사천 명.

제5군 선봉장 후쿠시마 마사노리福島正則 휘하 오천 명, 도다 가쓰타카戶田勝降 휘하 사천 명, 하치스카 이에마사蜂須賀家政 휘하 칠천이백 명, 조소카베 모토치카長宗我部元親 휘하 삼천 명, 이코마 지카마사生駒親正 휘하 오천오백 명. 도합 이만 사천칠백 명.

제6군 선봉장 고바야카와 다카카게小早川隆景 휘하 만 명, 다치바나 무네시게立花宗茂 휘하 이천오백 명, 모리 히데카네毛利秀包 휘하 천오백 명, 쓰쿠시 히로카도筑紫廣門 구백 명, 다카하시 나오쓰구高橋直次 휘하 팔백 명. 도합 만 오천칠백 명.

제7군 선봉장 모리 데루모토毛利輝元 휘하 삼만 명.

제8군 선봉장 우키타 히데이에宇喜多秀家 휘하 만 명.

제9군 선봉장 하시바 히데카쓰羽柴秀勝 휘하 팔천 명, 호소카와 다다오키細川忠興 삼천오백 명. 도합 만 천오백 명.

도요토미 히데요시의 명을 받은 제1군에서 제9군까지 왜군 선봉장과 왜 육군의 숫자는 십오만 칠천사백여 명이었다.

이 밖에 조선 한양을 공격할 때를 대비해서 히데요시의 직할군 삼만 질전 녕이 내기했다. 대기 군사 중에는 이시다 미쓰나리石田三成 휘하 이천 명, 마스다 나가모리增田長盛 휘하 삼천 명, 오다 히데노부織田秀信 휘하 팔천 명 등이 포함되어 있었다.

또한 규슈 나고야 성에 출진하는 예비군의 전비군前備軍은 다카다 사콘高田左近 등 열네 명의 장수와 그 휘하의 오천칠백사십 명, 활과 포군은 오시마 구모하치大島雲八 등 아홉 명의 장수와 그 휘하의 칠백오십 명, 말을 관리하는 군사 등 기타 총합이 사천구백 명, 후비군後備軍 전방 부대는 오다 노부히데織田信秀 등 휘하 군사 오천삼백 명, 본진은 도쿠가와 이에야스德川家康 등 서

른여덟 명의 장수와 휘하 칠만 사천칠백이십 명이 등이 들어가 있었다. 그러니까 예비군은 도합 십이만 팔천여 명이 출진을 대기하고 있는 셈이었다.

왜 육군에 비해 왜 수군의 숫자는 적은 편이었다. 왜구들이 남해안을 침범해본 결과 조선 수군이 강하지 않다고 판단한 때문이었다. 왜 수군의 숫자는 십일만 백팔십 명에 불과했다. 대부분이 왜구 두목 출신인 왜 장수와 왜 수군 숫자는 다음과 같았다.

구키 요시타카九鬼嘉隆 휘하 천오백 명, 도도 다카토라藤堂高虎 휘하 이천 명, 와키자카 야스하루脇坂安治 휘하 천오백 명, 가토 요시아키加藤嘉明 휘하 천 명, 구와야마 가즈하루桑山一晴 휘하 천 명, 구와야마 마사하루桑山貞晴 휘하 천 명, 구루시마 미치후사來島通總 휘하 칠백 명, 도쿠이 미치토시得居通年 휘하 칠백 명, 스가이 이에몽菅井右衛門尉 휘하 이백오십 명, 호리노우치 우지요시堀內氏善 휘하 팔백팔십 명, 스기와카 덴사부로杉若傳三郎 휘하 육백오십 명 등이었다.

조선과 명나라를 치겠다는 도요토미 히데요시의 망상은 이와 같은 군사력을 과신한 데서 비롯되었다. 정규 군사와 예비 군사까지 합친 삼십여만 대군이면 조선 정복은 한 달이면 족하고 그 여세를 몰아 중국, 천축까지 쳐들어갈 수 있다고 보았던 것이다. 그러나 갑자기 출진하게 될 왜군들은 초조하여 전전긍긍했다. 왜장들은 침략하여 차지한 땅을 나누어주므로 대부분 호응했으나 왜군들은 그들과 처지가 달랐다. 고향을 떠나 외국 땅에서 무주고혼이 될 수도 있다는 것이 견딜 수 없는 불안이었다. 왜장들은 전쟁 공포로 탈영하는 왜군들이 속출하는 바람에 대책을 세우지 않을 수 없었다. 전쟁을 앞둔 왜군들의 예기치 못한 사기저하였다.

 송희립이 한 식경 만에 돌아왔다. 무너진 성을 새로 쌓은 서문 쪽을 돌아보고 온 것이었다. 서문 쪽 성은 이미 깔끔하게 정비되어 있었다. 수군들에게 수소문해보니 수승 성운은 승려들을 데리고 자산 망대의 축대를 보수하러 갔다고 했다. 송희립은 자신의 수하 진무를 자산 망대로 보내고 동헌으로 되돌아온 것이다.
 자산은 본영 선소 북쪽에 있는 산이었으므로 북봉이라고 불렀다. 봉수대가 있는 동헌 위쪽 산도 북봉(종고산)이라 하기 때문에 구분하여 좌수영의 산을 성 북봉이라고 했다. 자산 망대는 왜적이 침입하는 진입로를 모두 경계할 수 있는 곳이었다. 멀리는 노량 바다와 가까이는 오동도와 두산도 사이의 남해 먼바다가 한눈에 들어왔다.
 "워째서 혼자 오는감. 수승이 읎는 겨?"
 "중덜 데꼬 자산 망대 축대 보수하러 갔다고 그랍니다요."
 "이봉수에게 시켰더니만 손이 모자랐나보군그려."
 "이 군관은 화약만 잘 맹그는 것이 아니라 돌 쌓는 일도 잘허 그만이라우."
 본영 북봉 봉수대 축대도 이봉수가 수졸들을 감독하여 쌓아 놓은 것이었다. 이순신이 흡족한 나머지 봉수대에서 한나절을 보내고 온 적도 있었다.

"그려. 방어 시설로는 철쇄나 성, 망대, 봉수대 등이 다 이 군관 솜씨여."

"근디 발포 권관은 안 바꿉니까요?"

"글 안혀도 순찰사께서 편지에 발포 만호를 임명해 보낸다고 혀서 보류시켜달라는 답신을 보냈어."

"빨리 교체허는 것이 낫지 않을께라우?"

"지달릴 만헌 이유가 있는 겨."

"지가 알면 안 되는 일인게라우?"

"그럴 것까정 읎지. 나는 이미 나대용 군관을 마음에 두고 있다니께."

"워째서 그랍니까요?"

"거북선을 한 척 더 건조혀야 혀."

"쌍봉 선소서 맹글면 되지 않습니까요?"

"거기는 전라 병사 관할이니께 나대용 군관을 보낼 수는 읎지. 내 지시를 받아 거북선을 건조헐라믄 발포로 가야 혀."

"발포에도 선소가 있응께 그러그만요."

"발포 선소가 비밀을 지키기두 좋고 나 군관이 거북선을 한번 건조해봤으니께 맽겨주믄 지대루 맹글겨."

"긍께 거북선 건조 땜시 보내려고 하는그만요."

"그려. 본영 선소 거북선이 완성되고 나면 발포 가장으로 바로 보낼 겨."

송희립은 처음으로 왜 쌍봉 선소에서는 거북선을 건조하지 못하는지를 알았다. 순천부 땅으로서 전라 좌수영 관내에 있지만 쌍봉 선소만은 전라 병사가 관할하고 있기 때문이었다.

다모 승설이 차도구를 가지고 들어왔다. 이순신은 일전에 황진을 만났을 때 마신 차향과 차맛을 기억했다.

"승설차를 또 우려봐라."

"예, 사또 나리."

"구허기 심든 차라구 혔지 않느냐?"

"조계산 선암사에만 나는 것이 아닙니다요. 쉰네는 지리산 쌍계사서도 승설차를 맹근다고 들었습니다요."

"워찌 두 곳에만 있겄느냐? 곡우 전에 딴 찻잎으로 덖은 차라믄 다 승설차가 아니겄느냐?"

"쉰네도 글케 생각하옵니다요."

송희립이 물었다.

"수사 나리, 원래부텀 차를 좋아하신게라우?"

"한양 훈련원에 있을 때 보기만 혔지. 높은 관원들이 아침 일과를 시작하기 전에 다시茶時기 되면 차를 미시더구먼. 차 미시는 방인 다시청서 말이여."

"다시에 차를 마신다고라우?"

"맑은 정신으루다가 일허자구 그런 겨. 오늘은 송 군관두 마셔봐."

"고맙습니다요."

승설이 머뭇거리자 송희립이 다그쳤다.

"뭣허고 있느냐? 언능 마셔뿔자잉."

승설이 찻물을 끓이러 나가자 이순신이 말했다.

"송 군관도 대마도에서 띄우는 세견선을 아는 겨?"

"알지라우."

"근디 말이여, 지난달부텀 부산포에 오지 않는다구 혀."

"임금님께서 주라고 헌 쌀인디도 안 받아간다는 것이지라우?"

"그려. 대마도주 편지에 배를 보냈는디 풍랑을 만나 워디로 간지 모른다고 혀."

"거짓깔이그만요. 맛바람 보드랍게 부는 3월에 무신 풍랑입니까요."

"나도 그려."

"무신 수작을 부리는 거 아니겠습니까?"

"아무래도 왜적덜이 침략을 준비허고 있는 것 같으니께 우덜만이라두 정신을 바짝 채리고 물 샐 틈 읎이 방비혀야 혀."

"수사 나리께서 자꼬 강조허신 말씀이지라우."

"군사 훈련은 하루라두 쉬지 말구 혀. 사부들은 활 쏘구, 화포장덜은 화포를 잘 손질허구 말이여. 진무뿐만 아니라 군관덜찌리도 활쏘기 대회를 시킬 겨."

한편, 이순신의 지시로 좌수영 관내의 섬들은 이미 첨사나 만호의 책임하에 수색을 시작하고 있었다. 가장 먼저 지시를 받은 순천부는 제날짜에 수색을 마치지 못했으므로 가장과 색리, 훈도 등을 문책했다. 사도진은 지난 순시 때처럼 여전히 말썽이었다. 수색하라고 명했지만 첨사 김완은 지시한 섬들을 혼자서 다 수색했다고 공문을 보내왔다. 한나절 만에 내나로도와 외나로도, 대평도와 소평도를 모두 살펴보았다고 하니 믿을 수 없는 일이었다. 외딴섬을 수색하라고 지시한 까닭은 왜적의 척후병이 미리 들어와 위장하고 있을 수도 있기 때문이었다.

승설이 우려 온 차향이 방 안에 퍼져 가득했다. 송희립은 코를 짐승처럼 쿵쿵거리며 차향을 맡았다.

"무신 숭늉 냄새가 나느냐?"

"승설차 차향이옵니다."

승설이 손으로 입을 가리며 웃자 이순신이 말했다.

"차향을 모르기는 송 군관이나 나나 마찬가지여."

이순신이 먼저 차를 마시고 나자, 송희립이 대답했다.

"수사 나리. 지가 고상한 차향을 워찌 알겠습니까요."

"차는 승설이맹키루 마시는 것이니께 송 군관도 한번 찬찬히 마셔봐."

"승설이 차 마시는 꼴을 봉께로 지는 복창 터져불겄그만이라우."

"차향을 코로 맡음서 차는 입으루다가 실실 마시는 겨."

"워메, 깔탁시럽그만이라우."

"고렇게 마셔봐."

"술은 단숨에 확 마셔뿐디 차는 달구새끼 물 묵데끼 찔끔찔끔 마시는그만이라우."

차를 서너 잔 마시고 있을 때였다. 밖에 서 있던 나장 수졸이 수승 성운과 이야기를 주고받는 소리가 들려왔다.

"송 군관이 나가서 안내혀. 승설은 찻물을 새 물루다 떠오구."

"시암물을 길어 오겠습니다요."

동헌방으로 송희립을 따라 들어온 성운이 이순신에게 엎드려 절을 했다. 그런 뒤 합장을 하고 반가부좌로 앉았다.

"심들지유."

"오늘은 자산 망대 축대를 보수허고 있었습니다요."

"벌써 끝났슈?"

"이봉수 군관께서 어차든지 마무리 지을 텐께 동헌으로 언능 가보라고 혀서 왔습니다요."

"참말루 애쓰구 있구먼유."

"수사 나리, 아닙니다요."

"며칠 전에 동헌으로 부른 것두 송구허구유."

"소승의 제자들 허물로 꾸지람을 받았습니다요. 오히려 소승은 고마워허고 있습니다요."

송희립이 의아해하며 물었다.

"시방 고맙다고 혔는디 진심이당가요?"

"하심을 일깨워주셨응께 그라지라우."

"하심이 뭣인디 그란당가요?"

"마음을 내려놓는다는 말이지라우."

이순신이 허리를 곧추세우며 웃었다.

"허허허."

"수사 나리, 그날 소승을 크게 깨우쳐주셨습니다요."

"마음이 무거웠을 것인디 그리 말허니께 헐 말이 읎구먼유."

이순신은 물론이고 송희립과 승설이 놀라운 얼굴로 성운을 바라보았다.

"소승에게 워찌 감정이 없었습니까요? 허나 한 생각 돌이켜 봉께 첫째는 중덜 허물이 컸고, 두 번째는 나를 내려놓지 못하고 있었구나 허는 자책이 들었습니다요. 지를 깨우치게 한 것만으로도 을매나 감사한지 모르겄습니다요."

이순신은 미안한 듯 승설에게 차를 따르라고 말했다.

"다모는 뭣하고 있느냐? 수승께 차를 따르지 않고."

"차까정 대접해주시니 소승의 마음은 통개통개헙니다요."

"수승의 인품이 이렇게 훌륭헌지 몰랐구먼유."

"과찬이옵니다요."

"하심이 좋은 말 같은디 다시 한번 이야기혀줄 수 읎겄슈?"

"마음을 내려놓는다고 말씸드렸습니다만 정확허게 야그허자믄 감정에 휘둘리지 않는다는 뜻이지라우."

"감정을 워치케 내려놓을 수 있다는 건지 말혀봐유."

이순신도 자신의 감정이 불처럼 급하다는 것을 잘 아는 사람이었다. 어느 날은 분노가 치밀어 인행이 걱헤졌고, 또 어떤 때는 사소한 일에 낙심하여 눈물 흘리며 잠 못 들 때가 많았던 것이다.

"수사 나리, 원래 나란 읎는 것입니다요. 다만 감정에 휘둘리는 '거짓 나[假我]'가 있을 뿐입니다요. 감정과 생각에 따라 시시각각 변하는 것을 어찌 '참 나[眞我]'라고 할 수 있겠습니까요?"

"뭣이 감정에 휘둘리지 않는 '참 나'라는 거유?"

"'참 나'는 허공과 같습니다요. 허공과도 같아서 감정과 생각에 걸리는 일이 읎습니다요. 허공이지만 아무것도 읎는 것이 아닙니다요. 공하지만 묘하게 있는 진공묘유가 본래의 나입니다요. 도를 닦는다는 것은 바로 이 도리를 깨닫는다는 것입니다요."

송희립은 머리가 무거운 듯 슬그머니 동헌방을 나가버렸다. 그러나 이순신은 알 듯 모를 듯한 성운의 이야기에 깊이 빠져들었다.

"절집에서 우두커니 앉아서 수련허는 선이란 뭣이유?"

"목숨을 던지는 수련이옵니다요. 오늘이 마지막인 듯 살기 위해서 허는 것입니다요. 그렇께 선은 중덜만 허는 것이 아니라 목숨을 던지듯 사는 사람이면 다 선을 하는 사람입니다요."

"장수가 싸우다 죽는 것도 선이란 말이유?"

"그렇습니다요. 장수가 목숨을 던져놓고 싸우다 죽는 것도 선이요, 선비가 자나 깨나 글을 읽다 죽는 것도 선이요, 배고픈 풍각쟁이가 밥 한 술 얻어묵으려고 노래 부르다 죽는 것도 선이요, 기생이 사랑허는 사람 앞에서 춤추다 죽는 것도 선이요, 좌수영에 불려 온 중들이 정성들여 성을 쌓다 죽는 일도 선입니다요."

"수승께서는 워째서 죽는다는 말만 허는 거유?"

"삶과 죽음은 하나입니다요. 목숨을 던져놓고 사는 사람은 죽음이 곧 삶이니 죽어도 후회허는 일이 읎습니다요. 여한이 없으니께 그렇습니다요."

이순신은 자신도 모르게 무릎을 쳤다. 항상 패처럼 마음에 걸어둔 생각 하나가 새삼 가슴을 적셨다. 장수란 싸우다 이기고 죽는 것이 운명이라고 생각해왔는데, 바로 의승청의 수승 성운이 하는 이야기와 똑같았기 때문이었다.

"중덜 생각이 다 수승과 같은 것인지 궁금하구먼유."

"전라도에는 소승보다 뛰어난 고승이 많습니다요. 흥양에 의능 스님, 순천에 삼혜 스님이 계십니다요. 수사 나리의 군사덜이 고승덜 법문을 듣는다면 죽음을 무서와허지 않을 것이 틀림읎습니다요."

이순신은 성운에게 술을 권하듯 직접 차를 따라주었다. 그러자 성운이 감읍하여 말했다.

"차향이 수사 나리 마음 같이 향기롭습니다요."

"나는 전선에 수승 같은 승장을 태워 부하덜에게 삶과 죽음이 하나라는 것을 말허게 할 것이구먼유."

"그리허신다믄 분명코 수사 나리의 군사는 강군이 될 것입니다요."

"수승께서는 번잡헌 의승청이 불편허니께 일이 읎을 때는 절로 돌아가는 것이 어떠겄슈?"

그러나 수승 성운은 이순신의 호의를 거절했다. 본래 집을 떠난 사람이므로 절이나 의승청이나 어디에 있건 상관없다고 했다. 자신이 숨 쉬고 있는 자리가 절이라고도 말했다. 의승 수군의 장점이 있다면 바로 그것이었다. 처자식이 있는 수군과 달리 고향이나 속가 등에 미련을 두지 않고, 있는 그 자리에서 자신이 할 일을 피하지 않았다.

샛바람

 닷새 전이었다. 이순신은 유성룡이 보내온 『증손전수방략增損戰守方略』의 내용을 군관과 진무들이 숙지하도록 정걸에게 지시했다. 군관과 진무는 수군의 핵심 전력이기 때문에 반드시 그들이 알고 있어야 했던 것이다. 군사 조직의 허리와 같은 군관과 진무를 훈련시키지 못한 군대는 오합지졸일 뿐이었다. 장군의 명령은 군관과 진무를 통해서만 군사 조직의 수족과도 같은 수졸들에게 전해졌다. 이순신이 군관과 진무들에게 『증손전수방략』의 내용을 이해시키고, 활쏘기를 강조하는 것은 누구보다도 그들이 강해야 한다는 평소의 소신 때문이었다.

 어제 전선감조군관 나대용에게서 보고를 받은 이순신은 자못 비장한 얼굴로 동문을 나섰다. 작년 가을부터 건조하기 시작한 거북선을 비로소 완성했다는 보고였다. 흥양 순시를 나갔다가 돌아오는 길에 확인했던 방답 선소의 거북선도 며칠 안에 건조될 터였다. 두 선소의 조선장造船將이 서로 경쟁하듯 거북선을 만들어왔던 것이다. 이순신이 수군의 전력과 방비에 있어서 비밀리에 진행해온 것은 거북선 건조와 철쇄 설치였다. 특히 이순신은 두 척의 거북선 건조에 심혈을 기울였다. 방답진의 군기가 마음에 들지 않았지만 거북선이 예상대로 모습을 드러내가는 것을 점검하고는 첨사를 문책하지 않았을 정도였다.

이틀 동안 궂은비가 내린 이후 3일 간 맑은 날씨가 이어지고 있었다. 축축한 남풍이 부는 것으로 보아 내일 다시 흐리거나 비가 내릴 것 같았다. 거북선을 진수進水하려면 맑은 날씨인 오늘이 적기였다. 거북선을 바닷물에 띄우는 진수 역시 극비였다. 본영의 몇몇 군관에게만 알려주었다. 또한, 본영 선소에서는 함포사격을 할 수 없으므로 거북선을 진수해본 뒤에는 선소 맞은편의 두산도 진으로 옮겨놓는 작전도 비밀이었다.

본영 선소는 소포에 있었다. 소포란 '여울목'을 뜻했다. 실제로 소포의 바나 밑에는 거대한 웅덩이가 있어서 썰물 때는 쏴아 하는 소리를 내며 소용돌이쳤다. 선소에는 조방장 정걸, 군관 나대용과 이봉수 그리고 격군들만 대기하고 있었다. 비밀리에 진수해야 했으므로 선소에 출입하는 수군을 제한했다. 나대용이 앞장서서 거북선에 오르며 보고했다. 두 개의 돛대를 세운 거북선은 철판을 두른 철갑선이었다. 물에 잠기는 1층에는 창고와 부엌, 침실 등이 있고, 2층에는 선장실과 격군들이 젓는 노가 좌우로 정렬돼 있으며 전투 공간인 3층에는 화포들이 밖을 향해 놓여 있었다. 물론 거북선 머리인 용두를 드나드는 작은 화포도

장착돼 있었다. 거북선 안을 한 바퀴 돌아본 뒤 정걸이 말했다.

"진수를 헐라믄 수군덜 사열도 받고, 무당굿도 하고, 중덜이 목탁 치고 염불혀야 하는디 워째서 요로코롬 조용하당가요?"

"조방장님은 거북선 건조가 비밀이라는 것을 아직도 모르슈."

"지난 일을 생각헌께 아숩그만이라우. 지는 거북선만 보믄 늦둥이 자석을 본 거멩키로 가심이 벌렁벌렁해라우."

"고생헌 사람덜을 우해서두 세상에 지대루 알리는 날이 있을 것이구먼유."

이순신은 머잖은 날에 거북선을 전격적으로 공개하려는 계획을 갖고 있었다. 그때는 전라 감사는 물론 오관 오포의 수장과 군사, 그리고 양민들을 모두 불러놓고 거북선의 위용을 과시하고 싶었다. 그래야만 왜적이 쳐들어와도 수군과 백성들이 두려움을 갖지 않을 것 같아서였다. 사기를 고취시키기 위한 일종의 심리전이었다.

바다의 수세水勢에 익숙한 이봉수가 말했다.

"수사 나리, 시방 부는 바람은 마파람이 아니라 샛바람입니다요."

"샛바람이니께 진수는 신중혀야 혀. 잠잠해질 때까정 좀 지달려볼 겨."

"새로 맹근 밴께 샛바람에 띄우지 않는 것이 좋지라우."

"맑은 날이 많으니께 서둘 건 읎지유."

이순신의 말에 정걸이 다시 말했다.

"잡귀는 샛바람을 타고 들어온다니께 애기 난 집멩키로 금줄이라도 쳐뺀져야 허겠습니다요."

이봉수가 맞장구를 쳤다.

"잡귀란 왜놈덜이 아닐께라우? 왜놈덜 땅이 동쪽에 있응께 샛바람조차 기분 나쁜 것이지라우."

세 사람 모두 어디서부터 연유한 속설인지는 몰라도 동풍을 경계했다. 그러나 동풍은 누그러지기는커녕 점점 더 매섭게 불었다. 정걸이 걱정스럽게 말했다.

"수사 나리, 시방 진수헐라믄 쪼깐 늦어분 것 같은디요잉."

"동헌에서 오전 일찍 나섰으야 혔는디 군기물을 점고허느라구 늦었구먼유."

이순신은 때를 놓쳤다며 아쉬워했다. 아침에는 남풍인 마파람이 불었는데 오후가 되어서는 샛바람인 동풍으로 바뀌어 불고 있었다. 게다가 바뀐 물때는 썰물이었다. 물이 빠져나가버리면 진수는 불가능했다.

"이 군관, 요즘 성소 때는 어느 시각인감?"

"새복 묘시 이후가 정조지라우."

묘시란 동 트기 바로 전 시각이었다. 그렇다면 앞으로 진수가 적합한 시기는 보름이 지난 날이었다. 물론 그날도 묘시가 좋고 동풍도 불지 않아야 했다. 계산해보니 3월 27일이 수세가 가장 얌전한 순조順潮의 시기였다. 이순신은 나대용에게 지시했다.

"3월 27일에는 반다시 진수할 겨."

"알겄습니다요."

"이 군관, 두산도 진은 워쩐감?"

샛바람

"철쇄를 설치헌 두산도 진은 썰물 때도 본영 선소와 달리 물이 거슬러 오르는 곳인게 아무 시각이나 거북선을 띄울 수 있습니다요."

"나 군관, 거북선을 진수헌 뒤에는 두산도 진으로 옮길 테니께 준비혀."

세 사람은 본영 선소를 떠났다. 말을 타고 앞에 가던 이순신이 선창에 들르자고 말했다.

"선창에 있는 경강선을 점고할 겨."

경강선京江船은 한양 한강에 근거를 두고 세곡을 실어 나르는 배였다. 연말에 경강선이 뜰 때는 임금에게 진상하는 세물을 미리 보낸 적도 있었다. 선창은 선소에서 동문으로 가는 길의 중간쯤에 있었다. 철쇄를 횡설한 지점에 이르러 이순신이 또 말했다.

"철쇄는 아무 이상이 읎는 겨?"

"설치헌 지 엿새가 지났는디 아적까정은 탈이 읎습니다요."

"철쇄가 소포 물살에 견디는지 잘 경계혀."

"썰물 때마다 가서 살펴보고 있습니다요."

철쇄를 횡설한 소포 물목은 폭이 어른 걸음으로 이백여 보밖에 되지 않았다. 본영 앞바다에 철쇄를 설치할 최적의 장소는 소포 물목과 두산도와 장군도 사이의 물목뿐이었다. 그러나 두산도와 장군도 사이에는 이미 돌로 수중성이 축조돼 있었다. 현재는 돌들이 빠른 조류 탓에 여기저기 허물어진 상태지만 그래도 일부 돌무더기는 암초와 같은 역할을 하고 있었다. 이순신은 흥양 순시를 마치고 방답진 선소에 들른 뒤 장군도로 협선을 타고 가서 썰물 때까지 기다렸다가 직접 수중성을 확인했던 것이다.

원래 장군도 이름은 경도鯨島, 즉 고래섬이었다. 물 위에 뜬 고래 모습이어서 풍수지리상 좌수영과 북봉을 해친다 하여 여수 사람들이 정상에 참경대를 조성한 섬이었다. 참경대란 말 그대로 고래를 베어 없앤다는 뜻이었다. 어느 때부터인가 여수 사람들은 갑자기 바닷속에서 나타나는 고래를 노략질하는 왜구로 상상했던 것이다.

고래섬으로 불리던 경도가 장군도로 바뀐 것은 연산군 3년(1497) 이후의 일이었다. 전라 좌수사로 부임해 온 이량 장군이 왜구를 막기 위해 수중성을 조성한 뒤부터 섬 이름이 장군도로 바뀌었다. 여수 사람들은 두산도가 보이는 장군도 해변에 장군성이라 쓰인 비를 세워 수중성의 축성을 기렸다. 어쨌든 바닷속에 수중성을 쌓은 뒤부터는 왜구들이 함부로 침범하지 못했다. 수중성이 암초 역할을 하여 왜구 배들이 센 물살을 타고 들어오다가 부딪쳐 좌초되곤 했기 때문이었다.

"이 군관, 두산도와 장군도 사이의 수중성을 봤는감?"

"여수 사람덜은 다 알지라우."

"우덜이 철쇄를 설치혔는디 사실은 이량 장군의 수중성이 장애물 방비로는 최초인 겨."

"그라고 봉께 100년 전의 일입니다요."

"수중성 돌이 많이 허물어졌던디 다시 쌓는 것이 좋지 않을까?"

그러자 정걸이 반대했다.

"왜적덜이 다 아니께 그리로는 오지 않을 겁니다요. 온다면 개이도를 돌아서 침범허지 않을께라우?"

 정걸의 판단은 옳았다. 이량이 수중성을 쌓은 지 100여 년 전의 일이었으므로 왜적들도 이미 수중성의 위치를 다 알고 있었다. 실제로 최근 수년 동안 두산도와 장군도 사이로 침범해 온 왜적은 없었다. 세 사람은 선창으로 향했다. 좁은 바닷가 비탈길을 말이 또각또각 발굽 소리를 내며 나아갔다. 앞서 가던 이순신이 뒤를 돌아보며 또 말했다.

 "정 조방장님, 유 대감이 보내온 방략을 군관덜에게 잘 숙지시켰지유?"

 "한 번은 군관덜, 또 한 번은 진무덜에게 야그혔그만이라우."

 "유 대감께서 수전, 육전, 화공전 등의 전술을 낱낱이 쓴 것인디 참말루 만고에 훌륭헌 방략이드구먼유."

 "임금님을 모시는 대감이신디 싸우는 방략을 우리 같은 무장보담 훨씬 많이 아시드랑께요."

 이순신은 잠시 상념에 잠겼다. 장군도에 장군성 비가 세워진 때는 연산군 4년(1498)으로 자신이 태어나기 47년 전이었다. 뿐만 아니라 기묘하게도 지금의 시기 역시 자신이 태어난 해로부터 47년이 되는 임진년이었다. 이순신은 자신도 모르게 마음속으로 중얼거렸다.

 '장군도 비는 말이여, 장군이 출현허기를 바라는 여수 사람덜의 염원이 담겨 있는 것은 아닌감.'

 이순신은 밑도 끝도 없는 기이한 인연을 느끼면서 도리질을 했다. 이순신은 선창에 묶여 있는 경강선을 보면서 현실로 돌아왔다. 분명한 것은 비를 세운 100여 년 전이나 지금이나 왜적을 물리쳐달라는 여수 사람들의 바람이 한결같다는 사실이었다.
 굴강 안의 바다는 거세진 동풍과 상관없이 순했다. 말을 타고 왔던 세 사람은 선창에서 멈추었다. 이봉수가 먼저 내려가 경강선을 지키고 있던 선장을 불렀다.
 "사또 나리시다."
 "이 군관, 어쩐 일이오?"
 "사또께서 점고를 나오셨그만."
 세 사람은 경강선에 올라 불어오는 동풍에 등을 돌렸다. 철쇄를 횡설한 소포 물목에 파도가 너울거리고 있었다. 이순신이 경강선에 오른 것은 점고하기 위한 이유도 있었지만 그보다는 썰물의 흐름을 직접 보기 위해서였다. 소포 물목을 통과하는 썰물은 오동도 쪽으로 세차게 빠져나가고 있었다. 그제야 철쇄를 이은 기둥들이 듬성듬성 보였다.

 이틀 후. 이순신은 직속상관인 순찰사 이광이 순천에 왔다는 전갈을 받고는 즉시 떠날 준비를 했다. 때마침 어제, 순찰사가 거북선의 진수 문제를 묻는 편지를 보내왔던 것이다. 이순신은 답장하지 않고 직접 만나서 보고할 참이었다. 작년 가을부터 거북선 건조의 진행 과정을 전라 감사이자 순찰사인 이광에게만은 낱낱이 보고해왔던 것이다.
 어두운 새벽이었다. 이순신은 방문을 열고 나가 마루에 섰다. 나뭇잎을 때리는 빗소리와 낙숫물 소리가 신경을 곤두서게 했다. 어두운 밤이나 새벽에는 눈보다는 귀가 먼저 내리는 비를 알아차렸다. 이순신은 토방을 내려와서 두 손을 내밀고는 비의 기세를 확인했다. 봄비가 장맛비처럼 쏟아지고 있었다. 장대비는 이순신을 난감하게 했다. 그러나 논에 물을 대고 밭에 씨를 뿌려야 할 농부들에게는 약비였다. 망설이던 이순신은 동헌을 지키는 숙직 나장을 불러 지시했다.

"말 두 필을 준비혀."

"어느 분을 부를께라우?"

"송 군관."

"예, 사또 나리."

빗줄기는 신우대처럼 낭창낭창 바람에 휘어지며 내렸다. 이순신은 외벽에 걸어둔 도롱이를 내려 걸쳤다. 송희립이 잠이 덜 깬 모습으로 나타났다.

"수사 나리, 이른 새복에 워디로 가신당가요?"

"순찰사 어른이 왔다지 않은감."

"뭣 땜시로 자꼬 온당가요?"

"거북선 진수가 늦어졌으니께 보고혀야지."

송희립은 순찰사에게 불만이 좀 있었다. 권준을 이순신 휘하의 중위장으로 임명했다가 지난달 말일에 다시 순찰사 휘하의 부사로 되돌려놓았던 것이다. 이는 전라 좌수영 전력을 약화시키는 인사였다. 송희립은 그날 이순신이 탄식하는 소리를 잊지 못했다. 그러나 이순신은 곧 순찰사의 명을 받아들였다. 권준이 중위장이든 부사이든 상관없었다. 전투 상황이 발생하면 순찰사의 허락하에 자신이 순천 부사를 지휘할 수 있었다.

"우리 감사는 양반이여. 저쪽은 시끄럽잖혀."

저쪽이란 경상도를 말했다. 아직도 경상 감사는 사역을 지나치게 시키어 사대부와 양민들에게 환영받지 못하는 김수였다. 선조는 김수를 견제하기 위해 경상 우병사로 강직한 성품의 김성일을 보내기까지 했지만 경상도 선비들과 농사짓는 양민들의 불만은 끊이지 않았다.

"순찰사 나리허고는 통허는 것이 있지라우?"

"일찍이 나를 알아준 분이라니께."

"수사 나리께서 일 읎을 때 조방장으로 발탁헌 거 말이지라우?"

"기여."

"고거야 나리께서 능력이 출중헌께 그란 것이지라우."

"아녀. 나도 허물이 많은 사람이여."

"무신 허물이 있다고 그랍니까요?"

"지휘관은 엄부자모뎅기두 아버지같이 엄히디기두 어머니같이 자애로와야 허는디 나는 그라지 못혀."

"지헌테는 참말로 잘혀주시는디요잉."

"세상의 어머니를 보믄 나는 택도 읎어. 때로는 바다와 같이 깊고 넓은 어머니를 닮아야 허는디 말이여."

이순신이 송희립에게 보통 사람으로 보일 때는 바로 이런 순간이었다. 어머니 변 씨 부인을 생각하거나 말할 때의 이순신은 농촌 마을에 사는 중늙은이나 서원에서 책을 읽는 백면서생 같았다. 어머니를 봉양하고 믿고 의지하는 모습이 그들과 똑같았던 것이다. 이순신은 바쁜 공무 중에도 어머니 변 씨 부인의 안부가 걱정되어 아산으로 보낸 나장이 하루라도 빨리 돌아오기를 기다리곤 했다.

비는 여전히 억새줄기 같은 굵은 빗발이 되어 퍼부었다. 이순신과 송희립은 기세가 누그러질 때까지 기다릴 수 없었으므로 말을 타고 남문을 빠져나갔다. 순천부 선소 방향으로 난 오솔길로 들어섰다. 도롱이를 걸쳤지만 속옷까지 금세 젖었다. 자드락길이 빗물에 군데군데 무너져 있었다. 말이 더욱 힘들어했다.

"수사 나리, 낼로 미루시믄 안 됩니까요?"

"시방 가야 헐 사정이 있다니게."

"비가 겁나게 내려분께 그라지라우."

순천부 선소를 지나 채석장이 있는 선생원에 이르러서는 움막으로 들어가 비를 피하지 않을 수 없었다. 눈앞을 분간하지 못할 정도로 비가 쏟아질뿐더러 지친 말에게 꼴을 먹여야 했다. 석수들이 임시로 기거하는 움막 안은 퀴퀴한 곰팡이 냄새가 났다. 초가지붕이 썩어 천장에서는 빗방울이 한두 방울씩 떨어지고 있었다. 사용하지 않는 아궁이는 빗물에 젖어 축축했다.

"수사 나리, 불을 피워불라요. 옷을 말려야지라우."

"그럴 시간 읎네. 말이 배만 차믄 얼릉 떠나야 혀."

이순신은 도롱이를 벗고 바지저고리를 벗어 송희립과 함께 비틀어 짰다. 물에 젖은 빨래처럼 빗물이 줄줄 흘렀다.

"송 군관도 나맹키루 혀."

"지는 안 헐랍니다요. 나서믄 금시 젖어뻔질 틴디 심 쓸 거 읎습니다요."

"길이 아니라 물길이구먼."

"워메! 큰일 나겄습니다요."

순천부 외곽에 이르자 도랑을 넘쳐난 빗물이 길을 덮어버린 채 도도하게 흐르고 있었다. 붉은 흙탕물이 말의 가슴팍까지 차올랐다.

"여그서부텀 지가 앞서겄습니다요."

"불어난 물이 석 자는 되겄는디 조심혀."

"도랑에 빠져뻔지믄 물살에 궁글다가 저그 바다 우에서나 뜨겄습니다요."

"그러니께 바다구신 되지 말구 잘 살펴야 써."

폭우로 물구덩이가 된 외곽 길을 빠져나온 이순신과 송희립은 순천부 성 남문 앞에서 또 한 번 콸콸 소리치며 흐르는 옥천을 건너야 했다. 깃대봉에서 발원하여 동천과 합수한 옥천은 곧 범람할 듯 넘실거렸다. 홍교를 가까스로 지나 남문을 들어서니 정면으로 북문 밑 객사가 보였다. 아마도 순찰사는 객사에 머물고 있을 터였다. 남문을 지키던 수문장이 뛰어가 보고했는지 순찰사와 순천 부사가 도롱이 차림으로 나와 맞이했다.

비를 무릅쓰고 달려온 이순신을 만난 순찰사 이광이 미안한 얼굴로 말했다.

"이 수사, 좌수영에서 오는 길이오?"

"긴히 보고헐 것이 있어 왔구먼유."

"옷이나 갈아입고 얘기하시오."

샛바람 227

그러자 순천 부사 권준이 군관에게 지시했다. 순천성은 거의 원형에 가까웠고 서문과 북문, 동문 뒤쪽으로 옥녀봉과 난봉산 그리고 삼산과 봉화산에서 내려온 크고 작은 산자락들이 에워싸고 있었다. 새 옷으로 바꿔 입은 이순신은 이광을 따라 객사 익실로 들어갔다. 방에 앉자마자 이순신이 먼저 말했다.

"순찰사 나리, 철쇄 횡설부팀 보고드리겄슈."

"말해보시오."

"철쇄는 본영 선소가 있는 소포에서 두산도까지 이미 설치혔지유. 며칠 동안 관찰혔는디 아무 이상이 읎슈."

"거북선 진수는 어찌 되었소?"

"이달 열이튿날 진수헐라구 혔는디 샛바람이 불구 물때를 놓쳐 보름 뒤루 미뤘지유."

"보름 뒤라면 이달 하순이 아니오?"

"3월 스무이레지유. 묘시에 정조가 되니께 진수허기에 좋을 것이구먼유."

"이번에 실패했으니 다음번에는 잘해야 하오."

"진수는 물론이구 함포 사격두 헐 것이니께 순찰사 나리께서 오신다면 더욱 영광이겄구먼유."

"공무로 가지 못한다면 군관이라도 반드시 보내겠소."

"감사허구먼유. 또 한 가지 더 보고드릴 것이 있지유."

"무엇이오?"

"본영 선소에서 건조헌 거북선 외에 방답진 선소에서도 별제를 하고 있었구먼유. 본의 아니게 보고드리지 못혔지유."

"하하하. 방답진 거북선도 진즉 보고하지 그랬소? 그랬다면 돛베를 더 보냈을 텐데 말이오."

이순신은 이광의 너털웃음에 체증이 내려간 듯 상쾌했다. 『경국대전』의 병전兵典대로 한다면 이순신은 법을 어기고 있는 셈이었던 것이다. 수사는 순찰사의 지시를 받아 전선을 건조하도록 돼 있었다. 더불어 매년 말에 전선의 수를 병조에 보고하고 병조는 또 임금에게 아뢰도록 명문화돼 있었다. 뿐만 아니었다. 매달 보름과 그믐에는 배에 연기를 쐬어 전선을 보호해야 하는데 이는 조선 수군만의 전통이었다. 물론 배의 수리도 8년 혹은 6년마다 반드시 수리하도록 병전 조선법造船法에 나와 있었다.

"비밀리에 군사를 부리는 일이라 허락받지 못헐 것 같으니께 말씀드리지 않았구먼유."

순찰사가 지난 2월 8일 본영 선소의 거북선 돛대에 달 돛베 스물아홉 필을 보내준 것만도 이순신은 고맙기 그지없었다. 자신의 일을 격려하고 도움을 주는 순찰사가 고마워 돛베를 동헌의 탁자 위에 올려두고 군관들과 술잔을 올리는 봉헌례까지 지냈던 것이다. 그런데 순찰사는 흔쾌하게 방답진 거북선의 돛베도 보내줄 것을 약속했다.

"걱정하지 마시오. 곧 돛베를 더 보내주겠소."

"순찰사 나리, 멸사봉공허겠습니다."

"헌데 두 거북선은 판옥선을 개조한 것이 아니라 새로 만든 전선이지요?"

"나대용 군관 책임하에 설계대루다가 새로 맹글었지유."

이순신과 이광은 밤이 깊은 줄 모르고 정담을 나누며 회포를 풀었다. 다음 날 순찰사는 좌수영으로 돌아가려는 이순신을 가랑비를 탓하며 놓아주지 않았다. 할 수 없이 이순신은 누각에 올라 순천부 군관들이 편을 갈라 활 쏘는 시합을 보면서 하루를 보냈다. 그런데 군관들의 활솜씨는 시원찮았다. 샛바람이 강하게 불었으므로 화살은 과녁을 벗어나곤 했다. 다음 날도 이순신은 순천부를 떠나지 못했다. 이번에는 순천 부사가 동문 밖 환선정에서 순찰사와 이순신을 위해 술자리를 베풀었던 것이다.

꿈

 먼동이 트기 직전이었다. 아직은 컴컴한 어둠이 농밀했다. 내아 방 밖으로 신음 소리가 흘러나왔다. 굵은 저음의 소리는 사내의 신음 소리였다. 신음 소리는 으으으으 길게 이어지기도 하고 단말마처럼 짧게 끊어지기도 했다. 숙직 나장은 발소리를 죽이며 빙 앞으로 가만가만 다가갔다. 함부로 활보하지 못하는 내아였다. 토방에 놓인 신발은 이순신의 것이 분명했다.
 순간 숙직 나장은 가슴이 철렁 내려앉았다. 어제 오후까지만 해도 남문 앞 활터에서 활을 15순이나 쏘고 정걸 수하의 조방군을 점고했던 이순신이 밖으로 들릴 만큼 신음 소리를 내고 있다니 믿어지지 않았다. 조방군 점고는 성 밖에 사는 토병과 양민들로 조직돼 있기 때문에 오후 늦게까지 이어지기는 했다. 정규 수군과는 달리 점고 시간이 지체되었던 것이다.
 숙직 나장은 고개를 절레절레 저었다. 그러고 보니 밤새 신음

소리가 났던 것도 같았다. 성 북봉에서 들려오는 고라니 울음소리겠거니 하고 귀를 기울이지 않았다. 봄철만 되면 목이 쉰 소리 같은 고라니 울음소리가 간헐적으로 들려왔기 때문이었다. 놀란 숙직 나장은 송희립이 자는 군관청으로 종종걸음을 했다.

"송 군관님."

"누구여?"

"큰일 났습니다요."

"무신 일인디 새복부텀 난리당가?"

"군관님, 사또께서 겁나게 아프시당께요."

송희립이 옷을 주섬주섬 입고 나와 말했다.

"그라믄 의관을 몬차 찾아야제 나보고 워째란 말이여."

"의관이 워디 있는디요?"

"알았다, 이놈아."

"으메, 어쩌께라우."

송희립은 숙직 나장이 미덥지 못해서 혀를 찼다. 의관이 자는 곳은 색리들이 사용하는 이청의 큰방이었다. 뜸 뜨는 도구들과 침을 보관하는 장과 약재가 든 약장 및 약봉지들을 주렁주렁 걸어놔야 했으므로 큰방을 내주었던 것이다.

"의관!"

송희립이 큰 소리를 지르자 의관은 물론 색리들이 자는 방의 불도 켜졌다. 의관이 저고리를 대충 걸치고서 미처 다 입지 못한 바지춤을 한 손으로 잡고 나왔다.

"수사 나리 방으로 싸게 오더라고잉."

"예."

"수사 나리께서 급헝께."

멀리 놀이 보이고 있었다. 소포 쪽 하늘부터 먼동이 트고 있었다. 푸나무들이 푸르스름한 빛을 띠며 드러났다. 송희립은 내아로 가던 중에 어디를 다녀오는지 단아한 차림으로 오고 있는 승설과 마주쳤다.

"승설이가 아니냐?"

"예, 군관님. 의승청에 다녀오는 길입니다요."

"이른 새복에 으째서 의승청을 다니는 것이냐?"

"새복 예불을 다니고 있지라우."

"사또께서 겁나게 편찮으신 모양인디 따땃헌 차는 워쩌겠냐?"

"알았습니다요."

"의관을 불렀응께 바로 오너라."

송희립은 더 묻지 않고 내아로 올라갔다. 송희립은 이순신이 또 체했을 거라고 생각했다. 겨무 끝에는 반드시 복통을 앓곤 했던 것이다. 복통이 없는 날은 체증으로 시달렸다. 술로 풀어보았지만 그때뿐이었다. 먹은 음식을 시원하게 소화시키지 못했다. 늘 속이 더부룩하고 메스껍다고 말했다.

그러고 보니 지난해부터의 일과는 순시와 방비, 훈련 등 강행군이었다. 거북선 건조나 철쇄 설치도 신경을 곤두세우게 하는 비밀 작전이었다. 이순신을 보좌해왔던 송희립 자신도 며칠 전에 지독한 몸살로 드러누웠다가 나흘 만에 겨우 일어났던 것이다.

"나리, 워디가 편찮으시당가요?"

"희립인 겨?"

"워메, 참말로 으째야 쓰까잉."

송희립은 깜짝 놀랐다. 이순신이 배를 움켜쥔 채 가느다란 신음을 뱉어내고 있었다. 오한이 드는지 새우처럼 자꾸 몸을 웅크렸다. 이불은 발밑으로 밀려나 있었다. 송희립은 이불을 끌어당겨 이순신의 목까지 덮었다. 그러나 이순신은 답답한 듯 이불을 밀어냈다. 이윽고 의관이 들어와 맥을 짚어보고는 말했다.

"위장이 겁나게 약허시그만이라우."

"시방 으째야 심을 내시겄는가?"

"침을 맞으시믄 당장 효과는 있지라우. 근디 원체 위장이 안 좋으시그만요. 많이 약해라우. 매실을 장복허셔야겄는디 구해야 허겄그만이라우. 지헌테는 쬐깐밖에 읎어라우."

"얼릉 침을 놓으시게."

"침이 효과는 빠른디 사람 기운을 빼분께 조심스럽지라우."

"심을 내시게 얼릉 놓으란 말이여."

"예."

"매실도 가져오고잉."

의관이 이순신의 팔다리와 배에 침을 놓았다. 침술의 반응은 생각보다 빨랐다. 이순신이 눈꺼풀을 힘겹게 움직이더니 눈을 떴다. 자신의 의지로 눈을 떴지만 눈동자는 힘을 잃은 채 어디를 보고 있는지 알 수 없었다. 그래도 송희립은 안도했다.

"수사 나리, 큰일 날 뻔했당께요."

이순신이 모기만 한 소리로 말했다.

"놀랠 거 읎어."

이순신의 입술은 바싹 말라 있었다. 더 말할 기운이 없는지 고개도 돌려버렸다. 의관이 매실을 가지러 간 사이에 승설이 찻주전자를 들고 들어왔다.

"스님덜이 속이 더부룩헐 때 마시는 발효차입니다요."

"속이라믄 위장을 말허느냐?"

"예."

"사또께서 목이 타는 것 같다. 차를 따라봐라."

이순신이 가까스로 눈을 다시 떴다. 송희립의 부축을 받으며 일어나 벽에 기댔다. 눈빛을 잃어버린 것 같았던 눈동자도 되살아났다.

"승설인 겨?"

"지가 불렀지라우."

"나리, 발효차입니다요. 속이 불편헐 때 마시는 참니다요."

승설이 사발에 황토 빛깔의 차를 따라 이순신에게 내밀었다. 그러자 이순신이 단숨에 마시고 난 뒤 말했다.

"목이 탔는디 시원햐."

"더 마시지라우."

송희립이 권했지만 이순신은 고개를 저었다. 다시 누울 때는 혼자 움직였다.

"인자 넌 가보거라."

"내아에 있다가 죽도 끓이고 차도 준비허겄습니다요."

"고로코롬 허든지."

승설이 나가고 나자 이순신의 상태를 살피면서 송희립이 말했다.

"나리, 으쩐당가요?"

"속은 쪼깐 편해졌는디 심이 읎어."

"밤새 고상허셨는디 그라시겄지라우."

"죽을 뻔했어."

"피곤허신께 어저께는 쉬셨어야지라우. 활도 엄청 쐈그만이라우."

어제 활터에서 쏜 화살이 열다섯 순이니까 화살 개수로는 일흔다섯 발이었다. 평소에는 열 순을 쏘곤 했는데 최근에 지친 몸을 감안한다면 지나친 습사였다. 몸이 힘들 때는 정신력도 떨어지기 마련이었다. 며칠 전에도 그랬다. 열 순을 쐈는데 다섯 순의 스물다섯 발을 다 맞혔고, 두 순은 네 발씩만 맞혔고, 세 순은 세 발씩밖에 명중시키지 못했다. 체력이 떨어지니 명중률도 눈에 띄게 낮아졌다. 그런데도 어제 활터로 나가 체력이 바닥난 상태에서 화살 일흔다섯 발을 쏘고, 조방군 점고를 오후 늦게까지 했으니 병이 날 수밖에 없었다.

"요새 더 무리를 혔지라우."

"나야 활은 달고 사는 사람이 아닌감."

"조방군을 불러서 점고까정 혔으니 병이 날 수밖에 읎지라우."

"조방군도 강해야 혀. 그래야 정규 수군이 후방을 믿고 잘 싸우는 겨."

정규 수군이 출진했을 때 조방군은 예비군으로서 본영을 방어한다. 이때 대개 한양에서 내려온 경장 즉 조방장이 조방군을 지휘했다. 이순신이 갑자기 조방군을 점고한 것은 방비 감각에 따른 것이었다. 머잖아 전투가 있을 것 같은 예감이 들어 본영 밖에 있는 조방군 병사를 불러들여 점검했던 것이다.

매실을 가져온 의관이 침을 뽑고 물러갔다. 이순신은 속이 허한지 발효차를 한 사발 더 마셨다.

"식었응께 따땃허게 다시 끓일께라우?"

"아녀. 식은 것이 마시기가 좋아."

"매실은 진지를 드시고 드시지라우."

"그려. 의관 말을 들으야지."

"심을 내실라믄 죽이라도 드셔야지라우. 내아에서 초설이가 죽을 끓일 것입니다요."

이순신은 술 마시듯 발효차를 단숨에 다 들이켰다. 그러더니 송희립에게 말했다.

"난 원래 위장이 안 좋아."

"점고다, 방비다, 뭐다 해서 강행군했지라우. 바우라도 못 견디지라우."

"그란 겨?"

"지도 메칠 전에 나흘 동안 뻗어부렀당께요."

"워치케 아픈 겨? 나 따라댕기다가 그랬구먼."

"아이고, 지야말로 머리털 나고 첨으로 자빠져부렀당께요. 지는 몸치가 났어라우. 다리가 후들후들 떨리고 사지가 가시로 콕콕 찌른 것맹키로 아픈디 참말로 요로코롬 가는갑다 허는 생각이 들더랑께요."

"나 땜시 심들었구먼."

"무신 말씸을 고로코롬 헌다요. 지가 원해서 따라댕긴 것인디요잉."

"사서 고생허는 겨."

"그라믄 나리께서는 사서 고상헌다는 말씸이시당가요?"

"고건 아녀. 내가 원헌 겨."

"원래는 문과 급제 허실라고 공부허셨다고 말씸하셨지라우?"

"장가들기 전에는 공부헐라구 아산에서 한양을 오르락내리락 했지."

한양에 연고가 있는 이순신은 문과 급제를 위해 공부했다. 이순신의 증조부 이거는 성종 때 동궁의 시강관에 이어 연산군 때는 병조 참의에 올랐고, 조부 이백록은 중종 때 평서시 봉사를 지내다가 기묘사화에 연루되어 고초를 당했다. 그런 이유로 아버지 이정은 아예 관직의 뜻을 버리고 평민으로 살았다. 그러나 이순신은 아버지와 달리 문관 벼슬에 대한 꿈이 컸다. 가문을 빛냈던 증조부와 조부를 흠모했기 때문이었다.

이순신은 아산에 살면서도 십 대 후반 때는 농한기를 기다렸다가 형과 함께 한양으로 올라가 서원과 서당을 찾아다니며 유서를 사숙했다. 그런데 예전에 살던 건천동의 서당이나 남산의 서원을 출입하곤 했지만 사실 배울 것은 별로 없었다. 일찍이 『자치통감』이나 사서삼경 같은 유서를 달달 외우고 있었기 때문이었다. 한양으로 올라가 서원이나 서당에 들어도 이순신은 때

때로 자기보다 어린 학동들을 상대로 훈장 노릇을 하기 일쑤였다. 어느 날 서당을 지나치던 벼슬아치가 예사롭지 않은 이순신의 강학 모습을 엿보고는 말에서 내려 이름과 사는 곳을 물었다. 그가 바로 훗날 영의정을 지낸 광주 이씨 이준경이었다. 이준경과의 인연은 거기서 끝나지 않았다. 방진 보성 군수가 이준경을 찾아가 외동딸의 신랑감을 구했을 때 선뜻 이순신을 추천했던 것이다. 일찍이 이순신을 점지해두었다가 중매를 한 셈이었다.

"그렁께 장인어른의 권유로 무과로 돌렸그만이라우."

"사람덜이 고렇게덜 생각허지만서두 고것만은 아녀."

무장이 된다면 왜적이나 여진족이 침범하는 변방으로만 돌며 고생할 텐데 굳이 그러한 풍찬노숙을 예상하고도 이순신이 무과 급제 공부로 돌아선 데는 계기가 있었다. 장인이 군수로 있는 보성을 가본 것이 결정적이었다. 보성에서 자신의 진로를 바꾸었던 것이다.

명종 20년(1565). 방신의 외동딸과 결혼한 이순신은 그해 보성으로 내려갔다. 이순신이 처가살이를 시작한 것은 당시의 풍습이기도 했다. 보성은 좌수영의 오관 오포 중 하나로 바다를 끼고 있어 종종 왜구들로부터 노략질을 당하곤 했다. 전선을 가진 선소가 하나 있지만 그곳에 주둔한 수군만으로는 왜구들을 막아내는 데 역부족이었다.

방진이 무장으로서 첫 벼슬길에 들어선 부임지는 제주였다. 스물두 살 때인 중종 30년(1535)에 제주 현감으로 내려가 2년을 보냈다. 그러나 조부 방홍이 평창 군수를, 아버지 방중규가 영동 현감을 지낸 집안으로 아산의 큰 부자였던 방진은 벼슬에 뜻이 없어 사직하고 고향으로 돌아와 은거했다. 활을 잘 쏘는 명궁수, 즉 당대의 선사善射로 한양에까지 이름을 날렸던 그는 벼슬에 집착하지 않았다.

그런데 이준경이 명종 말년 무렵 명궁수 방진을 병조에 추천하여 보성 군수로 보냈다. 왜구들이 자주 침범하는 전라도 해안의 방어 전략 차원이었다. 이준경이 전라도 해안 고을의 방어에 관심이 많았던 까닭은 을묘왜변 때 호조 판서로 있다가 전라도 순찰사로 내려가 왜란을 진압한 경험이 있어서였다.

을묘왜변은 왜선 칠십여 척이 먼저 해남 달량포와 어란포를 노략질한 뒤 진도의 금갑, 남도의 보루를 불태우고 장흥과 강진까지 분탕질한 세종 이후 규모가 가장 큰 왜변이었다. 전라도 해안 고을은 왜구들이 지나가는 곳마다 쑥대밭이 됐다. 전라 병사 원적과 장흥 부사 한온이 전사하고 영암 군수 이덕견이 사로잡혔으니 힘없는 백성들의 인명과 재산 피해는 이루 다 말할 수 없었다.

이순신이 보성 관아에 머물면서 장인 방진에게 들은 첫 이야기도 의지할 데 없는 백성들의 딱한 사연이었다. 보성에 사는 촌민들과 한양의 벼슬아치 권속들의 모습은 한 나라의 땅이라고는 하지만 전혀 딴판이었다. 보성 촌민들은 왜구들이 침범해 오면 목숨이라도 부지하기 위해 유랑민이 되거나 포작으로 변해 바다를 떠돌았다.

보성에 내려와 있던 이순신은 이십일 세의 풋풋한 청년이었다. 그 무렵의 젊은 이순신이 오십이 세의 장인에게 한 말은 충격 그 자체였다.

"장인어른, 지는 임금님의 신하가 되지 않겄슈."

"무신 소린가? 내 앞에서 다시는 고런 불경헌 얘기를 허지 말게."

"불경헌 얘기가 아니지유. 지는 지댈 디 읎는 백성덜의 신하가 되구 싶구먼유. 무장이 되어 변방 백성덜을 지켜주는 신하가 되겄슈."

보성 군수 방진은 놀란 가슴을 쓸어내렸다. 누가 듣기라도 할까 봐 잠시 주위를 두리번거렸다. 그러나 옆에 있는 사람은 이순신보다 두 살 아래인 외동딸 방연희뿐이었다.

"워디를 가든 방금 헌 얘기는 쏙 빼야 혀."

"장인어른께만 지 속마음을 말씸드렸지유."

"무과로 돌렸으니께 내가 도와줄 일이 많을 겨."

"고마워유."

"나는 무과 급제를 못 허고 말았지만 자네는 반드시 급제혀야 허네. 내가 활터는 마련혀줄 겨. 활을 잘 쏘지 못허는 무장이란 허수아비지 뭐여."

방진은 무과 급제를 놓쳐버린 자신을 자책했다. 명궁수로 뽑혀 제주 현감으로 가기는 했지만 이후에 무과 응시를 못하고 시기를 놓쳐버렸다. 사십 문턱을 넘어서는 나이가 된 뒤부터는 과거장에 나서기가 쑥스러워 포기하고 말았는데 벼슬길과는 영영 인연이 끊어져버렸던 것이다. 옆에서 이야기를 듣고 있던 외동딸 연희도 이순신의 뜻을 따랐다. 아버지 방진에게 말했다.

"아버지, 활터로 좋은 디가 있어유."

"워딘 겨?"

"집 옆에 쬐깐헌 은행나무 두 그루가 있는 큰 터여유."

"나도 집으로 돌아가믄 활을 쏠 테니 하인덜을 시켜서 사장을 잘 닦아놓아라."

"방화산 한쪽으루다가는 말 타는 치마장馳馬場으루 삼으믄 되구유."

변성기에 접어든 방연희의 목소리는 걸걸했다. 성격도 사내처럼 대담하고 털털해서 거친 하인들도 잘 부렸고 아버지의 전답도 잘 관리했다. 처가살이에 들어간 이순신에게는 잘된 일이었다. 무과 급제를 위해 장인이 보던 병서를 읽고 말 타고 활 쏘는 훈련을 마음껏 할 수 있었다.

하인들은 방연희가 시키는 일을 선선히 잘했다. 방연희가 열두 살 때 화적을 물리친 이야기는 하인들 사이에 전설처럼 전해지고 있었다. 방진이 벼슬을 버리고 백암리에 은거할 때였다. 하루는 화적들이 안마당까지 들어와 위협하자 방진이 누각에 올라 화살을 쏘았다. 이윽고 화살이 다 떨어지자 방연희에게 베 짜는 계집종 방에 있는 화살을 다 가져오라고 소리쳤다. 그러나 방 안에는 화살이 한 개도 없었다. 화적들과 내통한 계집종이 이미 몰래 훔쳐 가버렸기 때문이었다.

그런데 그때였다. 방연희가 "아버지, 여그 있어유" 하고 소리치며 베 짜는 데 쓰는 대나무 한 아름을 안아다 누각에 던졌다.

그제야 방진이 명궁수인 것을 알고 있던 화적들이 더 덤벼들지 못하고 도망갔다.

아무튼 이순신이 진로를 무과 급제로 바꾼 것은 장인이 보성 군수로 가 있었기에 가능한 일이었다. 이순신이 보성에 내려가지 않고 아산에 살았다면 문과 공부를 계속했을 것이었다. 이순신은 보성에서 의지할 데 없는 해안 고을 촌민들의 처참한 모습을 보고 나서 비로소 '임금님을 가까이서 모시는 육조의 문관이 되기보다는 무장이 되어 변방에 사는 백성들의 신하가 되겠다'고 굳게 맹세했던 것이다.

"송 군관은 워째서 무장이 된 겨?"

"지덜이야 뭐 출세헐 길이 무과 급제밖에 또 있당가요?"

"참말루 그런 겨?"

"흥양에도 향교가 있는디 지는 원래 공부허기를 좋아허지 않았어라우."

"유 대감이 보낸 책은 베껴서 잘 보고 있는감?"

"볼 시간이 읎어라우. 요즘은 당최 하루가 어쩌께 지나가는 줄 모른당께요."

이순신은 발효차를 몇 사발 마신 뒤부터는 소리 내어 웃기도 하고 죽을 한 그릇 비우기도 했다. 그제야 송희립은 마음을 놓고 내아 방을 나왔다. 그렇다고 이순신의 몸이 완전하게 회복된 것은 아니었다. 비몽사몽간에 간헐적으로 악몽에 시달렸다. 오후에는 이순신의 비명 소리가 밖에까지 들려서 놀란 색리들이 모여 웅성거렸다. 대기하고 있던 의관이 방으로 들어갔다가 살피고는 나와 이순신의 상태를 말했다.

"주무시는 것을 봉께 안심덜 허드라고잉."

"어른거리지 말고 저리 가랑께."

이순신은 같은 꿈을 서너 번이나 반복해서 꾸고 있었다. 고개를 쳐든 뱀이 혀를 날름거리며 막 뛰어가려고 하는 토끼의 엉덩이를 무는 꿈이었다. 꿈에서 깨어날 때마다 독을 내뿜는 독사가 자신의 엉덩이를 물려고 덤비는 것 같아 진저리를 쳤다. 머리가 무겁고 심신이 영 개운치가 않았다. 입안이 말라 있어서 혓바닥에 쓴맛이 돌았다.

이순신은 막연한 불안감에 휩싸였다. 누운 채 해몽을 해보니 불길했다. 왜적이 시커먼 구름장처럼 덮쳐오는 악몽이었다. 그런데 실제로도 놀라운 일이 벌어지고 있었다. 왜적은 이날 나고야 항을 출진하여 이키 섬으로 가고 있는 중이었다. 이순신의 꿈은 적중했다.

조선보다 하루가 빠른 왜국력倭國歷으로 4월 1일 오전 8시경, 고니시 유키나가의 만 팔천 명, 가토 기요마사의 이만 이천 명, 그리고 구로다 나가마사의 만 명이 병선에 분승하여 이키 섬 쪽으로 향하고 있었다.

저녁 무렵이 되어서는 선두 부대가 벌써 이키 섬 가쓰모토 항으로 진입했다. 다음 정박지는 쓰시마(대마도)였다. 쓰시마 다음이 곧 조선의 부산포였다. 그나마 쓰시마 바다에 파도가 너무 거칠고 사납게 일어나서 유키나가 등은 잠시 발이 묶여 있었다.

왜적의 선단이 조선의 부산포를 향해서 오고 있다는 사실을 아는 조선 사람은 아무도 없었다. 이순신이 한나절 내내 악몽을 꾸었을 뿐이었다. 오직 쓰시마 바다를 할퀴는 매서운 역풍만이 왜적의 선단이 부산포를 향해 다가오는 것을 지연시켜주고 있었다. 왜국의 적선들은 쓰시마의 와니우라 항에 갇혀 풍랑이 가라앉기만을 기다렸다.

다음 날도 이순신은 어지러워 몸을 움직이지 못했다. 밤에 또다시 복통이 도졌고 고통으로 잠을 이루지 못했던 것이다. 그때마다 발효차를 마시곤 했지만 소용이 없었다. 의관의 침을 다시 맞고 나서야 승설이 쑤어 올린 금풍쉥이죽을 겨우 넘겼다.

한양 길

  이순신은 이우신을 동헌으로 불렀다. 아산으로 갈 채비를 마치고 떠나기만을 기다리고 있던 이우신이 동헌으로 올라왔다. 이순신에게 하나밖에 없는 동생이었다. 자는 여필이었다. 날이 흐렸으므로 우신이 길을 나서기에 좋을 것이었다. 햇살이 따가우면 사람이나 말이 멀리 못 가서 곧 지쳤다. 그렇다고 그늘을 찾아 쉬어가다 보면 그만큼 목적지에 도착하는 날이 늦어졌다. 지난달에는 동헌 나장을 보내 어머니의 안부를 살폈지만 이번에는 동생이 다녀온다 하므로 왠지 마음이 놓였다. 어머니도 마찬가지일 것이었다. 동생에게 여수 소식을 직접 들어볼 터이니 동생이 아산 고향집에 머무는 동안만큼은 아들에 대한 근심 걱정이 덜 할 터였다.
  이순신은 색리에게 마른 피문어 한 꿰미를 갖다 놓으라고 일렀다. 여수 앞바다에서 잡아 말린 피문어였다. 한두 마리는 아버지 제사용이었고 나머지는 어머니 드릴 것이었다. 쌀에다 대추를 넣고 푹 고아 쑨 피문어죽은 설사를 멎게 하고 종기를 낫게 하는 효능이 있었다. 설사와 복통으로 고생했을 때 의관의 권유로 피문어죽을 먹고 나은 적이 있었으므로 자신과 비슷한 체질인 어머니를 생각해서 보내는 것이었다.

"지난달에 아산 갔다온 나장 말이 어머니가 등에 가끔 종기가 나서 고생허신다고 허니께 보내는 것이여. 설사에도 피문어죽이 그만이라고 허니 편찮으시면 죽을 쑤어 드시라구 혀."

"말 등에 실을 짐이 많아지는구먼유."

"고작 피문어 한 꾸러민디 그런감."

"지가 챙겨 가는 짐도 있지유."

"집에 가지구 가는 물건이 많은 겨?"

"아주 많은 것은 아니지만 말이 심드니께 그러지유."

"가져갈 물건이 뭐여?"

"여수에서 나는 마른 생선밖에 더 있겠슈."

"하하하. 장사라도 나선 겨?"

이순신이 크게 웃으며 물었다. 이순신의 형제는 네 명이었는데, 그중에서 이순신이 가장 스스럼없어한 사람은 바로 손위 형 이요신이었다. 큰형 이희신은 이순신보다 나이가 열 살이나 많았으므로 아무래도 어려웠고, 동생 이우신은 늘 어리게만 느껴져 잘 어울리지를 못했다. 이순신보다 세 살 많은 형 이요신과는 친구처럼 함께 아산과 한양을 오르내리며 과거 공부를 한 사이였다. 특히 이요신은, 열세 살 때부터 안동에서 올라와 한양 사람이 다 된 유성룡과는 동갑내기로, 한때 서당 친구가 되어 가깝게 지냈으므로 그 무렵 이순신도 가끔씩 두 사람 사이에 끼어 『맹자』나 『논어』 등의 한 구절을 가지고 토론한 적이 있었다.

형제간의 사이도 변하기 마련이었다. 훗날 이희신과 이요신이 요사한 탓에 아산 고향집의 어머니를 봉양할 수밖에 없는 동생 이우신에게 이순신은 애틋한 정을 주었고, 고집이 좀 센 동생 이우신 또한 벼슬이 높아진 형을 따르고 의지했다. 어느새 이순신에게 곧은 말을 하는 사람은 동생 이우신뿐이었다.

"성님도 무심허지유."

"갑자기 무신 말인감."

"성님은 유 대감님 은혜를 잊어버려서는 안 돼유."

"무신 소리냐? 내가 워치케 유 대감 은혜를 저버릴 수가 있겄는감."

"맴만 그라믄 소용 읎슈. 성님 맴을 보여줘야쥬."

"워디서 무신 소리를 들은 것이냐?"

"가만히 생각혀봐유. 이 자리에 오른 것두 다 유 대감 덕분이쥬."

"내가 배은망덕이라두 혔단 말이냐?"

"고건 아니지만서두 도리가 아니다, 이 말이쥬."

이순신은 이우신이 무슨 생각을 하고 있는지 알아챘다. 유성룡이 이순신을 정읍 현감에서 전라 좌수사로 7계급이나 특진시켜주었는데도 지금까지 고마움을 표하기는커녕 아예 모른 체하고 있다는 것이었다. 최근에는 한양에 올라갔던 진무 편에 『증손

『전수방략』을 보내주기까지 했는데 거기에 대한 답장도 없다는 비난이었다.

"지가 따로 마련혔지유."

"대감께 보낼 선물을 니가 구했다는 말이냐?"

"곰챙이 마실 어부덜헌티 부탁혀서 구했구먼유."

"고건 절대루 안 될 겨."

"지가 아산 갔다가 한양으로 올라가 전헐 테니께 걱정 말아유."

"잘못 허믄 나두 죽고 니도 죽는 일이란 말이여."

"마른 생선 좀 갖다주는디 뭔 문제가 있다구 그래유?"

"나를 감시허는 눈덜이 도처에 있다는 것을 알으야 혀."

"좌수사에 오른 성님을 질투허는 관원덜이 있다는 것은 알지만서두 대감께 갈 건어물은 지가 산 것이지유."

"니가 샀지만 누가 믿어주겄느냐? 코에 걸면 코걸이 귀에 걸면 귀걸이가 되는 세상이 아니더냐."

"성님은 맴으루만 고맙다구 생각허는디 고건 택도 없는 소리지유. 도리가 아니지유."

"유 대감을 견제헐라구 내 허물을 캐는 겨. 위험혀서 그려. 나두 나지만 유 대감에게 피해를 준다믄 안 하느니만 못헌 겨."

그러나 이우신은 이순신의 말을 따르지 않았다. 이번만큼은 아산 가는 길에 한양까지 다녀오겠다고 버텼다.

"곰챙이 마실 사람덜이 증인이 돼줄 것인디 워째서 성님은 그란대유."

"오얏나무 아래서는 갓끈도 고쳐 매지 말라고 허지 않더냐."

"성님이 예민혀서 그려유. 이번만큼은 가만히 계셔유. 지가 대감님을 뵙고 올 테니께유."

이순신은 동생의 고집을 꺾지 못했다. 이우신의 말에도 일리는 있었다. 유성룡에게 신세 진 처지를 생각하면 자신이 무심했던 것도 사실이었다. 유성룡에게 갈 선물의 구입처가 확실하므로 설령 사헌부에서 감찰을 한다고 해도 덤터기만 씌우지 않는다면 흠 잡힐 일은 아니었다. 더구나 이순신 자신은 동인도 아니고 서인도 아니었다. 서인 가운데 누군가가 선조의 신임이 두터운 유성룡을 견제하기 위해서 이용할지는 몰라도 자신은 당파와는 상관없는 무장일 뿐이었다.

이순신은 이우신을 따라 나와 배웅하면서 또 걱정하는 말을 했다.

"니 뜻이 아무리 순수허다 혀두 함부로 말허지 말으야 써. 니 말을 이용허는 사람두 있을 것이여. 그람믄 니가 헌 말은 화가 되어 돌아오는 겨."

"성님, 걱정허지 마유. 지도 이제 총각이 아니잖유."

이순신의 눈에는 이우신이 늘 어리게만 보였다. 그러나 이우신은 분가를 한 어엿한 가장이었다. 온양 조씨에게 장가들어 두 딸을 둔 아버지였다. 이순신의 눈에만 아직도 어릴 뿐이었다. 이우신이 말 등에 오르는데 이순신이 불러 세웠다.

"여필아, 잠깐만 지달려라."

"성님만 뵙고 얼른 떠나려구 했는디 늦어지는구먼유."

이우신이 말 등에서 내리며 혼잣말로 중얼거렸다. 이순신은 동헌방으로 들어가 급하게 편지를 썼다. 먼저 건어물은 자신의 뜻과 상관없이 이우신이 유 대감을 흠모하여 사가는 것임을 밝혔다. 그리고 군관과 진무들에게『증손전수방략』을 숙지시켰으며 철쇄 횡설 작업은 완료됐고, 4월 12일에는 거북선을 띄워 지자포와 현자포 등으로 함포 사격을 하면서 수군들의 사기를 진작시킬 것임을 초서로 흘려 썼다.

"이 편지를 유 대감께 전허거라."

"실수 읎이 잘 댕겨올 테니께 참말루 걱정 말아유."

이우신은 편지를 받자마자 동헌을 나갔다. 이순신은 남문 밖까지 나가 배웅했다. 사라지는 동생의 뒷모습을 보자 회한이 일었다. 혹시나 어머니에게 무슨 우환이 생기지는 않았는지 벌써 동생이 돌아올 날이 기다려졌다. 어머니의 섭생을 챙길 수 없는 것이 마음을 무겁게 했다. 남문 밖 산자락에 넝쿨처럼 무성해진 찔레꽃이 벌써 부드러운 마파람에 떨어지고 있었다. 아기살 내음 같은 향기가 코끝을 스쳤다. 찔레꽃잎들이 흰나비처럼 너울너울 팔랑거리며 날았다.

이우신은 이순신과 이야기가 길어지는 바람에 오후 늦게 출발하고 말았지만 어차피 구례읍성에서 하룻밤 자야 했다. 다음 날 새벽에 다시 남원으로 올라갔다가 금산을 거쳐 아산으로 들어서야 하는데 서둘러 가도 사흘은 걸려야 고향집에 도착할 수 있을 것이었다.

이우신은 가다가 풀밭이 나오면 말에게 꼴을 먹이고 강이 나오면 강가로 내려가 물을 먹였다. 날이 흐린 데다 마파람이 선선하게 불었으므로 가는 길은 덜 힘들었다. 인적이 드문 산길을 지날 때만 말의 짐이 신경 쓰여 자신도 모르게 낯선 사람을 경계할 뿐이었다. 그러나 다행히 아산까지 가는 길에 역참을 오가는 나장들을 만나 무사할 수 있었다.

  육조의 문서를 전달하는 역참의 나장들은 하나같이 전라도 해안의 소식을 궁금해했다. 전라 좌수영에서 올라왔다고 하자 '왜놈들의 병화가 있겠느냐? 그곳에서는 어떻게 생각하느냐?'고 물었다. 나장들은 병화가 있을지에 대해서 반신반의하고 있었다.

  사흘 후.

  아산 고향집에 들른 이우신은 다음 날 곧장 한양으로 떠났다. 작고한 큰형과 중형의 아들들인 조카들이 모두 백암리 동구 밖까지 나와 손을 흔들었다. 장마철이 시작되기 전의 농번기여서 따라나선 조카는 없었다. 이우신은 여수에서 올 때도 혼자 왔지만 한양에도 혼자서 갔다. 한양 일을 보고 고향집에 내려와서는 한두 달 농사일을 거든 뒤 여수로 내려갈 생각이었다.

  한양이 가까워질수록 거리에는 무거운 공기가 감돌았다. 전운이 짓누르고 있는 것 같았다. 금산이나 아산 사람들은 설마 병화가 일어나겠느냐며 태평한 편이었는데 한양 부근 사람들은 판이하게 달랐다. 무언가 쫓기듯 걸음걸이도 빨랐고 누군가를 의식하듯 목소리도 작았다. 천안의 주막에서는 이런저런 이야기들이 돌았다. 이우신은 길손들이 주고받는 그럴듯한 이야기에 잠을 이루지 못했다.

 경상도 포항에서 올라온 길손은 승려 원각의 예언에 대해 이야기했다. 세조 5년에 원각이 팔십일 세를 일기로 입적하면서 이미 앞날을 예언했다는 것이었다. 자신이 죽고 130년 후에 고래 같은 왜적이 쳐들어와 백성들이 의지할 곳을 잃어버릴 것이며 산하에는 해골이 가득하고 피가 천리를 적시는데 서쪽 병사들이 와서 구원한다는 이야기였다. 경상도 길손의 얘기에 전라도 사투리를 쓰는 누군가가 『정감록』에도 산하에 시체가 쌓인다는 말이 나와 있다고 맞장구를 쳤다. 주막에는 함경도부터 전라도까지 팔도의 이야기들이 한 바퀴 돌았다. 강원도에서 온 길손은 천문학 교수를 지낸 남사고를 끄집어냈다. 명종 때 강원도에서 살았던 남사고는 천문과 풍수에 달통했던 사람인데 그가 예언하는 것은 반드시 다 들어맞았다고 자랑했다. 명종 말년에 그가 말하기를 '머지않아 조정에 당파가 생길 것이며 또 오래지 않아 왜변이 일어날 것인데 만약 진辰에 일어나면 구할 길이 있지만 사巳에 일어나면 구하기 어려울 것이다'라고 했다는 것이었다. 올해가 임진년이니 틀림없이 난리가 일어날 것이라고 떠들었다. 주막에서 떠도는 소문은 대개 믿거나 말거나인데 왜변이라면 이순신에게서 자주 들어왔으므로 못 들은 체할 수가 없었다. 신경이 곤두서서 잠이 저만치 달아나버렸다.

 새벽에 주막을 떠난 이우신은 안양에서 아침을 먹고 또 한나절이 지나서야 한강을 건넜다. 뱃삯은 말까지 두 사람분을 냈다. 마포 나루터에서 강가로 나가 수양버들 아래서 말에게 꼴을 먹이고는 다시 남산 쪽으로 향했다. 유성룡의 집은 남산 자락 밑에 있었다.

　마포 나루터에서 유성룡 집까지의 거리는 생각보다 멀었다. 눈앞에 남산이 보였으나 남산 모퉁이를 돌아가는 데 한나절이 걸렸다. 드디어 유성룡 집에 도착한 이우신은 그러나 대문간에서 하인들에게 제지당했다. 말 등에 짐이 있었으므로 잡상인으로 보였던 모양이었다.

"뉘시오?"

앞을 막고 선 늙은 하인이 물었다.

"대감님을 뵈러 왔네."

"어느 분이라 할깝쇼?"

"전라 좌수사 어른 동생이네."

　늙은 하인이 대문 안으로 들어가자 이번에는 어린 하인이 나타났다. 기다리는 동안 이우신은 자신의 행색을 훑어보았다. 하인들이 자신을 경계하는 것도 당연할 듯싶었다. 아산에서 갈아입은 바지저고리는 누런 흙먼지투성이인 데다 땀에 절어 퀴퀴한 고린내를 풍겼다. 이우신은 한쪽으로 가서 흙먼지를 탈탈 털었다.

　잠시 후, 늙은 하인이 대문 밖으로 나와 두 손을 모으고 말했다.

"대감님께서는 입궐하셨습죠. 그러니 퇴궐하실 때까지 기다리시라 합니다요."

"알았네."

　좌의정 유성룡의 집은 소박했다. 본채만 기와집이고 나머지 두 채는 초가집이었다. 마당도 좁았고 화단에는 화초도 없었다.

이우신은 기와집 사랑방으로 안내를 받아 들어갔다. 마루에 올라서자 멀리 인왕산이 보였고 옆으로는 남산 자락이 가깝게 다가와 있었다. 늙은 하인이 물러가고 손님을 맞이하는 젊은 집사가 왔다. 집사는 경상도 사람이었다.

"먼 데서 오셔가꼬 피곤하시겠십니더."

"괴안찮혀유."

"전라 좌수영은 여수에 있지예."

"여그서 삼천 리 밖이지유."

"대감님 고향보다도 더 먼 데서 오셨십니더."

"한양 사는 사람덜 중에는 여수가 워딘지 모르고 죽는 사람도 많을 것이어유."

"그럴 낍니더. 마, 가지고 온 선물은 대감님께 잘 말씸드리겠십니더."

"지가 여수에서 구한 건어물인디 대감님께서 좋아허실지 모르겄슈."

"퇴궐이 빠른 날도 있고 늦은 날도 있다 아입니꺼. 그러니 방에서 편하게 쉬시소."

"지 걱정 말구 일 보셔유."

이우신은 집사가 나가자마자 깜박 잠이 들어버렸다. 긴 낮잠은 아니었지만 코까지 곯았다. 방 밖에서 사람 소리가 나 깨어났을 때는 유성룡이 퇴궐하여 말에서 내리고 있었다. 이우신은 하인들이 유성룡을 시중하는 소리를 듣고는 서둘러 옷매무새를 고쳤다. 그런 뒤 재빨리 방 밖으로 나와 마당에 내려서서 인사를 했다.

"전라 좌수사 동생 이우신이구먼유."

"여수에서 올라온 것인가?"

"고향 아산에 들렀다가 왔구먼유."

"어서 사랑방으로 들게나. 옷을 갈아입고 사랑방으로 곧 가겠네."

붉은색 관복을 입은 유성룡의 인상은 온화했다. 그러면서도 말과 행동에는 함부로 범접할 수 없는 무게가 있었다. 이우신은 약간 주눅이 든 채 사랑방으로 들어 자세를 바르게 하고 앉았다. 한 식경쯤 지나자 유성룡이 헛기침을 하며 사랑방으로 들어섰다. 유성룡의 분위기는 평복으로 갈아입고 난 뒤에도 마찬가지였다.

"다음에는 선물을 가지고 오지 말게. 날 찾아준 것만도 고마운데 미안하지 않는가."

"토산물이라 잡숴보시라구 가져왔지유."

"형님은 잘 계신가?"

"대감님 은혜를 잊지 않구 있구먼유."

"내가 무슨 도움을 주었다고 그런가? 수사에 오를 만한 능력이 있으니까 천거한 것이지 별다른 뜻은 없네. 소싯적에 난 자네의 중형과 친구였고 이 공과도 가깝게 지냈던 사람이네."

유성룡은 변방의 방비 태세를 강화하기 위해 조정에 이름이 알려지지 않았던 무신 이순신을 전라 좌수사에, 문신 권율을 광주 목사에 천거했던 것이고 선조는 유성룡의 추천을 받아들여 그들을 임명했던 것이다. 그러나 사헌부는 반대 상소를 올렸다.

'전라 좌수사 이순신은 (정읍) 현감으로서 아직 (진도) 군수에 부임하지도 않았는데 좌수사에 초수超授(뛰어넘어 제수하는 것)하시니 그것이 인재가 모자란 탓이긴 하지만 관직의 남용이 이보다 심할 수 없습니다. 체차遞差(관리를 바꾸는 것)시키소서.'

"내 가슴에 걸어놓고 사는 패가 있다네. 그 패에는 인무원려 필유근우人無遠慮 必有近憂라, 사람이 장래를 생각하지 않는다면 반드시 가까운 날에 근심을 겪게 된다는 말이 쓰여 있다네. 나는 그런 마음으로 상감마마께 추천했던 것이네."

"대감님의 깊은 마음을 이제야 알겠구먼유."

"『시경』 주송周頌 소비편小毖篇 첫 구절 '내가 지금 깨우치고 경계하는 것은 후환에 대비하기 위함이라네[予其懲 而毖後患]'와 같은 말이네. 상감마마를 뫼시는 신하들이 징懲(지난 잘못을 경계함)과 비毖(몸가짐과 언행을 조심함)를 잊지 않는다면 나라에 후환이 어찌 있겠는가? 이것이 바로 신하 된 이들의 충忠이 아니겠는가?"

그제야 이우신은 이순신이 준 편지를 내밀었다.

"성님께서 대감님께 전해드리라고 혔구먼유."

"그렇지 않아도 좌수영 사정이 몹시 궁금했다네."

유성룡의 얼굴에 희색이 돌았다. 마치 전라 좌수영의 소식을 기다리고 있었다는 표정으로 읽어 내려갔다. 다 읽고 나서는 편지를 든 채 말했다.

"전라 감사 보고를 받고는 있지만 직접 편지를 읽어보니 기쁘기 그지없네. 거북선에서 쏘는 지자포와 현자포 소리를 듣고 싶지만 내려갈 수가 없는 게 한이 되네. 왜적들이 쳐들어온다 해도 이 공 같은 장군이 전라도 해안을 지켜주고 있으니 마음이 놓이네."

"대감님의 가슴에 징비라는 두 글자가 있다믄, 성님의 가슴에는 천지天只라는 두 글자가 있겠지유."

"천지 역시 『시경』에 나오는 말이네. 어머니라는 뜻이지."

이황의 제자인 유성룡은 『시경』을 줄줄 외우고 있었다. 용풍鄘風 첫 장에 있는 「백주柏舟」라는 시에 '하늘 같은 우리 어머니 제 마음 모르시나요[母也天只, 不諒人只]'라는 구절이 나오는 것이다.

"성님께서는 의지헐 때 읎는 백성덜을 어머니맹키루 모시고 사는 장수가 되고 싶다고 혔지유. 대감님께서는 충을 말씀허시지만 우리 성님은 효를 강조허지유."

"충은 효에서 나오고 효 또한 충에서 나오니 같은 말이 아니겠는가? 나는 그리 생각하네."

"대감님, 하나만 여쭤봐두 될까유?"

"한양 오는 길에 사람덜 이야기를 들어보니께 병화가 일어난다는 사람, 그렇지 않을 것이란 사람 반천이더구먼유. 한양 사람덜은 워치케 보시는감유."

"소문은 일어난다는 쪽이지만 사람들은 병화가 일어나지 말아야 한다고 걱정들을 많이 하고 있다네."

"대감님은유?"

"방금 내가 말한 징과 비 속에 답이 있네."

이우신이 일어나 큰절을 했다. 이제 아산으로 떠나야 했다. 그러자 유성룡이 말했다.

"잠시만 기다리게. 이 공에게 편지를 쓰겠네."

"아산의 농사일을 거들고 나서 여수로 내려갈 거구먼유. 늦어두 괴안찮혀유?"

"안부 편지이니 상관없네."

유성룡이 편지를 다 쓰고 나서는 서랍에서 뭔가를 꺼냈다.

"이건 내가 여러 벌 필사해둔 것이니 가져가게."

"무신 글인디유?"

"이준경 대감이 돌아가시기 전에 상감마마께 올렸던 유차遺劄(죽기 전에 올리는 짧은 상소)일세. 나라를 걱정하는 글이네. 내가 미관말직에 있을 때 젊은 혈기로 이준경 대감을 비난한 적이 있지만 지금 생각해보면 부끄럽기 짝이 없네."

이우신은 두 손으로 공손하게 받았다. 이준경이라 하면 형 이순신을 방진의 딸과 인연 맺어준 재상이었다.

"성님께 전허겠구먼유."

유성룡이 이준경의 유차를 떠올리며 부끄럽다고 한 것은 삼십일 세 때 젊은 패기만 믿고 무모하게 날뛰었던 자신의 언행이 생각났기 때문이었다. 지금으로부터 무려 20년 전의 일이었다. 이준경이 칠십사 세로 숨을 거두기 전에 임금에게 올린 유차는 다음과 같은 짧은 호소로 시작됐다.

"지하로 가는 신 이준경은 삼가 올리는 네 가지의 조목을, 신이 죽은 뒤에 들어주실 것을 청하오니 전하께서는 살펴주시옵소서."

이어서 이준경은 유차의 네 가지 조목을 유언하듯 이어갔다.

"첫째, 제왕의 임무는 학문하는 것입니다. 정자程子가 말하기를 '함양涵養은 모름지기 경敬이라야 하고 진학은 치지致知에 있다'고 하였습니다. 전하의 학문이 치지의 공부는 어느 정도 되었지만 함양의 공부에는 미치지 못한 바가 많기 때문에 언사의 기운이 거칠어서 아랫사람을 접하실 때 너그럽고 겸손한 기상이 적으니 삼가 전하께서는 이 점에 더욱 힘쓰소서.

둘째, 아랫사람을 대하는 데 위의威儀가 있어야 합니다. 신이 들으니 '천자는 온화하고 제후는 아름답다'고 하였습니다. 위의를 갖추어야 할 때에는 삼가야 합니다. 신하가 말씀을 올릴 때에는 너그럽게 받아들이고 예모禮貌를 갖추어야 합니다. 비록 거슬리는 말이 있더라도 영특한 기운을 발하여 깨우쳐줄 것이요, 일마다 겉으로 감정을 나타내고 스스로 현성賢聖인 체 자존하는 모습을 아랫사람에게 보이는 것은 마땅치 않습니다. 그렇게 하시면 백료百僚가 해체되어 허물을 바로잡지 못할 것입니다.

셋째, 군자와 소인을 분별하는 것입니다. 군자와 소인은 구분되기 마련이어서 숨길 수가 없습니다. 당 문종과 송 인종도 군자와 소인을 모르는 것이 아니었지만 사당私黨에 끌려서 분간하여 등용하지 못함으로써 마침내 시비에 현혹되어 조정이 어지럽게 되었던 것입니다. 진실로 군자라면 소인이 공박하더라도 발탁하여 쓰고 진실로 소인이라면 사사로운 정이 있더라도 의심하지 말고 버리소서. 이같이 하시면 어찌 북송과 같은 다스리기 어려운 일이 있겠습니까.

넷째, 붕당朋黨의 사론私論을 없애야 합니다. 지금의 사람들은 잘못한 과실이 없고 또 법에 어긋난 일이 없더라도 자기와 한마디라도 서로 맞지 않으면 배척하여 용납하지 않습니다. 그리고 자신의 행동을 검속檢束한다든가 독서하는 데에 힘쓰지 않으면서 고담高談 대언大言으로 친구나 사귀는 자를 훌륭하게 여김으로써 마침내 허위의 풍조가 생겨났습니다. 군자는 함께 어울려도 의심하지 마시고, 소인은 저희 무리와 함께하도록 버려두는 것이 좋습니다. 이 일은 바로 전하께서 공평하게 듣고 보신 바로써 이런 폐단을 제거하는 데 힘쓰셔야 할 때입니다.

신은 충성을 바칠 마음 간절하나 죽음에 임하여 정신이 착란되어 마음속의 말을 다하지 못합니다."

특히, 붕당이 생길 것을 걱정하는 넷째 조목에 이이와 정철을 비롯한 신진 사림들이 크게 반발했다. 이준경과 사사건건 부딪쳤던 젊은 이이는 극렬하게 반발했다.

"옛사람은 장차 죽으려 할 때 그 말이 착한데 이준경이 죽으려 할 때는 그 말이 악합니다."

신하들 가운데 출세하고자 붕당을 짓는 이가 있으면 영의정의 위치에 있을 때 명명백백하게 임금에게 아뢰어 미리 싹을 자르지 않고 왜 뒤늦게 죽어가면서 모호한 언사로 사림을 어육魚肉(짓밟아 결딴을 냄)의 지옥으로 몰아넣으려 하느냐는 반발이었다. 유성룡도 이이의 비난에 가세했다. 지금 돌이켜보면 임금을 아끼고 세상을 염려하였던 이준경의 충정이었는데 당시에는 유성룡도 불같은 성격을 누르지 못했던 것이다.

그러나 이준경이 죽고 난 뒤 4년 만에 그의 유차대로 동인과 서인이 갈려 붕당이 나타났다. 유성룡으로서는 세상을 걱정하여 유차를 올린 직신直臣 이준경을 흠모하지 않을 수 없었다. 유차가 올라왔을 때 하마터면 천추의 한이 될 뻔한 일이 있었다. 이준경의 벼슬을 추탈하자고 신진 사림들이 일어났던 것이다. 그러나 유성룡이 '대신이 죽음에 임박하여 임금에게 올린 글이 부당하다면 물리치는 것이 옳지만 죄를 주는 것은 너무하지 않습니까?'라고 공론화에 제동을 걸었다. 좌의정 홍섬 등이 유성룡의 주장에 동조함으로써 공론화는 중지됐던 바, 유성룡으로서는 젊은 날의 실수를 조금이나마 상쇄했음이었다.

이우신은 한양으로 올 때와 달리 아산으로 내려갈 적에는 쉬지 않았다. 말도 짐이 없으니 쉬이 지치지 않았다. 일정한 속도로 경중경중 나아갔다. 주막에서 잠을 잘 때도 있었지만 새벽 일찍 길을 떠났다. 미명의 흐릿한 날빛으로 산길을 가늠하며 고향 집을 향해 말을 재촉했다. 논밭에서 일하는 사람들을 보면 도무지 전운이 느껴지지 않았다. 농사일을 거두고 있을 어머니와 아내, 그리고 어린 딸들이 눈앞에 어른거렸다.

금의환향

 두 사람이 말을 타고 쏜살같이 달려오고 있었다. 붉은 흙먼지가 일어 회오리바람이 굴러오는 것 같았다. 전주 감영에서 순찰사의 급보를 가지고 오는 군관은 아닌 듯했다. 역참의 역리가 비변사의 비밀문서를 화급하게 전하러 오는 것도 아닌 것 같았다. 군령을 나타내는 깃발이 보이지 않았다. 두 사람이 경주하듯 앞서거니 뒤서거니 달려오고 있었다. 남문을 지키고 있던 문지기 진무가 미간을 찡그리며 꾸벅꾸벅 졸고 있는 수졸의 어깨를 흔들며 말했다.
 "으떤 놈이 시방 온다냐?"
 "아따, 성님은 눈이 읎소?"
 "황토 문지 땜시 안 보잉께 그라제."
 "쪼간 비껴볼라요?"
 "잠충이 같은 놈아! 니가 저리 감시롱 보믄 되제."

"성님, 방뎅이만 보잉께 그러지라우."

수졸이 고개를 빼고 살펴보았다. 그러자 진무가 창으로 수졸의 어깨를 툭 치며 말했다.

"잘 보랑께. 두꺼비맹키로 눈알만 굴리지 말고 말이여."

"지는 첨 보는 사람덜인디요?"

말을 타고 달려오는 사람들의 모습이 뚜렷해졌다. 그들은 자드락길을 지나 산모퉁이를 돌아나오고 있었다. 복장으로 보아 수졸은 아니었다. 상의 저고리에 물수水 자가 쓰여 있지 않았다. 남문을 향해서 기세 좋게 달려오던 두 사람이 이윽고 말을 멈추고 내려섰다. 두 사람의 얼굴은 황토 먼지투성이가 돼 있었다.

"수사 나리를 뵐려고 왔는디 계시오?"

"워디서 오는 길인디요?"

"한양서 와부렀소."

두 사람 다 전라도 사투리를 썼다. 한 발짝 떨어져 있던 사람이 말했다.

"얼릉 알려주시오."

"누군지 알어야 보고를 허지라우."

"한양서 왔다고 혔는디도 눈치가 고로코롬 읎소?"

"말 타는 솜씨를 봉께 무장 같은디요잉."

그때, 남문 쪽으로 순찰을 돌던 군관이 소리쳤다. 선조 16년에 무과 급제를 한 광양 출신 유기종이었다. 그는 두 사람을 다 알고 있는 듯 다가왔다.

"워메, 이 진무 아니여? 이 사람은 김 진무고 말이여."

"아이고 성님은 좌수영에 오래 있어부요잉."
"나는 좌수영 말뚝인디 워디로 가겠는가? 자네덜은 출세를 혀서 한양에 있다고 소문 들었는디 맞는 거여?"
"오위도총부에 있지라우."
"오위도총부라믄 홍양 출신 신여량 군관이 있는 디가 아니여?"
"신 군관님은 작년까정은 오위도총부에 있다가 지금은 권율 순찰사 부장으로 갔지라우."
"신 군관이 잘 나가는갑네잉. 나와 무과 급제 동긴디 중봉 선생헌티 인정받아 한양서만 돈당께."

중봉重峰은 전라도 도사를 지낸 조헌을 말했다. 관직에서 물러나 옥천에서 후학을 양성하던 조헌이 평안도나 함경도 변방으로만 돌던 신여량을 선조 24년에 병조 판서 김응남에게 추천하여 한양의 오위도총부로 자리를 옮겨주었는데, 다음 해에는 순찰사 권율도 신여량의 재략을 알아보고 조정에 계청하여 자신의 부하로 삼았던 것이다. 그러니 신여량은 선조 16년의 별시 무과 급제 동기들 중에서 가장 두각을 나타내고 있는 무장인 셈이었다.

유기종이 몹시 부러워하는 표정으로 이언세에게 부탁했다.
"한양 가거든 반다시 신 군관에게 내 안부를 전하소."
"성님 부탁인디 여부가 있겄습니까요."
"근디 워치케 내려온 것이여? 휴가라도 받은 거여?"
"유성룡 대감님께서 보내줬지라우."
"워메, 자네덜 증말로 출세혀뿌렀네잉. 유 대감님이 휴가를 주고 말이여."

"아따, 성님은 지 야그를 못 들어봤소?"

"자네덜이 뭘 잘혔다고 그랴?"

"왜구에게 잡혀 왜놈덜이 사는 오도로 갔다가 코쟁이덜한테 노예로 팔려 바다 건너 먼 나라로 갔는디 우리덜이 명나라로 죽기 살기로 도망쳐뿌렀제라우."

"천하를 한 바꾸 돌아뿌렀다는 것이여?"

"참말로 고상, 고상험서 한 바꾸 돌아뿌렀당께요."

"명나라서는 워치케 온 것이여?"

"아따, 우리 같은 무식헌 놈덜이 워치케 오겄소? 때국놈덜헌티 잡혀 있다가 우리 사신을 따라 들어왔지라우."

"그 야그는 낭중에 들려주소."

유기종이 표정을 엄하게 바꾸면서 남문을 지키던 진무를 나무랐다.

"느그덜은 뭣하고 있냐? 얼릉 수사 나리께 한양서 군관덜이 왔다고 전혀야제."

김개동과 이언세는 유기종을 따라 남문 안으로 들어섰다. 유기종은 신여량이 생각난 듯 또 물었다.

"신 군관이 잘 나갈 줄 알았그만. 급제헌 뒤 바로 선전청 선전관으로 올라가불더라니까. 나같이 못난 놈은 좌수영에 남고 말이여."

"성님은 뭔 소리를 허요. 고향서 사는 것이 을매나 복 받은 일인 줄이나 알고 그런 말 허씨오."

"워째 그런당가?"

"음석 맞지 않응게 밥 묵어도 묵은 것 같지 않고, 참말로 말허기 거시기허지만 또 있지라우. 촌놈이라고 은근히 따돌리고 무시헌당께라우."

"그래도 출세헐라믄 한양에 붙어 있어야 헌당게. 여그서 백날 있어봤자 끌어주는 사람이 있겄는가 말이여."

"아따, 그래도 지덜은 고향서 살고 잡지라우."

"근디 자네덜은 여그로 으째서 왔어?"

"뭔 일인지 모르겄그만이라우. 유 대감님께서 좋은 일이 있을 것잉께 내려가라고 혀서 왔지라우."

"뭔 좋은 일이 있는가?"

"수사 나리를 만나보믄 알겄지라우. 으쨌든 고향에 온께 살겄그만이라우."

수졸이 달려와 유기종에게 말했다.

"사또께서는 해운대 활터에 계십니다요."

좌수영의 활터는 두 군데였다. 남문 밖에 있는 활터와 본영 동쪽에 있는 해운대 활터였다. 유기종은 두 사람을 동헌으로 데리고 가면서 말했다.

"오위도총부는 지낼 만헌 곳이여?"

"겁나게 답답허지라우. 글씨를 모릉께 진급도 못 허고 있당께요."

"아적도 진무로 있는갑네."

"진무는 폴시게 벗어났지라우. 어느 날 봉사로 특진시켜줬는디 지는 여그서 지낼 때가 좋았단 말이요. 눈 뜬 당달봉사가 따

금의환향 267

로 읎다니께요."

"자네덜이 여수로 내려오고 내가 올라가믄 을매나 좋을까. 헌디 인사가 맴대로 되는 것도 아닝께 꿈 깨야지 뭐."

"성님은 몰라서 한양이 좋다고 그래라우. 지는 바다를 봉께 가심이 시원허게 뻥 뚫려뻔지요."

유기종은 두 사람을 동헌으로 데려다주고 돌아가다 말고 말했다.

"밤에 군기청으로 와부러잉."

"시간 되는 대로 갈께라우. 성님을 만난께 참말로 반가워뻔지요."

유기종은 두 사람보다 겨우 두 살 위였지만 언행은 큰형님처럼 행세했다. 두 사람이 특진을 하여 봉사가 됐다고는 하지만 유기종은 무과 급제하여 선전관이 되었다가 지금은 종5품의 판관을 하고 있기 때문이었다.

동헌 마당에 선 두 사람은 새삼 감개무량하여 땅바닥에 엎드려 절을 했다. 일직 나장이 다가와 말했다.

"사또께서 오실 시간이 됐응께 일어나씨요."

이언세는 절하면서 코를 벌름거리며 흙냄새를 맡았다. 김개동은 바로 일어났지만 이언세는 한동안 엎드린 채 일어나지 않았다. 눈물이 땅바닥에 떨어졌다. 죽을 고비를 넘겼던 몇 번의 순간이 머릿속을 스쳤다. 손죽도 바다에서 싸우다가 왜구에게 포로가 되었을 때, 오도로 잡혀가면서 사화동에게 봉변을 당했을 때, 오도에서 왜구의 앞잡이가 되기를 거부했을 때, 코쟁이에게 노예로 팔려갔다가 담장을 넘어 죽기 살기로 도망쳤을 때 등등이 한꺼번에 떠올랐다. 사신 일행에 끼어 압록강을 건넌 뒤 한양으로 돌아와 오위도총부 병영에 머무르는 동안 유성룡의 남산 집으로 몇 번이나 불려 가 그간의 우여곡절을 보고한 일도 전광석화처럼 눈앞을 스쳐갔다. 유성룡은 이언세와 김개동의 이야기를 깨알 같은 글씨로 기록하곤 했던 것이다.

"이 봉사, 인자 일어나부러."

"챙피스럽게 자꼬 눈물이 나온당께."

불같은 성격의 이언세지만 함께 죽을 고비를 넘겨온 김개동 앞에서는 마음이 약해지곤 했다. 김개동은 언행이 진중하고 지혜로웠다. 그는 우직하게 행동이 앞서는 이언세를 늘 붙잡아주곤 했다. 비록 성은 다르지만 두 사람은 친형제처럼 의지했다. 두 사람 모두 일찍 부모를 여의고 부잣집 심부름꾼으로 들어갔다가 체격이 좋아 수졸로 뽑혀 생사를 함께해왔던 것이다.

"김 봉사, 유 대감님이 준 편지는 갖고 있제?"

"우리덜이 여그까정 대감님 편지 땜시 무사히 왔는디 워찌 잊어뿔겄는가."

"근디 좌수영에 뭔 일이 있는갑서야."

"뭔 일?"

"우리덜을 여그까정 보내고 편지를 준 것을 보믄 말이여."

"난 고로코롬 생각허지 않는디 말이시. 뭔 야그를 들어뿌렀는가?"

"아니. 이 봉사는 베슬 이름 그대로 봉사여. 하하하."

금의환향 269

"김 봉사도 까막눈임시롱 그래싸네."

　김개동은 유성룡이 편지를 주어 보낸 것에 대해서 결코 단순하게 생각하지 않았다. 좌수영에 무언가 중요한 일이 있는 것만 같았다. 그러나 이언세나 자신은 글을 배우지 못한 문맹이기 때문에 설령 유성룡의 편지를 훔쳐본다 하더라도 그 내용은 알 수 없었다.

　이순신은 일직 나장의 말과 달리 오후 늦게 동헌으로 돌아왔다. 그 바람에 이언세와 김개동은 군관청으로 내려와 기다리다가 부름을 받고 다시 올라갔다. 군관청에는 남문에서 만났던 유기종은 없었다. 금오도로 수색 나갔다고 군관청의 나장이 전해 주었다. 방에 들어 무료하게 기다리는 동안 두 사람 모두 토막잠에 떨어졌다가 일어났다.

　이순신은 이미 남문지기 진무에게 보고를 받았는지 동헌 마루에 나와 그들을 맞이했다. 두 사람은 방으로 들기 전에 마룻바닥에서 절했다.

"사또, 절 받으시지라우."

"고생덜 혔네."

　동헌방으로 들자마자 이언세가 바로 유성룡의 편지를 꺼내 전했다.

"유 대감님 편집니다요. 떠나는 초하룻날 인사 갔는디 대감님께서 사또께 전허라고 주었습니다요."

"한양서 오는 디 월매나 걸렸는겨?"

"열흘 달렸습니다요."

이순신은 순간 머릿속으로 동생 이우신이 떠난 날을 헤아려보았다. 두 사람이 4월 초하룻날 한양의 유성룡 집을 떠났고, 이우신이 여수에서 초파일에 올라갔으니 서로 마주칠 일은 없었다. 두 사람과 이우신이 마주친다고 해도 별 문제는 없겠지만 그래도 만나지 않는 것이 좋을 것 같았기 때문이었다.

"대감님 배려로 고향에 내려왔습니다요."

"이곳에 부모님이 사시는 겨?"

"우리덜은 조실부모헌 고아지라우. 일가친지도 다 떠나고 읎당께요."

"두 사람 다?"

"예, 사또."

이순신은 유성룡의 편지를 다 읽고 난 뒤 천천히 고개를 끄덕였다. 유성룡이 두 사람을 보낸 것은 두 가지 이유가 있었다. 하나는 두 사람에게 꿈에도 잊지 못하는 고향 땅을 밟아보게 하는 것이고, 또 하나는 좌수영 수군들의 사기를 진작시키기 위한 조치였다. 왜적의 회유와 협박에 굴하지 않고 탈출하여 오위도총부 봉사로 특진한 그들을 금의환향케 함으로써 병사들의 정신력을 강화시키고자 하는 의도였다.

이순신 역시 유성룡의 판단이 옳다고 생각했다. 기회도 더없이 좋았다. 모레 4월 12일은 전라 감사 이광이 올 것이고, 오포의 첨사와 만호, 군관, 진무와 수졸, 오관의 고을 수령과 양민들이 운집한 가운데 거북선에서 함포 사격을 거행하는 날이었다.

"대감은 잘 계신 겨?"
"지덜을 자석맹키로 잘 보살펴줬지라우."
"편지 말구 다른 말씀은 읎었는겨?"
"사또께서 편지를 보시믄 다 아실 것이라고 했습니다요."
이순신은 굳이 두 사람에게 거북선에 대해서는 말하지 않았다. 다행히 유성룡이 두 사람에게 거북선 이야기를 하지 않은 것 같았다. 전라 감사 이광이 좌의정 유성룡에게 거북선 건조 문제를 보고했을 텐데 그 역시도 철저하게 비밀을 지키고 있는 셈이었다. 처음부터 유성룡이 이광을 신임한 것은 아니었지만 지금은 서로가 신뢰하는 관계였다. 선조 24년 비변사 대신들이 왜적의 침입을 대비해서 이광을 전라 감사로 추천했을 때만 해도 유성룡은 그의 능력이 의심스럽다며 반대했던 것이다.

이순신은 이봉수를 불러 이언세와 김개동이 본영에 머무는 동안 불편하지 않게 지내도록 지시했다. 두 사람은 좌수영 진무 시절이 5년 전의 일이었으므로 기분이 착잡했다. 낯익기도 하고 낯설기도 했다. 수군들의 군기는 바짝 들어 있었고, 군관이나 진무들도 대부분 모르는 사람들로 교체되어 있었다. 그런데 여수 토박이 군관 이봉수는 그들을 단번에 알아보았다.

"아이고, 이 진무 아니여?"
"맞지라우. 이 군관님."
"이짝은 김 진무고 말이여."
"김개동이지라우."
"살다봉께 요런 날도 오는그만."

"성님, 술 한잔 해야지라우?"

"술뿐인가? 수사 나리께서 저녁에 상다리 부러지게 대접허라고 하셨그만."

"고향이 좋그만이라우. 바다를 봉께 10년 묵은 체증이 쑥 내려가뻔지드랑께요."

"여그 사는 사람덜은 고것도 아니여. 징글징글헌 바다 좀 고만 봤으믄 혐서 살아부러."

"암튼 메칠 동안 바다도 실컷 보고 갯것도 많이 묵고 갈라요."

"은제 올라가는디?"

"사또께서 가라고 헐 때까정은 있을라고요."

"차라리 여그서 눌러앉아불제그려."

"지덜도 그랬으믄 좋겄는디 모르겄당께요."

이봉수는 군관청 방으로 두 사람을 안내해주고는 다시 동헌으로 올라갔다. 모레 거북선 함포 사격 때 자기가 할 일을 보고하기 위해서였다.

"수사 나리, 진무덜을 군관청 방에 쉬게 했습니다요."

"인자 진무가 아닌 겨. 오위도총부 봉사덜이여."

"진무서 봉사가 됐응께 출세해부렀습니다요."

"왜국에서 탈출헌 얘기를 들어보니께 조선 병사의 표상이여. 용기와 의기가 읎으믄 불가능헌 일이여. 내가 벼슬을 주는 자리에 있다믄 첨사 정도 특진시켰을 겨."

"첨사라 허면 임금님이 교지를 내리는 높은 베슬인디요."

"기여. 4품부터는 벼슬을 제수할 때 교지에 내리니께."

"수사 나리 말씀을 듣고 봉께 참말로 대단허그만요."

그제야 이봉수는 이언세와 김개동이 달리 느껴졌다. 비록 벼슬은 봉사일 뿐이지만 그들의 배짱과 기개는 누구도 흉내낼 수 없었다. 그러고 보니 그들은 예전에 부하로 부렸던 후줄근한 진무가 아니었다. 한양 오위도총부에서 병사들을 모아놓고 자신의 무용담으로 정신교육을 시키는 봉사였다.

"이 군관, 나는 두 봉사에게 상을 내리구 싶은디 무엇을 주면 좋겄는가?"

"두 봉사가 살았던 마실이 남문 밖인께 마실 사람덜을 모아놓고 잔치를 베풀어주는 것도 한 방법일 것 같습니다요."

"마실 사람덜이 축하혀주는 일은 당연한 일이구 더 기발헌 방법은 읎겄는가?"

"지는 생각이 안 나는디 나리께서 따로 생각해둔 것이 있습니까요?"

"고민허구 있는디 이 군관도 한 번 더 생각혀봐."

"예, 수사 나리."

이순신이 어깨를 젖히며 고개를 좌우로 흔들었다. 어깨 근육이 뻐근했다. 오늘은 활을 열 순만 쏘았는데도 어깨가 돌덩이처럼 무거웠다. 복통을 심하게 앓은 뒤부터 나타나는 증세였다. 비로소 이순신이 공무로 돌아와 말했다.

"지난번에 소포 물목에서 함포 사격헐 때 배가 엄청 흔들렸는디 다른 장소는 읎는 겨?"

"나리 말씀대로 동쪽 왜적을 향해서 쏠 자리는 소포 물목뿐이지라우. 거그서 함포 사격을 해야만 사람덜이 다 볼 수 있습니다요."

"그라믄 배가 움직이지 않는 방법을 연구혀봐."

"물살이 멈추는 정조 때를 기다렸다가 함포 사격을 허는 방법밖에는 읎겠습니다요."

"지난번에 배가 슬슬 밀렸는디두."

"수세가 바뀌는 시각인께 그랬습니다요."

지난번이란 3월 27일 정조 때의 함포 사격을 말했다. 그때는 거북선이 썰물에 밀려 지자포와 현자포를 몇 번 쏘아보고 말았지만 모레의 함포 사격 때는 소포 바다 너머 쪽에 한동안 불을 뿜어댈 계획이었다. 어느새 조방장 정걸이 동헌방으로 들어와 이순신의 이야기를 듣고 있다가 말했다.

"이 공, 지난번 정조 때는 함포 사격을 하는 둥 마는 둥 혔는디 질게 헐라믄 방법은 한 가지 있지라우."

"조방장님, 함포 사격을 지대루 질게 헐 방법이 있슈?"

정걸은 백전노장답게 자신의 재략을 이야기했다.

"철쇄에다 거북선의 고물과 이물을 줄로 묶는 방법이 있겄지라우."

"이 군관, 정 장군 작전이 워쪄?"

"정조 때부터 밀물이 드는 순조 때까정은 아모 문제가 읎겄그만요."

이순신이 무릎을 치며 이봉수에게 지시했다. 이봉수도 미처 생각지 못한 방법이었으므로 탄성을 질렀다.

"조방장님! 참말로 고로코롬 허면 아모 문제가 읎을 것 같습니다요."

"두말허믄 잔소리여. 철쇄에 거북선을 고정만 시키믄 물때가 밀물로 바뀌더라도 함포 사격을 계속 헐 수 있당께."

경장이란 신분을 내세우며 사사건건 본영의 수장과 마찰을 일으킬 수도 있지만 정걸과 이순신은 서로 존경하며 의지했다. 이순신은 작전을 구상하다가도 막히면 정걸을 불러 해결하곤 했다.

"본영 군관덜은 시방 워디 있는 겨?"

"활터에 있습니다요."

"그래야 혀. 우리 수군덜이 믿을 것은 오직 활뿐인 겨. 왜적덜이 접근허기 전에 함포나 활로 혼비백산시켜놔야 싸우기가 수월할 겨. 왜적덜은 우리보다 칼을 잘 쓰니께 허는 말이여."

이순신의 기본 전술은 왜적의 조총보다 사정거리가 먼 함포 사격과 활 공격이었다. 칼을 잘 쓰는 왜적이 접근하여 백병전을 벌인다면 승산이 없다고 보았다. 이순신이 활쏘기 훈련을 평소에 강조해온 까닭은 함포 사격을 할 수 없는 사각을 활 공격으로 보완할 수 있기 때문이었다. 함포는 일정한 방향으로만 발사할 수 있지만 활은 함포가 미치지 못하는 사각까지도 공격이 가능한 병기였다.

"나는 우리 군사덜이 모두 명궁수가 된다믄 왜놈덜헌티 백전백승헐 거라구 믿는 겨."

"수사 나리, 활쏘기가 고로코롬 중요헌지 몰랐습니다요."

"이 공, 지는 곰챙이 마실 쪼깐 댕겨오겄습니다요."

"여필이는 아산 갔슈."

"알았그만요."

동헌방에 오후 햇살이 들었다. 이순신은 새삼 동헌방을 찾아온 햇살이 고마웠다. 자신을 지켜주기 위해 들어온 선조들의 혼령 같았다. 앉은뱅이책상 위를 가만히 어루만지고 있는 햇살은 누군가가 옆에 있다고 말하는 듯했다. 이순신의 감정은 수시로 바뀌었다. 이상한 일이었다. 낮과 밤이 달랐다. 낮에 해를 응시할 때는 의기가 솟구쳤고, 밤중에 달이 비추고 있는 동안에는 근심 걱정이 들 때가 많았다. 그래서인지 낮에는 틈나는 대로 활을 잡았고, 밤에는 수루에 올라 칼을 잡곤 했다.

저녁이 되자 남문 밖 마을 사람들이 하나둘 술청 앞으로 모였다. 이봉수가 낮에 진무 박만덕에게 이언세와 김개동의 금의환향을 축하해주는 자리를 마련하도록 지시해두었기 때문이었다. 마침내 땅거미가 질 무렵 이언세와 김개동이 나타나자 박만덕과 또 한 수졸이 앞으로 나와 그들을 업고 술청 앞 빈터를 한 바퀴 돌았다. 사람들의 함성과 박수가 쏟아졌다. 사또가 막걸리와 말린 청어를 보냈다고 박만덕이 소리치자, 마을 사람들 사이에서 또 한 번 더 큰 박수 소리가 터졌다. 모처럼 마을 사람들은 밤새 먹고 마시고 떠들었다.

숨바꼭질

 마파람이 불고 날이 흐렸다. 그러나 새들의 울음소리로 보아 비는 올 것 같지 않았다. 비가 오려면 새들이 날카롭게 우짖었는데 특히 어치들 울음소리가 더 컸다. 직박구리 서너 마리가 팽나무 가지 사이를 날렵하게 날았다. 성 북봉 산자락의 숲을 보아도 비가 올 기미는 없었다. 상수리나무나 산벚나무 잎들이 마파람을 맞아 허옇게 뒤집어질 정도가 돼야 두산도 너머에서 비구름이 몰려왔다.

 이광 순찰사의 군관 남한이 또 찾아왔다. 두 달 전과 같이 돛베 스물아홉 필을 가지고 좌수영으로 달려왔다. 전주 감영에서 함께 내려온 군졸의 말 등에는 돛베가 실려 있었다. 남한은 바로 동헌으로 올라갔다. 그는 이순신에게 절한 뒤 바로 이광의 편지를 내놓으며 말했다.

 "사또, 순찰사 나리는 공무가 겁나게 바쁜께 오시지 못했어라우."

"낼 행사에 참석허셔야 하는디 아숩구먼."

이광의 편지를 읽어본 이순신은 고개를 끄덕였다. 편지에는 고맙게도 거북선에 달 돛베를 또 보낸다는 것과 남해안의 변방 고을 순시를 떠나니 이해해달라면서 대신 군관 남한을 보낸다는 내용이 적혀 있었다.

"순찰사 나리께서는 올 초부텀 쉬지 않고 남해안 고을의 성들을 점고하고 겨신당께요."

"방비 점검 땜시 그러시는 겨."

"요새는 감영에 겨실 때가 드물어라우."

"전력은 대꾸 점고를 받으야 강해지는 벱이여."

전라 감사 겸 순찰사인 이광의 주요 임무는 전라도 남해안 고을의 방비 점고였다. 두말할 것도 없이 왜적 침입에 대한 방비였다. 비변사에서 경상, 전라, 충청 감사를 추천할 때도 방비 임무를 잘할 수 있는 사람을 선별하여 임금에게 제청했던 것이다.

경상 감사 김수는 지역민들에게 인심을 잃을 정도로 방비를 강하게 추진했지만 이광은 고을 수장과 호족들을 이해시키고 설득하면서 방비를 해온 편이었다. 유독 전라도에서는 큰 소리가 나지 않았다. 지역 수장들과 소통을 잘하는 이광의 부드러운 포용력에다 횡포가 없었기 때문이었다.

"거북선 함포 사격을 보구 가게."

"사또, 당연히 그래야지라우."

"함포 사격이 대단헐 겨."

"말씸대로 함포 사격을 본 대로 순찰사 나리께 보고해야지라우."

"지난번 함포 사격은 그냥 한번 화약 냄시 맡아본 것이구 낼은 실제루 허는 전투멩키루 지대루 쏴댈 겨."

"지도 엄청 궁금허그만이라우."

"지난달 스무이렛날 혔으닝께 꼭 열나흘 만이구먼."

"실제로 전투하는 거멩키로 쏴뻔진다, 이 말이지라우?"

"거북선에서 천자포, 지자포, 현자포를 왜놈덜 나라 쪽으로 쏴댈 겨."

이순신은 일직 나장에게 송희립을 불러오라고 시켰다. 송희립이 오자 지시했다.

"나대용 군관에게 돛베를 주게. 오늘은 마파람에 거북선을 움직여볼 테닝께."

"행사는 낼 아척에 허기로 알고 있는디요."

"오늘은 돛을 달고 두산도를 한 바쿠 돌아볼 겨."

"총통을 쏘지 않는다는 말씸이지라우?"

"그려. 거북선을 굴강에 대기시켜놓게. 승선헐 곁꾼허구 화포장덜도 차질 읎이 부르구."

이순신은 격군보다는 돛을 이용하여 거북선을 타고 기분 좋게 두산도를 한 바퀴 돌아보고 싶었다. 거북선 시험 항해도 내일 함포 사격을 위한 사전 훈련인 셈이었다. 화포장들이 포를 잘 다룬다고 해서 함포 사격을 잘하는 것은 아니었다. 거북선에 장착된 포와 한 몸이듯 친해져야 했다. 뿐만 아니라 거북선에 승선한 모든 수군들과 한마음이 되어 호흡을 잘 맞추어야만 안전사고가 나지 않고 함포의 명중률이 높아졌다. 특히 격군장과 화포장은 일심동체가 돼야만 함포의 위력을 배가시킬 수 있었다.

"사또, 왜놈덜이 은제 쳐들어올 것 같습니까요?"

"날짜를 알려주구 쳐들어오는 적덜이 있겄는감."

"사또 말씀이 옳습니다요. 고런 멍청한 적은 읎을 것이지라우."

"허지만 태풍이 불기 전에 조짐이 있는 거맹키루, 완벽허게 숨길 수는 읎을 겨."

"사또께서는 모든 준비가 끝났다고 말씀허시는 것 같습니다요."

"내가 일전을 불사허고 있는 거맹키루 적덜도 마찬가지여. 병법의 기본인디 유리해질 때를 기다리는 것이 방어고 이길 수 있을 때 치는 것이 공격인 겨. 그러니께 처음에는 서로의 전력을 드러내지 않구 숨기는 뱁이여. 말허자면 왜적이나 우리나 지금은 서로 숨바꼭질허고 있는 겨."

"사또, 우리가 몬참 왜적을 찾아서 박살 내불믄 으쩌겄습니까요?"

"고건 나헌티 묻지 말구 한양에 물어봐야 헐 겨."

"적이 숨어 있다고 헌께 그라지라우."

"방비란 적이 코앞에 와 있다고 생각허는 겨. 놈덜이 쳐들어왔을 때 초전에 박살 낼 기회는 반다시 찾아올 겨. 내 작전은 항상 고것이여."

이순신이 '적이 코앞에 와 있다'고 한 말은 정확했다. 도요토미 히데요시의 공격 명령으로 나고야 항을 떠난 왜군은 쓰시마 와니우라 항에서 풍랑이 멈추기만을 기다리며 숨어 있었던 것이다.

조선을 침략할 선봉군도 이미 결정 난 상태였다. 히데요시가 내놓은 왜 육군과 왜 수군 인사였다. 인사의 특징은 육군 대장에 고니시 유키나가와 가토 기요마사를 낙점하여 서로 경쟁케 한 점이었다. 고니시는 기독교 신자였고 가토는 불교 신자로서 두 사람 모두 자존심이 강한 장수들이었다. 이러한 심리를 간파한 히데요시가 두 사람의 전의를 자극하고 부추겼다.

히데요시는 왜군 삼십여만 군사를 일시에 출병시키지는 못했다. 히데요시의 허세와 달리 군수물자가 턱없이 부족했기 때문이었다. 그래서 편 작전이 선봉군을 먼저 부산포에 상륙시키는 것이었다. 선봉군은 군수물자를 현지에서 노략질로 조달할 계획이었다. 출병 지휘부와 선봉군의 인사는 다음과 같았다.

    총대장 우키타 히데이에
    총감독 마스다 나가모리
    조선 관리 역 후루타 시게카쓰古田重勝

    육군 감독 구로다 요시타카黑田孝高
            아사노 나가마사淺野長政
    육군 대장 고니시 유키나가
            가토 기요마사

    수군 감독 후쿠하라 나가요시福原長堯

      가케이 가즈나오紀一直

      구마가이 나오모리熊谷直盛

      모리 다카마사毛利高政

수군 대장 구키 요시타카

      시마즈 다카히사

      가토 요시아키

      도도 다카토라

      와키자카 야스하루

      도쿠이 미치토시

      구루시마 미치후사

  그러나 왜군의 선봉대는 며칠째 움직이지 못했다. 선봉대는 부산포와 가장 가까운 와니우라 항에서 풍랑에 발이 묶여 있었던 것이다. 가토 기요마사보다 먼저 부산포에 상륙하고 싶은 고니시 유키나가는 극도로 초조하여 종군 신부 세스페데스를 찾아 성호를 긋곤 했다. 반면에 이순신은 호남의 숨통인 좌수영 오관 오포의 방비 점검을 끝냈을 뿐만 아니라 모든 병선 수리는 물론 비밀 전선인 두 척의 거북선 건조를 완료한 뒤 해전 전술에 골몰하고 있었다. 이순신 말대로 좌수영 오관 오포의 수군과 왜군이 일척건곤의 전투를 앞두고 숨바꼭질하고 있는 셈이었다.

  마파람은 오후가 되자 조금 잦아들었다. 거북선을 띄우려면 바람이 부드럽게 불어주는 것이 나았다. 돛이 순풍을 받으면 배의 속도를 서서히 올릴 수 있었고 격군들의 노고가 그만큼 덜어지기 때문이었다. 이순신은 군관 유기종을 시켜 이언세와 김개동을 다시 불러들였다.

유기종이 말했다.

"수사 나리, 봉사덜이 낼 한양으로 가겠다고 하는그만요."

"낼 함포 사격은 보구 가야지."

이언세는 간밤에 대취한 듯 아직도 코끝이 붉었다. 이순신의 함포 사격이라는 말에 이언세와 김개동이 함께 놀랐다. 이언세가 말했다.

"본시 지덜은 화포장이었지라우."

"얘기를 못 들었는감. 낼 거북선 함포 사격이 있으니께 보구 가."

"거북선이 싸움배입니까요?"

이언세와 김개동은 거북선이 무슨 배인지 전혀 모르고 있었다. 이순신이 웃으며 말했다.

"싸움배니께 함포 사격을 하는 겨. 작년 가실부텀 비밀리에 건조헌 전선인 겨."

유기종이 끼어들었다.

"비밀 전선인디 나리께서 자네덜헌티만 얘기허신 것이네."

"그래라우잉. 거북선을 타고 왜놈덜하고 싸우다가 죽는다면 원이 읎겄습니다요."

"거북선의 위력을 잘 보았다가 한양 가서 유 대감께 전해주게."

"사또 나리, 고맙습니다요."

"유 대감 마음이나 내 마음이나 같은 겨. 천신만고 끝에 돌아온 그대덜이 아닌가. 우리 수군들 모두 자네덜 정신을 본받으야 혀."

"지덜은 그저 살려고 도망친 것뿐이었지라우."

유기종이 눈을 크게 뜨고 말했다.

"수사 나리, 봉사덜이 여그 온 뒤로 우리 수군덜 눈빛이 달라져 부렀당께요. 고것만으로두 이 봉사덜 역할은 다허고 있지라우."

사실이었다. 이언세와 김개동은 좌수영 수졸 사이에 인기가 치솟았고, 남문 밖 사람들은 두 사람을 한양에서 크게 출세한 사람으로 치켜세웠다. 어젯밤에 모인 사람들은 남문 밖 마을 사람들뿐만이 아니었다. 이언세와 김개동이 돌아왔다는 소문을 듣고 순천부와 광양 사람들까지 모여들어 잔치에 끼어들었다. 때마침 상현달이 밝았고 모닥불이 밤새도록 탁탁 불티를 날리며 타올랐다.

"사또 나리께서 보내주신 술과 고기로 마실 사람덜 모다 밤새 먹고 마시고 했습니다요. 지덜은 요로코롬 대접을 받아본 적이 읎습니다요."

주로 이언세가 말하고 김개동은 바른 자세로 진중하게 앉아 듣기만 했다. 그러자 이순신이 김개동에게도 말을 시켰다.

"김 봉사는 입을 다물고만 있는디 무신 생각을 허는감?"

"사또 나리, 지덜은 여수가 좋은디 여그로 올 수 읎겠습니까요. 한양은 으짠지 맞지 않습니다요."

"에러운 일은 아니여. 유 대감께 부탁해볼 겨."

"사또 나리, 우덜이 출세혔다고 허지만 사실은 한양서는 살강 밑에 떨어진 모지랑수꾸락 같어라우."

김개동은 다시 입을 다물어버렸다. 수사가 공무를 보는 동헌방에 앉아 있는 것만으로도 감개무량하여 몸 둘 바를 몰랐다.

"쪼깐 있으믄 거북선에 오를 테니께 선창으루 몬참 가 있게. 곁꾼덜이나 화포장덜이 대기하고 있을 겨."

이순신은 두 사람이 나가고 난 뒤 책상 위에 놓인 거북선 그림을 펼쳐보았다. 나대용이 최근에 그려 올린 것이었다. 이순신이 유기종에게 말했다.

"이것이 거북선 바깥 모양 그림이여."

"용머리에 목이 읎습니다요."

"모가지가 쑥 들어간 자라 모가지 같으니께 용머리가 쪼깐 숭헌 것은 사실이여. 허지만 목이 위루 올라가 있으믄 워치케 포를 쏠 것인감. 현자포 같은 쬐깐헌 포가 용 입으로 들락거려야 허는디 말이여."

거북선은 선두에 용머리가 있고 선미에 두 개의 꼬리가 있었다. 용 목은 아주 짧아서 없는 것이나 다름없었다. 돛대는 판옥선처럼 두 개가 선미 쪽으로 쏠려 고정돼 있었다. 노는 좌우 열 개씩으로 판옥선보다 더 많았다.

"거북선은 철갑선이그만요. 무거운디 속도가 날께라우? 왜놈덜 배는 빠르기가 번개 같은디요."

"판옥선보다 노가 많으니께 속도를 낼 겨."

직사각형의 상자를 뒤집어놓은 것 같은 철판 부분의 등에는 뾰쪽한 못이 빼꼭하게 박혀 있고 열십자로 통로가 나 있었다. 못은 적이 오르지 못하게 하는 장애물이었다.

"수사 나리, 못이 박혀 있응께 왜놈덜이 거북선에 달라붙지는 못헐 것 같습니다요."

"왜놈덜이 칼을 잘 쓰고 백병전에는 구신이거든. 그러니께 등 떠리에 못을 박은 겨. 철갑을 둘렀으니께 불화살두 겁낼 것 읎구 말이여."

거북선 밑바닥의 저판은 뾰쪽하지 않고 편편했다. 그렇기 때문에 속도를 크게 내지는 못하지만 제자리에서 한 바퀴 돌아 공격하는 데는 용이할 것 같았다. 좌현, 우현의 포를 번갈아가며 사용할 수 있기 때문이었다.

"유 군관, 여기를 봐봐. 저판이 반반허니께 함포 사격을 계속해도 선체의 흔들림이 작아 명중률이 좋을 겨. 왜적덜 안택선은 배 밑이 뾰쪽허니께 화포 공격을 잘 못헐 겨. 공격을 계속허다 보믄 선체가 엄청 흔들리구 파손도 될 겨."

바닷속으로 잠기는 거북선의 1층은 수군들이 쉬는 방과 창고 등의 공간이고, 2층은 격군들이 노를 젓고 수군들이 전투하는 공간이고, 3층은 화포장들이 함포 사격을 하는 포군 공간이었다.

이순신은 그림을 한 장 한 장 넘기다가 멈추었다. 비밀 전선인 거북선의 장점만 생각해보았지 지금까지 단점은 단 한 번도 생각해보지 않았던 것이다.

"그란디 말이여, 거북선이 전선이루다가 전투허는디 완벽허겄는감?"

"지는 잘 모르겄그만이라우."

"전투를 허다 보믄 단점이 금세 드러날 것인디 말이여."

"지가 보기에는 적이 용머리만 보고도 겁이 나 도망칠 것 같은디요잉."

"용머리에서 화포가 불을 뿜어대믄 적덜이 혼비백산헐 것이지만 그래두 개선헐 점은 있을 겨."

"수사 나리, 지 생각입니다만 전투는 활을 들고 이리 뛰고 저리 뛰어다님시롱 허는 것인디 2, 3층에 갇혀 있응께 답답허지 않을께라우?"

"그려, 움직이는 전선에서 쬐깐허게 뚫린 데로 내다보구 활을 쏘니께 명중률도 낮을 거구 말이여."

"판옥선은 덮개가 읎응께 적이 잘 보이겠지라우."

"판옥선의 단점을 개선헌 것이 거북선인디 또 고런 문제가 있구먼."

그러나 이순신은 여전히 거북선이야말로 왜적을 격파하는 최고의 비밀 전선이 될 것이라 믿었다. 조총과 화공을 피하지 않고 적진 속으로 들어가 휘저으면 적 함대의 전열이 우왕좌왕 흐트러질 것이고, 적들은 사기가 저하되어 전의를 상실할 것이 분명하다고 확신했다. 그러한 이유로 거북선은 해전에서 승리의 전선이 될 것이 틀림없다고 판단했다.

"거북선이 나타나기만 혀두 적덜은 무서워서 도망칠 것이여."

"왜놈덜이 쳐들어온다면 첨부텀 거북선을 띄워 초전박살 낼 것이지라우?"

"첨 전투엔 판옥선만 가지구 싸울 겨."

"고건 무신 전략입니까요?"

"판옥선만 보다가 갑자기 거북선이 나타나야 크게 놀라고 두려워헐 게 아닌가?"

"수사 나리, 적덜의 혼을 빼버릴 지략이십니다요."

이순신은 전술에서 유기종보다 몇 수를 더 내다보고 있었다. 유기종은 이순신의 지략에 감탄했다. 자신 같으면 첫 전투부터 거북선을 앞세워 싸우겠지만 이순신은 자신의 비밀 병기를 숨기고 있다가 다음 전투부터 투입하겠다고 하기 때문이었다.

"유 군관, 거북선 돌격장으루 누가 적격인 겨?"

"비밀 전선인께 참말로 용맹스러운 군관을 뽑아야겠지라우?"

"좋은 군관 있으믄 추천혀봐."

"좌수영 밖이라도 좋겠습니까요?"

"상관읎지 뭐."

"지 무과 동긴디 지금은 권율 순찰사 부장으로 있지라우."

"누군디?"

"신여량이라고 합니다요. 무과 동기 중에서 선두를 달리고 있지라우."

"활을 잘 쏘는 겨?"

"명궁수에다 말도 비호멩키로 잘 타지라우. 재략이 뛰어나 권율 순찰사가 데려갔습니다요."

"유 군관은 한양 소식을 워치케 잘 아는 겨?"

"이언세 봉사에게 들은 야그입니다요."

"신여량은 워디 사람인감?"

"흥양 태생이지라우."

이순신은 거북선 그림에 신여량申汝樑이란 이름을 세필 행서로 또박또박 적어 넣었다. 초서를 즐겨 쓰는 이순신이 행서로 반듯하게 기록하는 것은 잊지 않고 기억하겠다는 표시이기도 했다.

"흥양 출신이니께 수세두 잘 알구 배두 다룰 줄 알겠구먼."

"배를 모르면 좌수영 오포 사람이 아니지라우."

이순신과 유기종은 남문을 지나 선창으로 내려갔다. 굴강에는 이미 거북선이 대기하고 있었다. 용머리는 소포 물목을 향하여 금방이라도 불과 연기를 뿜어낼 듯했다. 나대용 조선장의 구령에 따라 화포장과 사부, 격군, 무상, 요수 등의 수졸들이 움직였다. 이순신은 약식으로 사열을 받았다. 이언세와 김개동은 화포장 줄에 부동자세로 서 있었다.

이순신이 배에 오르자마자 나대용의 지시를 받은 무상이 닻을 감아올렸고, 요수가 돛을 펼쳤다. 임시 격군장이 된 유기종이 소리치자 격군들이 노를 젓기 시작했다. 거북선은 천천히 굴강을 빠져나와 소포 쪽으로 움직였다. 마파람이 알맞게 불었다. 돛이 마파람을 받으면서 거북선에 속도가 붙었다. 거북선이 하얗게 파도를 갈랐다. 이순신이 유기종에게 지시했다.

"소포를 지나 두산도를 한 바퀴 돌 것이다."

이순신의 명을 받은 유기종이 격군들에게 소리쳤다.

"소포 앞으로 갔다가 두산도를 돌아부럿!"

물때가 만조였으므로 거북선은 철쇄를 횡설한 지점을 무사히 통과했다. 오동도가 보이고 남해도 금산 봉우리가 멀리 보였다. 거북선은 광양 땅이 보이는 지점에서 선두를 남쪽으로 틀어 두산도 근해로 접근했다. 마파람이 역풍으로 변하자 요수는 재빨리 돛을 내렸다. 이순신은 3층으로 올라가 화포들 옆에 정위치한 화포장들과 활을 들고 있는 사부들을 격려했다.

"수졸덜 기분이 어떤가?"

누군가가 큰 소리로 외쳤다.

"거북이를 타고 용왕님을 만나러 가는 것 같습니다요."

"하하하."

수졸들이 웃음보를 터뜨렸다.

"그려. 거북이는 바다의 신, 해신이여. 그러니께 거북선은 악귀를 무찌르고 우리덜 목심을 반다시 지켜줄 겨."

이순신은 이언세와 김개동을 불러 물었다.

"봉사덜 기분은 어떤가?"

"감개무량하지라우."

김개동의 대답에 이어 이언세가 눈물을 흘리며 말했다.

"사또 나리, 여그 화포를 쏘아 왜놈덜 사지를 찢어불고 싶습니다요."

"화포장이라 혔지? 그럴 기회가 올 겨."

"한양에는 배가 읎는디 워디서 화포를 쏘겄습니까요?"

"지성이면 감천이라, 간절허믄 원이 이뤄질 겨."

이언세는 화포를 보는 순간 전의가 불타올라 자신도 모르게 눈물을 흘렸다. 더욱이 거북선을 타고 있는 자신이 꿈인 듯 생시인 듯 믿기지 않았다. 나대용이 다가와 물었다.

"수사 나리, 방답 선소를 들르시겄습니까요?"

"방답 선소에서 건조헌 거북선도 이상이 읎는 겨?"

"돛까지 다 달아놓았습니다요."

"그러믄 갈 필요는 읎어. 낼 함포 사격 훈련 준비를 점검혀야 허니께."

"예, 알겄습니다요."

역풍을 받아 돛을 내렸던 거북선은 격군들의 노로 천천히 두산도와 금오도 사이로 들어갔다. 마파람은 이제 순풍으로 바뀌었다. 선두가 방답 선소 쪽으로 완전히 돈 다음부터는 다시 돛이 올랐다. 거북선은 속도를 다시 내어 바다 위를 미끄러지듯 달렸다. 본영 굴강에서부터 거북선의 방향에 따라 돛을 펼치고 틀고 내리고를 반복하는 항해였다. 이순신은 내일 오관 오포 사람들이 모인 자리에서 펼칠 거북선의 함포 사격 훈련을 머릿속으로 그렸다. 순간, 전광석화처럼 머릿속을 스치는 것이 있었다. 어쩌면 마지막 함포 사격이 될지도 모르겠다는 예감이었다.

거북선 함포 사격

선조 25년 4월 12일.

이순신은 눈을 떴다. 새벽이었다. 이순신은 누운 채 직박구리 소리를 들었다. 직박구리가 바위를 타고 흐르는 개울물 소리처럼 또르륵 또르륵 유난히 맑게 울었다. 직박구리 소리에 창호가 파랗게 젖는 것 같았다. 이순신은 가볍게 일어나 이불을 갰다. 깔깔하게 풀 먹인 이불보가 한지 접히는 소리를 냈다.

오늘은 거북선 함포 사격 시범을 보이는 날이었다. 지난 3월 27일에 함포 사격 훈련을 비밀리에 한 번 했고, 어제는 거북선에 돛을 달고 두산도를 한 바퀴 돌며 항해를 시험해보았으니 오늘 하는 함포 사격은 상반기 마지막 훈련이 될 것이었다. 특히 오관 오포의 수장과 양민들이 모인 자리에서 함포 사격을 하므로 다른 날의 훈련과 목적이 달랐다. 오관 오포의 수장과 군관, 수졸 그리고 양민들에게 거북선의 위용을 보여주고 함포 사격을 함으로써 사기를 진작시키는 것이 훈련의 가장 큰 목적이었다. 왜적이 쳐들어와도 바다를 지키는 해신인 거북선이 그들을 격퇴하고 제압할 것이니 안심하라는 심리전의 일환이었다. 그만큼 남해안 고을 사람들은 4, 5년마다 왜구들에게 시달려왔던 것이다.

이순신이 장졸들에게 가장 강조해온 것은 훈련과 정신 무장이었다. 두 가지가 다 전투의 승패를 결정짓기 때문이었다. 이순신은 거북선의 함포 사격이 장졸들의 사기를 크게 진작시킬 것으로 믿었다. 뿐만 아니라 오관 오포에 사는 호족과 양민들도 거북선의 함포 사격을 직접 구경함으로 해서 좌수영 수군을 의지하고 따르는 신뢰가 생길 것으로 판단했다.

해가 힘차게 솟구치자, 하늘이 바다처럼 넓고 아득하게 열렸다. 파도의 포말 같은 새털구름이 몇 점 떠 있다가 곧 사라졌다. 투명해진 하늘은 문득 얼음장처럼 쨍하고 깨질 것만 같았다. 최근 들어 가장 청명하였으므로 그 청명함이 곧 부서질 것 같은 걱정과 까닭 없이 긴장감마저 들었다. 그러나 함포 사격을 실시하는 날로 택한 날이 이토록 청명한 것은 행운이었다.

내아에서 아침을 낙지죽 한 사발로 해결한 이순신은 걱정과 긴장 그리고 안도감을 번갈아 느끼면서 동헌으로 나갔다. 참모 군관들과 함포 사격 작전을 최종 점검하기 위해서였다. 조방장 정걸, 우후 이몽구, 조선장 나대용, 군관 송희립, 유기종, 이봉수, 정철, 정대수, 황득중 등이 미리 동헌으로 와 이순신을 기다리고 있었다.

이순신은 토방에 선 채로 말했다.

"함포 사격은 사시를 지난 정조 때 할 겨. 군관덜은 자기 임무는 잘 숙지허구 있으야 써. 알겄는가?"

"예. 사또 나리."

"나대용 조선장은 시방 거북선을 굴강으로 웽겨 와야 할 겨."

"본영 선소 거북선을 진수가 용이한 두산도 진에다가 임시로 놔두었는디 고로코롬 허겠습니다요."

"여기 있지 말구 얼릉 실시혀."

이순신은 이봉수에게도 지시했다.

"이 군관은 철쇄가 단단허게 매졌는지 확인혀."

"철쇄와 기둥덜을 또 확인하겠습니다요."

"군관덜은 알으야 혀. 누가 뭣이래두 대용은 거북선을 맹글었구 봉수는 철쇄를 횡설헌 공이 있는 겨. 그러니께 오늘 훈련의 초석을 놓은 사람덜이란 말이여."

정철과 정대수에게는 선창에 모인 호족과 양민들이 우르르 몰려다닐 수 있으니 질서를 유지시키라고 지시했다.

"거북선 볼라구 한꺼번에 달겨들지두 모르니께 질서가 중요혀. 그러니께 사고를 미연에 방지허란 말이여."

"오관 오포 기수덜을 불러 임무를 주었습니다요. 자기덜 고을 기수 깃발 아래 모이면 질서가 유지될 것입니다요."

이순신은 유기종에게 거북선 임시 선장을 맡도록 명했다.

"유 군관은 굴강 행사가 끝나믄 즉시 소포로 거북선을 웽겨 철쇄에 고정시키도록 협선에 타고 있는 이봉수 군관과 협조혀야 혀."

거북선이 밀물이나 썰물에 밀리지 않으면서 한 지점에서 함포 사격을 지속하려면 밧줄로 철쇄와 기둥에 고정시켜야 했다. 그래야만 함포 사격의 위력을 극대화할 수 있고, 사람들 또한 오랫동안 지켜볼 수 있기 때문이었다.

정걸과 이몽구는 행사가 끝날 때까지 이순신을 보좌할 뿐 특별한 임무를 맡지 않았다. 그것은 경장과 부수사 격인 우후에 대한 예우였다. 그리고 송희립은 늘 변함없이 참모장 역할의 참좌군관, 황득중은 군령을 전하는 선전군관을 맡았다. 잠시 후 이순신은 남문을 지키는 수문장의 보고를 받았다.

"사또 나리, 오관 수령과 오포 장수덜이 모다 진해루에 와 있습니다요."

"알겄다. 쪼깐 뒤에 갈 겨."

임무를 받은 군관들이 각자의 위치로 떠나고 나자, 이순신은 정걸과 이몽구를 동헌방으로 불러들였다. 내아의 부엌데기 여종이 발효차를 들여왔다. 이순신은 차를 들다 말고 내려놓았다. 뜨거워서가 아니었다. 승설이 우려 온 차처럼 구수하지 않고 시큼하고 텁텁했다. 그러나 정걸과 이몽구는 뜨거운 발효차를 술 마시듯 단숨에 마셔버렸다.

"워메, 뜨거운 거. 목구녕 익어불겄네잉."

"조방장님, 차는 가시나 옷 벗기듯 살살 음미하는 거 아닙니꺼? 식은 차라도 확 마셔삐리는 거 아닙니더."

"한 칼에 승부를 끝내뻔지는 무부니께 그라지. 가시내도 한 번에 자빠뜨려뿌러야지 뭘 살살 음미허고 말고 허겄는가."

이순신이 정걸과 이몽구의 대화를 끊었다.

"오늘 차맛은 쪼깐 그려. 그러니께 오늘 훈련 얘기혀."

"이 늙은 놈이 또 쓰잘데기읎는 소릴 했습니다요. 이 공께서 오늘 훈련에 겁나게 신경 쓰는 거 같은디 뭔 일이 있는게라우?"

"중요헌 거 따루 있겄슈? 방비지유."

"요새 지는 등짝이 서늘해쁜질 때가 있어라우. 밑도 끝도 읎이 불안하기도 하고."

"워째서 그래유?"

"딱 손에 잡히지 않응께 모르지라우."

"불길헌 예감이 든다는 말인감유?"

"긍께 딱 한 달 전이그만이라우. 거북선 진수하러 소포 갔다가 샛바람이 불어분께 못 허고 돌아왔지라우? 그때부텀 가심이 퉁개퉁개해분당께요."

"우후는 어떤감?"

"지만 그런 게 아닙니다. 군관들이 다 그럽니데이."

"미물두 비 올 날씨를 감지허는디 사람이라구 다르겄는가? 미관말직으로 내려갈수록 더 그런 뻡이여."

정걸이 맞장구를 쳤다.

"이 공께서 거북선을 건조헌 것도 때를 대비해서 밀어뻔진 거지라우?"

"물론이지유. 오늘 오관 오포 양민덜을 모아놓구 바다구신 같은 거북선을 보게 허는 것두 다 이유가 있지유."

"사또의 깊은 마음을 이제야 알겠십니다."

"거북선은 의지헐 데 읎는 백성덜의 두려움을 읎애줄거. 적덜이 온다 해두 우리 수군덜을 믿고 피난 가지 않을 거구먼."

이순신은 송희립에게 전라 순찰사의 군관 남한을 진해루로 데리고 오도록 지시했다. 남한은 어제 감영으로 떠나려다가 이순신의 만류로 객사에 남았던 것이다. 이순신은 식어버린 발효차를 한 사발 더 마셨다. 그러자 이몽구도 사발에 남은 발효차를 마저 마시며 맛이 쓴 듯 양미간을 찌푸렸다. 이순신이 말했다.

"본영 선소뿐만 아니라 방답진 선소에서 건조헌 거북선도 감영에 다 보고헸구먼."

"인자는 거북선으로 훈련해도 아모 문제 읎다, 그 말씸 아입니꺼?"

"기여. 참관허는 남 군관이 자세허게 다 보고헐 겨."

정걸이 눈을 지그시 감으며 말했다.

"보고가 좌의정 유성룡 대감헌티까정은 올라갔겄지만 그 이상은 아니겄지라우. 지 짐작인디 지금까정 아무 소리가 읎는 것을 보믄 그래라우."

이몽구가 믿기지 않는 듯 물었다.

"조방장님, 판옥선을 수리해도 병조에 보고헌다 아입니꺼. 보고가 상감마마께 안 됐다는 것은 말이 안 됩니더. 더구나 거북선은 쪼맨한 전선이 아니라 수많은 인력과 장비를 동원해서 별조한 배가 아입니꺼."

"우후는 눈치코치도 읎그만잉. 그렁께 더 보고를 못 헐 것이라는 말이제. 신립이나 이일 같은 작자덜만 해도 육군이 최고라고 생각혀서 수군 알기를 거지발싸개멩키로 우습게 보는 거 아적까정 몰라뺐겼소? 고 작자덜허고 한 통속인 대신덜이 수군이 뭣 쪼깐 헌다는디 협조하겄냔 말이오."

"택도 읎는 소립니더. 병법을 몰라도 한참 모르는 먹물덜입니더. 수사 나리께서 늘 강구대변을 말씸하시듯 적을 강 입구서 막아야지 뭍으로 올려놓고 싸우는 것은 이미 늦은 것입니더. 강 입구에서 싸우는 군사가 바로 우리 수군 아입니꺼."

이몽구가 흥분하여 언성을 높였다. 그러자 이순신이 말했다.

"우덜이 거북선을 맹글어두 유 대감이 겨시니께 조용헌 것이여. 조방장님 얘기대루 신립 장군 등이 알았다믄 뭔 소리가 났을겨. 상감마마께서 아셨다구 혀두 우덜 편이 돼주실 리 만무허고 말이여."

사실, 거북선 건조는 살얼음 위를 걷는 것만큼이나 위험한 일이었다. 이순신은 수군을 하대하는 조정 대신과 장수들의 인식을 잘 알고 있었으므로 거북선 건조의 기밀이 새어 나갈까 봐 날마다 긴장하며 보냈던 것이다. 정걸이 쓸쓸하게 말했다.

"적이 바깥에만 있는 것이 아니그만요, 안에도 있는갑소잉."

"아녀유, 반다시 그런 것만은 아녀유. 이광 순찰사나 유성룡 대감 같은 분덜이 있으니께 우덜 충정을 알아준 거다, 이 말이여유."

"그래도 오늘 거북선이 대명천지에 드러나는 날인디 으떤 놈이 시비를 걸어 문제가 된다믄 으째야 쓰겄소?"

"우덜찌리 몰래 훈련허는 것이 아니구 순찰사 군관 남한이 참관허니께 괴안찮을 거구먼유."

이순신도 일말의 불안감이 없지 않았지만 곧 털어버렸다. 대의를 위해 죽는다면 후회할 일이 없을 터였다. 젊은 시절, 보성에서 처가살이를 하면서 무장이 되겠다고 다짐했던 일이 엊그제처럼 생생하게 떠올랐다. 그때 이순신은 한양의 벼슬아치로 임금을 모시는 신하가 되기보다는 의지할 데 없는 백성들의 신하가 되겠다고 맹세했던 것이다.

 이순신은 거북선이야말로 남해안 백성들을 지켜줄 비밀 전선이 될 것이라고 믿었다. 머잖아 침범해 올 왜적들을 격퇴하기 위해 건조한 배가 바로 거북선이었다. 그러니까 오늘은 단순히 거북선에서 함포 사격만 하는 날이 아니라 젊은 시절 자신에게 한 그 약속을 스스로에게 확인하는 날이기도 했다.

"조방장님, 진해루로 가시지유."

"늙은 놈이 헛소리를 혀서 미안허그만요."

"조방장님 말씸이나 우후 얘기, 다 일리가 있슈. 백성덜을 지키고자 맹글었으니께 하늘이 우리덜을 도울 거구먼유."

"이 공 말씸을 들응께 이 늙은 놈도 왜놈덜허고 싸울 맴이 확 생겨뻔지요."

"지도 때가 오믄 기꺼이 목심을 내놓을 낍니더."

 이몽구도 전의가 솟구치는지 소리 나게 이를 악물었다. 동헌 밖은 아침 햇살로 눈부셨다. 모란꽃이 진 뜰에는 붉고 하얀 작약꽃이 만발해 있었다. 작약꽃 향기가 토방까지 올라와 은은하게 넘실댔다. 원추리도 삼대 같은 꽃대궁을 내밀고 있었다. 내아 옆에 있는 작은 뜰은 엄숙한 동헌 분위기를 알게 모르게 누그러뜨렸다. 봄꽃들은 묵묵히 이순신의 마음을 위로하고 한가롭게 나는 나비들은 순간이나마 긴장을 풀어주었다.

　남문인 진해루 누각에는 오관 오포의 수장들이 다 집합하여 이순신을 기다리고 있었다. 우측에는 오관의 광양 현감 어영담, 흥양 현감 배흥립, 순천 부사 권준, 보성 군수 김득광, 낙안 군수 신호, 좌측에는 오포의 방답 첨사 이순신, 사도 첨사 김완, 녹도 만호 정운, 그리고 말석에는 종9품의 여도 권관 황옥천이 자리 잡고 앉아 두 눈을 두리번거리고 있었다. 이순신은 진해루를 오르다 말고 성 밖의 선창을 바라보았다. 선창에는 이미 오관 오포의 양민들이 빼곡히 들어차 있었고, 굴강에는 용과 거북이 합쳐진 기이한 모양의 거북선이 섬처럼 도도하게 떠 있었다. 거북선을 보고 감탄하는 양민들의 웅성거리는 소리가 진해루까지 들려왔다. 붉고 노란 깃발을 든 기수들도 오관 오포에서 모두 차출된 듯 선창에서 굴강까지 장사진을 이루고 있었다.

　이순신이 누각에 들어서자 좌우로 정렬하여 앉아 있던 수장들이 일제히 일어나 고개를 숙였다. 정운의 목소리가 가장 컸다.

"수사 나리, 강녕하신게라우!"

　이순신이 굴강 쪽을 바라보며 정좌하자 뒤따라서 정걸과 오관 오포의 수장들이 앉았다. 이순신을 보좌하는 송희립과 황득중은 이순신 등 뒤에 섰다. 이윽고 이순신이 들고 있던 날창을 놓으며 무겁게 입을 열었다.

"굴강에 떠 있는 저 바다구신멩키루 생긴 것이 귀선, 우덜 심으로만 비밀리에 맹근 거북선이라는 전선인 겨. 한 척으로 적선 백 척을 무찌를 티니께 천하무적 전선이 아니겠는감. 철갑을 둘렸으니께 적덜이 불화살을 날려두 소용읎을 겨. 적진을 뚫구 휘젓구 다님서 왜선덜을 박살 낼 것이구먼. 바야흐로 오늘은 그대덜이 직접 거북선 함포 사격의 위력을 직접 확인허는 날인 겨."

녹도 만호 정운이 큰 눈을 치뜨고 물었다.

"적덜 전선을 박살 내뻔지는 돌격선이그만요."

"기여."

"화포루다가 몬참 박살 내구 공격허믄 백전백승입니다요."

송희립이 이순신의 말에 덧붙였다. 그러자 정운이 이순신을 빤히 쳐다보면서 말했다.

"칼 잘 쓰는 왜놈덜이 백병전에 능해분다 해도 거북선 화포 공격에는 속수무책일 수밖에 읎겄는디요?"

좌우에 앉아 있던 수장과 장수들이 누가 먼저랄 것도 없이 박수를 쳤다. 정걸도 한마디 했다.

"이 영감탱이가 다 지켜봤소. 거북선 진수나 함포 사격, 돛을 달고 항해까정 다 해봤지만 아순 것은 하나도 읎었소. 이제 남은 것은 무엇이겄소?"

좌중에서 사도 첨사 김완이 소리쳤다.

"당장이라도 왜놈덜 귀때기를 잘라가꼬 왕소금을 뿌리고 잡십니더."

"여러 장수덜 생각은 으쩌요?"

"여부가 있겄습니까요. 지덜 맴도 똑같지라우."

어느새 아침 해가 진해루 처마까지 떠올라 햇살이 누각 깊숙이 들었다. 햇살에 드러난 무장들의 얼굴은 구릿빛이었고 깊게

팬 주름살은 선명했다. 정걸의 흰 수염과 흰 머리칼이 유난히 빛났다.

남문 앞에는 군마 십여 마리가 눈을 끔벅거리며 대기하고 있었다. 이순신이 탈 군마는 덩치가 크고 너풀대는 갈기에다 살찐 엉덩이가 도드라졌다. 군마들 맨 앞에서 큰 머리를 끄덕거리더니 김이 모락모락 나는 말똥을 푸짐하게 떨어뜨렸다. 그러자 어린 말먹이꾼이 재빨리 달려와 두 손으로 훔쳐서 멀리 던져버렸다. 군노들은 말들이 제멋대로 움직이지 못하게 고삐를 잡고 있었다.

선창으로 내려가는 길에는, 용과 화염이 그려진 노란 대장기와 물수水 자가 쓰인 흰 수군기를 든 기수 뒤로 취타수들이 서 있었다. 취타수들은 각자 장구와 징, 북과 자바라처럼 두드리는 악기들과 피리, 놋쇠 대롱처럼 생긴 나발, 소라고둥으로 만든 나각 등 입에 대고 부는 악기들을 들고 있었다.

이순신이 먼저 말에 오르자, 뒤이어 정걸, 송희립, 황득중 그리고 오관 오포의 수장들 순으로 기마행렬이 만들어졌다. 그제야 깃발을 든 기수들과 취타수들이 낮고 느린 곡을 연주하며 길잡이처럼 앞장서서 선창으로 나아갔다. 무명 바지저고리 차림의 양민들이 구경하느라 서로 몰려들어 기수들을 막았다. 기마행렬이 잠시 멈추었지만 곧 취타수의 피리 소리와 북소리에 길이 트였다. 굴강 앞에서 화포장과 격군들이 두 줄로 서서 기마행렬을 맞이했다.

이순신이 말에서 내려 굴강으로 건너갔다. 그러고는 잠시 화포장 앞에서 걸음을 멈추었다. 이언세와 김개동도 그들 무리에 끼어 있었다. 이순신은 두 사람의 어깨를 차례로 두드리며 말했다.

"기분이 어떤겨?"

"사또 나리, 꿈인지 생신지 참말로 모르겄당께요."

이윽고 이순신이 거북선에 승선하여 굴강과 선창에 모인 양민들을 향해 큰 소리로 외쳤다.

"거북선을 건조헌 까닭은 오직 하나, 적을 박살 내고자 건조헌 겨. 싸워서 이겨야만 백성덜 목숨과 논밭과 바다를 지킬 수 있지 않겄는감. 용과 거북을 합친 거북선이 바다의 적과 도적 떼를 진압허는 배니께 해신이다, 이 말이여. 양민덜은 시방 내 말을 알아듣겄는가!"

그때 거북선 용머리 입에서 화약과 쑥을 태우는 연기가 나왔다. 용머리 입은 큰 굴뚝처럼 풀풀 매캐한 연기를 뿜어냈다. 순식간에 굴강은 전쟁터처럼 연기로 뒤덮여버렸다. 연기 기둥이 용 한 마리가 승천하듯 용트림하며 하늘로 올랐다. 선창과 굴강에 모인 양민들이 함성을 질렀다.

오관 오포의 수장들과 거북선의 화포장과 격군들이 다 승선한 뒤에는 거북선 등에 달린 두 개의 돛이 펴졌다. 어느새 노란 대장선 깃발이 올랐다. 이순신이 거북선에 탔다는 표시였다. 거북선 등 위로 요수와 무상들이 돛과 닻줄을 만지고 있었다. 거북선은 천천히 굴강을 빠져나와 소포 쪽으로 움직였다. 연기는 소포 쪽 바다에도 안개처럼 번졌다.

그제야 양민들은 바닷가 오솔길을 따라 거북선이 이동하는 소포 쪽으로 걸었다. 소포 쪽 바닷가에도 광양과 순천부에서 온 양민들이 왜가리 떼처럼 하얗게 듬성듬성 무리 지어 있었다. 거북선을 타지 못한 기수들과 취타수들도 소포로 향했다. 거북선은 철쇄가 횡설된 지점의 물목에서 용머리를 두산도 바다 쪽으로 향한 뒤 멈추었다. 거북선의 무상들은 물목의 해저 뻘에 닻을 먼저 박았다. 요수가 돛을 내렸다. 거북선을 철쇄에 고정시키기 위해 협선에 오른 수졸들이 민첩하게 움직였다. 협선에서는 군관 이봉수가 수졸들을 지휘했다. 거북선 선미의 좌현과 우현, 선두까지 세 개의 밧줄을 팽팽하게 풀어 철쇄에 묶는 작전이었다. 한번 훈련한 바 있었으므로 실수 없이 작업은 금세 끝났다. 이제는 만조를 지나 남해도 바다 쪽에서 밀물이 들어온다 해도 거북선은 밀리지 않을 터였다.

이봉수가 협선에서 거북선 고정 작전이 끝났다는 신호로 허공에 효시를 세 번 쏘아 올렸다. 그러자 이순신은 송희립과 황득중을 시켜 화포장들에게 정위치를 명했다. 용머리에도 작은 총통인 현자포를 장착시켰다. 사격 지점은 동쪽 남해도 바다였다. 마지막으로 이순신은 거북선 3층으로 올라가 천자총통 옆에 선 화포장들을 격려했다.

"적을 박살 낸다는 마음으로 쏴야 허는 겨."

"예, 사또 나리."

"총통 안은 잘 닦았는감?"

"거울멩키로 맨질맨질허게 지름칠허고 닦았습니다요."

"그래야 반동은 작아지구 대군장전은 멀리 나가는 겨."

이언세와 김개동도 천자총통 옆에 서 있었다. 이언세의 눈에는 눈물이 고여 있었다. 이순신이 말했다.

"이 봉사는 눈물이 많구먼."

"여그 화포로 왜놈덜을 죽이지 못해 분해뻔져서 그럽니다요."

"기회는 반다시 올 겨."

"사또 나리, 지 소원은 오직 고것뿐입니다요."

"잊지 않겠네."

이순신은 그의 어깨를 두드려주고는 다시 송희립을 불러 취타수에게 북과 징을 치도록 명했다. 그러자마자 용머리 입에서 현자총통이 폭음을 내며 불을 뿜었다. 순식간에 거북선 안에 매캐한 화약 냄새가 찼다. 이번에는 이언세가 천자총통을 쏘았다. 폭음의 크기가 현자총통과 비교가 안 될 정도로 컸다. 천둥이 치고 산이 무너지는 듯한 폭음이 소포 바다를 덮었다. 소포 바닷가에 서 있던 양민들이 움찔하며 뒷걸음쳤다. 조무래기들은 겁을 내며 도망쳤다. 그러자 또다시 천자총통이 불을 토해냈다. 용머리 입에서는 더 이상 포를 쏘지 않고 굴강에서처럼 연기를 피워 올렸다. 연기가 소포 바다를 가득 뒤덮었다. 연기 속에서도 폭음은 고막을 찢을 듯 연달아 울렸다. 천자총통을 돌아가며 쏘아대는 함포 사격이었다.

해안에 선 수졸들이 마치 적을 격퇴한 것처럼 활과 창을 높이 들고 함성을 질렀다.

"거북선 만세! 이순신 장군 만세!"

양민들도 따라서 함성을 질렀다.

"거북선 만세! 이순신 장군 만세!"

거북선을 타지 못한 오관 오포의 수군과 양민들이 하나 되어 함성을 질러댔다. 이순신은 미소를 지었다. 훈련의 목적이 달성된 것 같아 안도했다. 최강의 전력이란 관민의 마음이 하나로 뭉치는 것이었는데 오늘 비로소 이룬 것 같았다.

소포 바다는 방금 전쟁을 치른 것처럼 매캐한 연기가 자욱했다. 이순신은 오관 오포 사람들에게 거북선의 위력을 다시 한번 더 보여주고 싶어 취타수에게 북을 치게 했다. 그러자 거북선의 화포들이 순서대로 천둥 같은 폭음을 냈다. 하늘이 찢어지는 듯한 소리였다. 이순신은 한양 쪽을 향하고 서서 눈을 감았다. 그리고 마음속으로 중얼거렸다.

'이제 신은 싸울 준비를 다 혔구먼유. 전하께서 명을 내리신다면 워디라도 달려가 목숨 바쳐 지키겠구먼유. 의지헐 데 읎는 백성을 구할 거구먼유.'

그때 남한이 다가와 말했다.

"수사 나리, 지 눈으로 거북선의 위력을 다 봤그만요. 거북선은 천하 무적선이랑께요. 순찰사 나리께 보고허믄 크게 치하허실 거그만요."

"이 모든 공이 다 순찰사 나리 것이라구 전해주게. 우덜을 믿어주지 않았으면 워치케 거북선을 건조했겠나. 나는 감영에서 돛베를 두 번씩이나 보내주신 것두 잊지 못헐 거네."

오관 오포의 수장들도 이순신 앞으로 와 충성을 맹세하듯 무릎을 꿇었다. 녹도 만호 정운이 전의가 끓어오르는 듯 소리쳤다.

"수사 나리, 거북선이 있는 한 오늘부텀 왜놈덜이 우리 바다를 엿봤다가는 뼈다구도 추리지 못헐 것입니다요."

사도 첨사 김완도 한마디 했다.

"거북선이 있는디 무부가 뭣을 두려와하겠십니꺼. 왜놈덜을 모다 바다구신을 맹글어부릴 낍니더."

조방장 정걸, 방답 첨사 이순신, 광양 현감 어영담, 순천 부사 권준 등 모두가 거북선의 위력에 놀랐고 꿈을 꾼 듯 황홀해했다. 눈앞의 산을 밀어버리고 바다를 갈라버릴 듯한 표정들을 짓고 있었다. 이순신과 참모 군관 그리고 오관 오포의 수장들은 거북선 옆에 붙어 있는 협선으로 갈아탄 뒤 본영 선소에서 내렸다. 선소에는 이미 기수와 취타수, 군마 들이 와 있었다.

이순신이 먼저 말에 올라탄 뒤 협선에서 내린 수장들도 말을 골라 탔다. 취타수들이 피리를 불고 징을 치고 북을 울렸다. 그러자 양민들이 또 몰려왔고 군마를 탄 이순신 일행은 양민들 사이를 빠져나와 본영으로 향했다. 양민들은 감격에 겨워 함포 사격이 끝났는데도 돌아가지 않고 모두들 벌겋게 상기된 얼굴을 하고 있었다.

그러나 이순신은 냉정했다. 본영으로 돌아온 이순신은 성 밖에서 남한을 보낸 뒤 오관 오포의 수장들을 해산시켰다. 이순신은 홀로 활터로 나가 열 순을 쏘았다. 함포 사격으로 흥분했던 마음을 가라앉히기 위해서였다. 여전히 갑옷에서는 화약 냄새가 났다. 과녁을 향해 열 순을 다 쏘고 나자 격동했던 마음이 편안하게 가라앉았다. 그런데 평정심을 되찾은 것과 달리 몸은 천근

만근 무거웠다. 남문을 들어서는 순간 현기증이 일어 심호흡을 했다. 하마터면 다리가 휘청거려 넘어질 뻔했다.

이순신은 바로 내아로 가지 않고 황득중을 불러 명했다. 군마를 탄 수장들의 흐트러진 기마행렬이 마음에 걸려 노대석에다가 '관아이니 신중하게 거동하라'는 글을 새기게 했다. 흥분한 수장들이 임금의 궐패가 있는 관아임에도 불구하고 예를 지키지 않고 소리치며 제멋대로 행동했던 것이다.

왜군 침략

선조 25년 4월 13일 새벽.

와니우라 항에 희미한 여명이 깔렸다. 희끄무레한 빛이 번지기 시작한 곳은 포구 뒤쪽 하늘이었다. 아직, 포구 앞쪽 먼바다는 숯덩이처럼 검었다. 첨탑처럼 치솟은 삼나무 숲에서는 흰 새들이 희끗희끗 날갯짓했다. 숲 아랫녘의 선창은 소름이 끼칠 만큼 고요했다. 바다는 차츰 회색 재로 뒤덮인 벌판처럼 드러났고 파도는 소리 없이 너울댔다. 며칠째 칠백여 척의 왜선들이 풍랑으로 발이 묶여 와니우라 항에 갇혀 있었다. 거뭇거뭇한 왜선들은 마치 피 냄새를 맡은 상어 떼처럼 공격할 때를 기다리고 있었다.

왜선들은 모두 등불을 끄고 있었다. 일부러 소등한 채 출전 명령이 떨어지기만을 기다리고 있었다. 왜병들은 여러 날 동안 전선에 갇혀 있었으므로 다소 무료하고 의기소침한 상태였다. 그러나 조선 공격을 앞두고 선봉군 대장 고니시 유키나가는 2, 3일 전과 달리 선창의 임시 군막에서 자신만만한 얼굴로 여러 장수들과 작전 회의를 하고 있었다. 제1군이라 불리는 선봉군은 구십 척의 별동대와 육백여 척의 본대로 나누어 승선하고 있었다.

작전 회의 참석자는 제1군의 별동대 장수와 수군 장수들이었다. 좌장은 고니시 유키나가였고, 고니시의 사위이자 대마도주인 소 요시토시, 젊은 마쓰라 시게노부, 수군의 구키 요시타카, 시마즈 다카히사 등이었다. 그리고 고니시에게 아우구스티노라는 세례명을 준 종군 신부 세스페데스가 약간은 지친 표정으로 앉아 있었다. 와니우라 항까지만 고니시의 선봉군과 동행했다가 규슈로 돌아가기로 했는데 며칠째 늦어지고 있었던 것이다.

작전 회의의 결론은 날이 더 밝아지기 전에 부산포로 출병한다는 것이었다. 사실 작전 회의라기보다는 도요토미 히데요시의 명을 재차 하달하는 것에 지나지 않았다. 히데요시가 풍랑이 잦아들면 무조건 공격하라고 이미 군령을 내린 상태였던 것이다. 와니우라 항에서 부산포까지는 백이십오 리였다. 신시 무렵에는 부산포에 상륙할 수 있는 멀지 않은 거리였다.

장수들이 임시 군막에서 일어나기 직전이었다. 대마도주 소 요시토시의 부관인 야나가와 시게노부가 사슴 한 마리를 가져왔다. 사슴은 눈망울이 곧 튀어나올 듯 유별나게 눈이 컸고 다리가 가늘었다. 겁에 질린 듯 제자리에서 경중거릴 뿐 도망치지 못했다. 소 요시토시는 칼을 빼어 들어 단숨에 사슴의 목을 쳤다. 야나가와 시게노부가 재빨리 큰 항아리를 들고 사슴 목에서 뿜어져 나오는 피를 받았다.

고니시가 입가에 웃음을 흘리면서 말했다.

"부장, 사슴 피를 술에 섞어라."

"예."

"여기 모인 장수들에게 한 사발씩 돌려라."

"신부님께도 드립니까?"

"당연하다. 우리는 조선을 침략하는 것이 아니라 길을 빌려달라고 할 뿐이다. 우리의 길을 막는 자들은 악마다. 나, 고니시는 하느님 이름으로 악마를 처벌할 것이다. 신부님께서는 우리들 앞날에 무운장구를 빌어주실 것이다. 그래서 여기까지 종군 신부로 따라오셨다."

술은 금세 포도주처럼 검붉은 빛깔로 변했다. 야나가와 시게노부는 죽은 사슴 머리와 사지를 군막 밖으로 가지고 나가 미련 없이 삼나무 숲에 던져버렸다. 이윽고 고니시가 일어서서 말했다.

"술잔을 들라. 이 술은 도요토미 간바쿠(관백)님께 충성을 맹세하는 것이다. 황공하게도 간바쿠님께서는 사슴을 한 마리 보내주셨다. 간바쿠님 소원은 오직 단 하나다. 조선을 지나 명을 정벌하는 것이다. 전쟁이 끝나면 간바쿠님께서는 우리 장수들에게 조선과 명의 땅을 나눠준다고 약속하셨다."

고니시가 술잔을 먼저 들고 외쳤다.

"간바쿠님을 위하여!"

여러 장수들도 술잔을 들고 복창했다.

"간바쿠님을 위하여!"

그러나 세스페데스는 술잔을 들었다가 놓았다. 마드리드 시장의 아들이기도 한 그는 술을 제법 마시는 편이었으나 사슴 피가 징그러워서 차마 입에 대지 못했던 것이다. 고니시가 그냥 지나치지 않았다. 실망한 말투로 말했다.
 "신부님, 간바쿠님께 충성을 맹세하는 술잔입니다. 왜 주저하십니까?"
 "나는 하느님에게만 충성하는 신부입니다."
 "악마를 물리쳐야 교회를 지을 수 있지 않겠습니까?"
 "아우구스티노 님, 간바쿠님은 종군 신부들을 못마땅해하고 있습니다. 그래서 저는 조선으로 들어가지 않고 규슈로 돌아가 프로이스 신부님과 대책을 논의하려고 하는 것입니다."
 히데요시는 신부들을 좋아하지 않았다. 의심이 많았으므로 믿지도 않았다. 신부들이 일단 성에 발을 들여놓기만 하면 성안의 사람들이 차츰 기독교 신자가 돼버리기에 더 그랬다. 히데요시가 신부들을 규슈 지방에 묶어두는 까닭은 바로 그런 우려에서였다. 히데요시뿐만 아니라 그의 부하들도 신부들이 오사카에 들어오는 것을 극도로 경계했다. 그러나 신부들은 무슨 방법을 동원해서라도 히데요시의 생각을 바꾸려고 애를 썼다. 다른 나라에서 구한 진귀한 보석이나 특산물을 수시로 바쳤다. 심지어는 스페인에서 가지고 온 고양이까지 선물했다. 그러나 잔꾀가 많은 히데요시를 회유하는 일은 쉽지 않았다.
 히데요시가 고니시를 신임하면서도 조선 침략의 선봉장으로 삼은 것은 기독교 신자들인 십자군을 왜국 밖으로 내보내 자국

내의 영향력을 줄이기 위해서였다. 그러나 고니시는 히데요시가 어떻게 생각하든 상관없었다. 약재 장사로 부자가 된 상인 출신 고니시 류사의 둘째 아들답게 그 나름대로 장삿속을 저울질하고 있었다. 조선은 물론이고 명과 천축까지 길이 열리면 아버지와 달리 큰 무역을 할 수 있으리라는 야심을 갖고 있었다.

"신부님도 조선에 들어가 공을 세워야 합니다. 공을 세우면 간바쿠님께서는 교회 짓는 것을 허락하실 것입니다."

"아우구스티노 님 생각만 같다면 얼마나 좋겠습니까?"

고니시와 세스페데스는 서로 목적이 달랐다. 고니시는 무역을 크게 하여 큰돈을 만지고 싶었고, 세스페데스는 교황의 비밀 조직인 예수회의 세력을 조선은 물론 중국까지 넓히고자 했다. 그런 까닭에 두 사람은 조선과 명을 침략하고 정복하는 데 의기투합할 수 있었다.

"신부님, 술잔을 들어야 합니다. 그래야 선교에 앞장서는 하느님의 종도 되고 간바쿠님의 신하도 되는 것입니다."

"제가 꼭 술을 마셔야 한다고 말씀하시니."

그러나 세스페데스는 성호를 긋고 술잔을 입에 대었다가 도저히 안 되겠는지 다시 놓아버렸다. 고니시는 포기하지 않았다. 세스페데스의 행위 하나하나가 누군가에 의해 히데요시에게 보고되기 때문이었다.

"신부님은 예수님 피를 마시지 않습니까? 포도주 말입니다."

"아우구스티노 님, 포도주는 사슴 피를 탄 술과 다릅니다."

"붉은 빛깔이 같습니다. 무엇이 다르다는 말씀입니까?"

"예수님 피는 우리들이 지은 죄를 씻어주는 생명수입니다."

"포도주만 그렇다는 말씀입니까?"

"신부들은 사람들의 죄를 씻어주고자 예수님을 생각하며 포도주를 마십니다."

그제야 고니시는 더 이상 세스페데스에게 술을 권하지 않았다. 다만 한 가지 부탁을 했다.

"좋습니다. 더 권하지 않겠습니다. 대신, 출병하는 우리 장수와 군사들에게 무운장구를 기도해주십시오."

"어렵지 않은 일입니다. 그것은 종군 신부인 저의 일이기도 합니다."

세스페데스는 성호를 긋고는 두 손을 모아 가슴에 붙이고 눈을 감았다. 고니시와 소 요시토시도 눈을 감았다. 그러나 다른 장수들은 세스페데스의 모습을 멀뚱멀뚱 쳐다보기만 했다. 마치 기도를 빨리 끝내주기를 바라는 표정들이었다. 세스페데스가 나직이 기도를 시작했다.

"하느님 아버지, 하느님의 종인 저희들은 조선 땅에서 악마를 몰아내고 하느님의 나라를 이룩하고자 조선으로 출병합니다. 하느님 뜻에 따라 바다의 풍랑은 멈추었습니다. 부디 하느님의 종인 저희 장수와 군사들이 무사히 조선에 상륙하도록 도와주소서. 단 한 사람의 군사도 다치지 않게 도와주소서. 우리 주 예수님 이름으로 종군 신부 세스페데스는 간절히 기도드리나이다."

세스페데스의 기도가 끝나기도 전에 불교 신자인 수군 대장 구키 요시타카와 가토 요시아키는 군막을 나가버렸다. 시마즈 다카히사는 마지못해 앉아서 얼굴을 잔뜩 찌푸리고 있었다. 그러나 고니시와 요시토시는 세스페데스의 기도에 감동했고 그의 기도가 끝나자마자 손을 들어 성호를 그었다.

고니시는 임시 군막을 나와 와니우라 포구를 한동안 바라보았다. 포구에는 전선들이 분명하게 보일 만큼 날빛이 번져 있었다. 선창에는 단 한 사람도 오가는 사람이 없었다. 이미 어젯밤 자정을 기해 열외 없이 제1군 군사 모두가 칠백여 척의 전선에 승선해 있었던 것이다. 고니시 휘하의 제1군 별동대 구십 척은 선창 가장자리에 있었다. 잠시 후면 본대 선두에서 절영도(영도) 남쪽으로 최대한 전선들을 은폐하면서 나아가다가 북쪽의 부산포로 바로 쳐들어갈 것이었다.

고니시는 세스페데스와 작별했다. 세스페데스는 와니우라 항까지만 따라와 무운장구를 빌어주기로 돼 있었던 것이다. 고니시는 세스페데스에게 그만큼 깊이 의지하고 있었다. 고니시가 서운한 표정을 짓자 세스페데스가 위로했다.

"아우구스티노 님, 규슈 일이 잘 끝나면 프로이스 신부님의 허락을 받아 저도 조선으로 들어가겠습니다."

"신부님을 기다리겠습니다."

마침내 고니시가 대장선에 오르자 구십 척의 왜선들이 서서히 북서쪽으로 움직였다. 대장선에 기다란 붉은 깃발이 올라갔다. 붉은 비단 깃발 상단의 노란색 둥근 원 안에는 열십자가 또렷했다. 하느님의 가호를 믿는 기독교 십자군의 문양이었다. 선봉군 중에서 구십 척의 왜선에 승선한 별동대는 고니시가 직접 심사하여 선발한 군사들이었다. 기독교 신자들만 가려 뽑았고 대부분 규슈 출신이었다. 순교를 각오하고 뭉친 십자군이었다. 그들의 깃발과 전투복은 다른 왜군과 달랐다. 날빛이 좀 더 환해지자 깃발의 문양이 선명하게 드러났다. 대장선처럼 열십자가 그려져 있었고 전투복에도 열십자가 그려져 있었다.

별동대 왜선들은 거침없이 북서쪽으로 항해했다. 그러다가 오후 신시가 되어서는 절영도 남쪽으로 방향을 틀었다. 왜 수군은 가배량에 있는 경상 우수영을 공격하고 별동대 육군은 절영도를 돌아 부산포 포구로 상륙하여 부산진성을 공략하기 위해서였다.

절영도 봉래산 망대의 수군들은 처음에는 왜군의 별동대 구십 척을 대마도주 소 요시토시가 보내는 세견선으로 착각했다. 응봉 봉수대나 가덕도 천성보 봉수대의 봉군들도 마찬가지였다. 세견선으로 보았다가 뒤따라오는 왜군 함대를 보고는 별장을 보내 가덕진 첨사 전응린과 천성보 만호 황정에게 알렸고, 그들은 다시 경상 우수사 원균에게 보고했다. 봉수대에서 연기를 만들어 올리지 못하고 별장을 통해서 급보만 전하고 말았는데, 이는 왜선의 거대한 함대를 보고 넋이 나갈 정도로 당황했기 때문이었다.

그때, 절영도에는 부산진 첨사 정발이 사냥을 나와 있었다. 바람이 불지 않았으므로 사냥하기에 알맞은 날씨였다. 삼십구 세로 체격이 우람한 정발은 활터에서 과녁을 맞히는 습사보다는 움직이는 산짐승 사냥을 더 즐겼다. 정발은 산짐승 사냥이야말로 명궁수가 되는 지름길이라고 주장하곤 했다. 그러나 그는 수졸이나 포작이 동원되는 사냥을 자신의 취향대로 자주 하지는 못했다. 비록 군사 훈련의 일환이었지만 민폐나 군폐를 끼치는 일이었던 것이다.

절영도는 크지도 작지도 않은 섬인데 마을을 이루고 사는 양민들은 없었다. 군마를 방목하는 목장으로 좌수영에서 목자로 부리는 노비들이 뭍을 오가며 사는 섬이었다. 절영도 보와 망대를 지키는 수졸들 중 일부와 목자들이 지난달처럼 몰이꾼으로 나섰다. 수졸들에게는 산짐승 몰이 역시 체력 단련과 공격 훈련의 한 방법이었다. 수졸들이 고함치며 산짐승들을 부산진이 보이는 해변 쪽으로 몰았다.

"와아! 와아!"

정발은 몰이꾼들이 봉래산 정상 쪽에서 쫓는 노루나 산토끼를 기다렸다가 활을 쏘곤 했다. 산짐승들은 앞다리가 뒷다리보다 짧아 산을 오르는 데는 거침없었지만 몰이꾼들에게 해변 쪽으로 쫓기게 되면 산비탈에서 뒹굴거나 갈팡질팡했다. 그런데 그날 정발이 쏜 화살은 여느 때와 달리 빗나가곤 했다. 불길하게도 다리를 절룩거리는 노루를 한 마리 잡았을 뿐 날아가는 까투리나 장끼는 번번이 놓쳤다. 사냥에 집중하고 있었으므로 정발은 망대의 늙은 권관이 달려와 다급하게 하는 보고도 귓등으로 흘렸다.

"첨사 나리, 절영도 남쪽으로 세견선이 오고 있십니데이."

"세견선이 끊어진 지 오래됐는데 무슨 말인가?"

"그동안 오지 못했던 세견선이 한꺼번에 오는 기 아입니꺼?"
"몇 척이나 된다고 그러느냐?"
"구십 척은 돼 보입니데이."
그제야 정발은 놀라면서 되물었다.
"뭐라고!"
"몰운대와 절영도 사이로 배들이 갈치 떼처럼 오고 있다, 아입니꺼."
"그렇다면 세견선이 아니다."
"왜선이란 말입니꺼?"
"세견선이 어찌 구십 척이나 되겠는가. 절영도 뒤로 숨어 돌아오는 것은 틀림없는 왜선이다."
"절영도 우리 수군은 우짭니꺼?"
"위치로 돌아가 철저히 경계하라."
정발은 몰이꾼으로 나선 수졸들도 즉시 보의 진지로 돌아가라고 지시했다.
"귀대가 불가하면 권관이 판단하되 다대포 증원군으로 가서 윤흥신 첨사의 지시를 받으라."
정발은 서둘러 협선을 탔다. 조금 더 지체하면 왜선 별동대에 포위될 수도 있었다. 부산진성으로 빨리 돌아가 성을 지키는 것이 지금으로서는 최선이었다. 정발은 힘센 격군들을 채근하여 부산진 굴강에 도착했다.
영문을 모르고 정발을 맞이하는 굴강의 전선 군관이 말했다.
"첨사 나리, 왜 사냥을 하다 말고 오십니꺼?"

왜군 침략

"굴강에 있는 세 척의 판옥선과 협선, 포작선들을 모두 불태울 준비를 하라."

"나리, 무슨 말씀입니꺼?"

"어서 굴강 밖으로 배들을 내보내라. 불태워 가라앉힐 것이다. 서둘러라!"

"왜적이 쳐들어오기라도 합니꺼?"

"두 식경 후면 왜적이 부산포에 이를 것이다. 그러니 전선을 왜놈에게 넘겨주어서는 안 된다. 배들을 불태워 왜적의 상륙을 지연시켜야 한다."

군관이 눈을 휘둥그레 치떴다. 어느새 절영도와 초량목 사이의 바다가 왜선들로 시커멓게 뒤덮여 있었다.

"저것이 무엇입니꺼?"

"아직도 모르겠느냐! 왜적이 쳐들어오고 있단 말이다."

"전선에 불을 지르고 나면 수졸들은 우짭니꺼?"

"성으로 돌아오라. 왜적들은 우리 성을 쉽사리 공략하지는 못할 것이니라."

"나리, 우리 성은 다른 데보다 높아가꼬 오르지 못할 낍니더."

"우리 전선을 왜놈들에게 절대로 넘겨주어서는 안 된다. 왜놈들이 도착하기 전에 모조리 불태워야 한다. 배들이 불타는 동안에는 왜놈들이 바로 서문 쪽으로는 상륙하지 못할 것이다."

정발은 굴강 군관에게 지시하고는 바로 군관이 내준 말을 타고 달렸다. 잠시 후 정발의 지시를 받은 군관은 수졸들을 시켜서 배들을 굴강 밖으로 내보낸 뒤 불을 질렀다. 1차 방어선이 된 판옥선과 협선, 포작선들이 불길에 휩싸였다. 화기가 선창까지 훅훅 끼쳤다. 연기가 바다를 덮고 하늘로 퍼졌다. 말을 타고 달리는 정발 뒤로 굴강의 수졸들이 뒤따라 달려오고 있었다. 이윽고 정발은 바다와 가까운 서문을 통해 성으로 돌아왔다. 숨도 쉬지 못할 만큼 다급하게 지시한 뒤 말을 타고 내달렸으므로 입술은 탔고 입안에 쓰디쓴 침이 고였다.

정발은 소첩 애향이 사발에 담아 온 우물물을 벌컥벌컥 들이켰다. 십팔 세의 애향은 연두색 저고리에다 붉은색 치마를 입고 있었다. 가르마를 타고 동백기름을 바른 쪽 찐 머리는 반질반질했다. 사발의 찬물을 단숨에 들이켠 정발은 군관들에게 첫 지시를 내렸다. 성안을 방어할 군사는 육백여 명, 성 밖에 사는 양민이 사백여 명으로 모두 천여 명이었다.

"군관들은 듣거라. 각자 위치로 돌아가 성을 방어하라. 왜적이 성 가까이 오거든 한 놈도 살아서 돌아가지 못하게 하라. 화살을 아끼지 말라. 성안으로 넘어오거든 모두 목을 베라."

"예, 첨사 나리."

"전령 진무는 지금 바로 좌수영으로 달려가 박홍 수사께 알려라."

"예, 사또 나리."

"편지를 쓸 시간이 없다. 두모포, 다대포, 서평포, 해운포, 동래성 부사께도 알려라. 특히 다대포 아미산 응봉 봉수 별장에게는 지체 없이 봉수대에 연기를 올리게 하라."

정발의 명이 떨어지자마자 군령 기를 든 전령 진무들은 쏜살같이 말을 타고 성문으로 나갔고, 이어서 수문장 진무와 수졸들은 동서남북의 성문을 닫았다. 전령 진무들은 군마가 일으키는 흙먼지 속으로 사라졌다. 창과 활을 든 장졸들은 성 위로 올라가 방어대형으로 이열 횡대를 만들었고, 화포장들은 총통 옆에 섰다. 또한 수졸들은 창과 활을 들었다. 성 안팎에 사는 양민들도 평소 훈련 때 했던 것처럼 일사불란하게 움직였다. 사내들은 석탄石彈으로 쏠 돌멩이를 성 위로 날랐고, 아녀자들은 성 밑의 임시 아궁이에 솥단지를 걸고 물을 끓였다. 남문과 서문 앞에는 왜적들이 접근하지 못하게 나무둥치들과 날카로운 마름쇠를 깔았다.

성을 한 바퀴 돌아본 정발은 객사로 돌아와 궐패를 향해 삼배를 올렸다. 그러고는 이를 악물고 다짐했다.

'전하, 신 정발은 왜적과 일전을 앞두고 있사옵니다. 사력을 다할 것이고 힘이 부치면 귀신이 되어서라도 수성하겠나이다. 왜적의 침범 기미가 있으매 아무도 원치 않는 부산진을 신 정발은 기꺼운 마음으로 내려와 방비를 해왔사옵니다. 이제야 전하와 백성을 위해 싸울 때가 됐사오니 신은 기어이 왜적을 쳐부수고 성을 지켜낼 것이옵니다.'

정발은 홀어머니를 떠올렸다. 그가 선조 12년(1579) 이십육 세 때 문과를 버리고 급제가 쉬운 무과에 응시한 것은 홀어머니를 기쁘게 해주기 위해서였다. 무과에 급제한 그는 선전청의 선전관이 되었다가 해남 현감, 북정 원수 종사관, 거제 현령, 비변사 낭요, 위원 군수, 훈련원 부정, 사복시 부정이 되었다가 절충장군으로 품계가 오른 뒤 부산진 첨사로 내려오기 전에야 연천을 찾았다. 연천은 그가 태어난 고향이었고 집에는 어머니와 부인 임 씨, 그리고 열네 살 된 아들이 살고 있었다.

"소자가 벼슬길에 오른 것은 오로지 어머님을 기쁘게 봉양코자 함이었으나, 이미 임금님의 신하가 되었으니 또한 마땅히 나라 일을 위해 죽어야 할 것입니다. 충과 효를 함께할 수 없으니 어머님께서는 불효자식의 일을 걱정하시지 마옵소서."

정발의 어머니 남 씨 부인 역시 아들이 부임하는 부산진에 왜적이 곧 쳐들어올 것을 알고 있는 듯 말했다.

"가거라. 네가 가서 충신이 된다면 나 또한 여한이 있겠느냐."

어머니 당부에 정발은 마음의 짐을 덜고 부산진성으로 내려갈 수 있었다. 부인 임 씨에게 어머니 봉양을 부탁한 뒤 열네 살 된 아들 흔昕을 데리고 떠났다. 그런데 부산진에 부임한 정발은 한양에서 막연하게 듣던 것과 달리 실제로 전운을 실감했다. 마음이 심란해지면 군관들과 함께 활을 쏘다가도 절영도로 나가 군사 훈련 겸 사냥을 했다. 물론 밤낮을 가리지 않고 성을 보수하고 전력과 무기를 점고하는 등 방비에 진력을 다하고 있었다. 4월 초사흗날에는 망해루에서 잔치를 열었다. 어머니와 부인 임 씨가 아들을 보내달라고 간청하여 흔을 떠나보내는 자리였다.

"오늘 이 잔치의 뜻을 알겠느냐?"

"모르겠습니다."

"너를 보내는 잔치다."

"아버님, 저는 떠나지 않겠습니다. 곁에서 아버님을 돕는 것이 자식의 도리입니다."

"할머님이 부르시는데 거역하는 것이냐?"

"위중한 이곳을 두고 어찌 떠나라고 하십니까?"

"만약 서두르지 않는다면 기필코 화를 면치 못할 것이다. 오늘로 빨리 떠나도록 하라."

"아버님을 홀로 두고 여기를 떠날 수 없습니다."

"부자가 함께 죽는다는 것은 무익한 일이다. 너는 돌아가서 할머님과 네 어머니를 봉양하도록 하라."

정발은 자근노미를 불러 막무가내로 고집부리는 아들을 말에 태워 보내도록 지시했다. 자근노미는 정발의 연천 고향집까지 길잡이로 나섰다가 그곳의 안부까지 살피고 올 관노였다. 관노 중에서 말을 가장 잘 타서 정발이 신임하고 있었다. 사흘이 걸리는 거리도 자근노미가 말을 타면 하루 반이면 다녀올 정도로 말을 잘 다뤘던 것이다.

어머니 안부를 초조하게 기다리던 정발은 이깟밤에 도착한 자근노미를 만나 고향집이 무사하다는 소식을 듣고는 천지신명이 자신을 돕고 있다고 믿었다. 자근노미가 만약 하루나 이틀 늦게 왔다면 어머니와 아내의 소식을 듣지 못했을 것이기 때문이었다.

칠백여 척의 왜선이 부산진 앞바다에 나타난 것은 아들 흔이 떠난 지 정확하게 열흘 만이었다. 객사를 나온 정발은 내아에 들러 애향에게 검은 전포를 가져오도록 했다. 사태가 급박함을 직감한 애향이 말했다.

"사또, 소첩도 함께하겠십니더. 허락해주이소예."

"긴 이별을 앞두고 내가 뭐라 하겠느냐. 네 뜻에 맡기겠다."

"사또, 고맙십니더."

"내가 검은 전포를 입는 것은 죽더라도 귀신이나 저승사자가 되어 왜놈들을 물리치고 이 성을 지키기 위해서니라."

검은 전포로 갈아입은 정발은 애향을 덥석 껴안았다. 짧은 입맞춤을 했다. 그런 뒤 정발은 내아를 나와 성을 돌며 장졸들의 사기를 북돋았다.

"왜적들은 해전에 강하지만 육전에는 약하다. 왜놈들은 절대로 우리 석성을 넘지 못할 것이다. 우리 부산진성은 다른 고을의 성보다 두 배나 높다!"

성 밖에는 민가가 성을 따라 다닥다닥 붙어 있었다. 민가는 이미 텅 비어 있었다. 양민들이 모두 성안으로 들어와 장졸들과 합세하고 있기 때문이었다. 정발은 젊은 참좌군관에게 말했다.

"봐라, 왜적이 공격을 늦추고 있다. 전선이 불에 타는 것은 안타깝지만 1차 방어선이 돼주고 있기 때문에 우리는 방어할 시간을 벌고 있는 것이다. 2차 방어선은 성 밖의 민가가 될 것이다. 왜놈들이 성에 접근할 때까지 기다렸다가 불을 놓아야 한다."

"첨사 나리, 저것들이 다 왜선이란 말입니꺼!"

"후방이 두려우니 왜적 일부는 하선하여 절영도로 들어갔을 것이다. 절영도를 두고 바로 부산포로 상륙하지는 않을 것이다."

고니시가 이끄는 제1군 가운데 일부 군사는 절영도에 상륙했지만 대부분은 부산포 앞바다에서 공격 명령을 기다리고 있었다. 절영도 수군들은 정발의 지시대로 이미 봉래산 산자락으로 숨어들어 때를 보았다가 다대포로 갈 준비를 하고 있었다. 해안 바위 절벽 밑에 협선 몇 척을 숨겨놓고 있었던 것이다. 고니시의 지시를 받아 절영도에 먼저 상륙한 마쓰라 시게노부가 화를 냈다. 이미 보의 진지가 텅 비어 있는 데다 절영도의 조선 수군이 모두 사라지고 없었던 것이다.

"조선 수군들은 겁쟁이다. 우리가 무서워 도망쳐버렸다."

"어디에 숨었느냐, 나와라. 항복하면 살려줄 것이다!"

마쓰라 시게노부가 악을 써대는 것은 가장 먼저 공을 세우고 싶었는데 수포로 돌아갔기 때문이었다. 절영도 보의 늙은 권관이 휘하의 수졸들에게 산자락에 은폐해 있으라고 지시한 것은 현명했다. 왜군이 두려워서 숨은 것은 아니었다. 왜선들을 정탐하여 왜군의 작전과 규모를 정확하게 파악한 뒤 다대진 첨사 윤흥신 휘하로 합류하기 위해서였다. 절영도 수졸들은 마쓰라 시게노부가 보낸 척후병들에게 주먹으로 감자를 먹였다.

"문디 빙신들아! 감자나 확 무꼬 디져삐라."

절영도의 산길을 잘 모르는 왜군 척후병들은 두리번거리며 정탐하는 흉내만 내다가 돌아가버렸다. 왜군 척후병에게 감자를 먹이던 절영도 수졸 한 명이 늙은 권관에게 나직이 속삭였다.

"권관님, 저기 혼자 뒤떨어져 있는 쬐맨헌 놈을 잡아 오겠십니더."

"건드리면 화가 될 수 있는 기라. 그러니 이번에는 참자."

"알겠십니더."

"왜선들이 벌써 부산포에 가득 찼데이."

기다란 붉은 깃발을 단 왜선들이 부산진성 서문 앞의 굴강과 관방까지 접근하고 있었다. 절영도 수졸들 눈에는 보이지 않지만 왜군의 붉은 깃발 상단의 노란 원에는 열십자가 그려져 있었다.

전선에 불을 질러 만든 1차 방어선은 정발의 작전대로 성공했다. 왜군의 공격 속도가 늦춰진 것이다. 왜군들은 부산진성 서문 쪽으로 곧장 들이닥치지 못하고 부산포 동쪽 소바위 쪽으로 우회하여 상륙하고 있었다. 제1군 소속으로 소 요시토시가 이끄는 왜군 오천 명이었다. 말을 탄 왜군 기수들의 흰 깃발에 열십자가 선명했다. 척후병들이 입고 있는 전포에도 열십자 모양이 뚜렷했다.

〈2권에 계속〉

이순신의 7년 1

초판 1쇄　2016년 4월 19일
초판 4쇄　2018년 3월 13일

지은이 / 정찬주
펴낸이 / 박진숙
펴낸곳 / 작가정신
편집 / 김종숙 황민지
디자인 / 용석재
마케팅 / 김미숙
디지털컨텐츠 / 김영란
홍보 / 박중혁
관리 / 윤선미
인쇄 및 제본 / 한영문화사

주소 (10881) 경기도 파주시 문발로 207
대표전화 031-955-6230 팩스 031-944-2858
이메일 editor@jakka.co.kr 블로그 blog.naver.com/jakkapub
페이스북 facebook.com/jakkajungsin 인스타그램 instagram.com/jakkajungsin
출판 등록 제406-2012-000021호

ISBN 978-89-7288-581-8　04810
　　　978-89-7288-580-1　(세트)

이 책의 판권은 저작권자와 작가정신에 있습니다.
이 책 내용의 전부 또는 일부를 재사용하려면 양측의 서면 동의를 받아야 합니다.

이 도서의 국립중앙도서관 출판시도서목록(CIP)은 서지정보유통지원시스템 홈페이지(http://seoji.nl.go.kr)와 국가자료공동목록시스템(http://www.nl.go.kr/kolisnet)에서 이용하실 수 있습니다.
(CIP제어번호 : CIP2016008117)